404

DU MÊME AUTEUR

Les Sauvages, Flammarion, 2012 ; J'ai lu, 2015.

Les Sauvages 2, Flammarion, 2012 ; J'ai lu, 2015.

Les Sauvages 3, Flammarion, 2013 ; J'ai lu 2017.

Les Sauvages 4, Flammarion, 2016 ; J'ai lu, 2017.

SABRI LOUATAH

404

ROMAN

J'AI LU

Dans la vie privée comme dans la vie publique,
on ne sort de l'ambiguïté qu'à son propre détriment.

Cardinal DE RETZ

Depuis qu'elle a quitté le pays, il lui écrit sur sa vieille adresse wanadoo.fr, tous les quatre mois, environ, pour lui donner des nouvelles et pour en prendre. Allia répond quelques jours plus tard, un e-mail de trois courts paragraphes séparés par un double interligne pour plus de lisibilité. Elle parle de la Californie, du dernier roman qu'elle a lu, de son père resté en France et qui lui manque. Chaque fois, il ne tient que quelques heures avant de répondre à la réponse, et chaque fois elle en reste là, ayant tout dit dans son premier message. Attendre en vain le remplit d'amertume, il se jure de ne pas lui écrire la prochaine fois, de la laisser faire le premier pas, et au bout de quelques mois il recommence, prenant prétexte d'une phrase lue dans un livre, d'un dialogue entendu dans un film. Tout ce qui le touche et l'intéresse le ramène à Allia, c'est plus fort que lui, c'est en tout cas ce qu'il se raconte, ce qu'il a fini par croire.

Ils se sont rencontrés en hypokhâgne il y a vingt-deux ans. Ali et Allia, les deux Algériens de la classe. Ils ont pris des chemins diamétralement opposés dans la vie : Allia a bifurqué et fait Polytechnique tandis qu'Ali ratait Normale sup et devenait cuisinier, il ne lui a jamais dit pourquoi il avait choisi la cuisine, il ne le lui dira jamais parce que c'est à cause d'elle, d'une phrase qu'elle a lâchée un jour, comme quoi elle pourrait avoir un orgasme si un homme lui faisait bien à manger, il rougit jusqu'aux orteils quand il y pense.

Cuisinier, Ali ne l'est plus au sens strict, du moins il ne travaille plus en restaurant mais il cuisine encore, pour des particuliers, il s'est même fait faire une carte de visite, il ne sort jamais sans son petit paquet. Quand il invente une recette il se demande toujours la tête qu'Allia ferait en goûtant le plat. À défaut de partager quoi que ce soit de sensuel avec elle, la pensée de son nom à lui apparaissant en gras dans sa messagerie à elle lui est devenue nécessaire, vitale, il sait que c'est dangereux, mais ce soir-là, à sa grande surprise, c'est elle qui prend l'initiative de le contacter, pour la première fois depuis qu'ils correspondent et en sa qualité de cuisinier privé, justement. Elle est de retour à Paris, lui écrit-elle dans un e-mail d'à peine un paragraphe. En temps normal il aurait été abattu d'avoir si peu de matière à brasser et ressasser mais les trois lignes qui composent son message chatoient comme des enluminures : accepterait-il de préparer un repas pour un dîner un peu prout-prout qu'elle doit donner, elle lui expliquera le pourquoi du comment autour d'un verre, s'il est dans le coin.

Le lendemain matin, Ali saute dans le TGV qui part de Saint-Étienne à 6 h 13, le moins cher de la journée. Une fois à Paris, il avale un sandwich et traverse la rive droite à pied. Il arrive au bistrot de la rue de Douai où elle lui a donné rendez-vous, un peu en avance et complètement en nage, il a sous-estimé la raideur de la pente pour atteindre les hauteurs de Pigalle. C'est la rentrée de septembre, il fait chaud et humide, les affichages publics font état d'un pic de pollution aux particules fines. Pendant un quart d'heure il louvoie devant la vitrine comme un vendeur de roses, en pinçant sa chemise au niveau du torse pour s'éventer. Il bronze très vite en été, quand même pas assez pour qu'on le confonde avec un Pakistanais, d'ailleurs les cheveux qui lui restent ne sont pas lisses et noir de jais mais frisés et châtain foncé, il tient à la nuance et il n'a pas de roses à vendre.

En s'étudiant dans le reflet de la vitrine, il aperçoit enfin Allia, accoudée au comptoir, une fesse sur le tabouret, une fesse en dehors, en fait elle était déjà là mais il ne l'avait pas reconnue, elle a presque un afro maintenant, une incroyable masse de cheveux denses aux reflets clairs, on ne voit que ça au milieu du restaurant et, en général, quand on ne voit qu'une chose on ne la voit plus : ce soleil effrangé de frisures l'éblouit, réduit tout ce qui l'environne à un poudroiement doré, les sourires, les bouts de peau nue, les bruits de bouche et de couverts.

En se faufilant jusqu'au comptoir, Ali sent son pouls lui battre aux tempes. Quand Allia croise enfin son regard, elle se mord la lèvre inférieure et ses sourcils se soulèvent en même temps, inclinés vers le milieu du front et froncés comme si le plaisir de le revoir après tout ce temps lui causait une sorte de douleur physique. Ils se font trois bises, la dernière dure plus longtemps, Ali espère qu'il ne sent pas trop la transpiration mais comment savoir, comment ne pas s'habituer à sa propre mauvaise odeur ?

Allia se rassoit après l'avoir embrassé. À la spectaculaire exception de sa coiffure, elle n'a pas changé, elle en impose toujours autant du haut de son 1,79 mètre, elle ne veut jamais avouer qu'elle mesure 1,80 mètre et porte des baskets blanches sans talon. Son corps svelte et puissant paraît à l'étroit dans sa robe bleue à manches courtes, rehaussée d'une ceinture marron finement tressée. Elle n'est pas maquillée, ses mains ne sont encombrées d'aucune bague, ses poignets d'aucun bracelet, son seul bijou est un pendentif en or jaune qui attire l'attention sur ses clavicules saillantes et sa longue nuque à la peau impeccable. Quand elle sourit, sa gencive du haut se montre, ses narines frémissent, ses yeux noisette s'éclairent. C'est elle, l'Allia de toujours, elle n'a pas changé, elle ne changera jamais.

— J'ai commandé un truc à grignoter, j'avais trop faim, tu ne m'en veux pas, j'espère ?

Ali jette un œil à son tartare de daurade. Les dés de mangue sont inégaux et le citron vert zesté n'importe comment. Il a été second de cuisine dans le restaurant d'un meilleur ouvrier de France, il n'aurait jamais laissé partir une assiette pareille, surtout au prix que ça doit coûter dans ce quartier.

À l'autre bout du comptoir, il surprend les mines goguenardes d'une escouade de petits mecs en costume Hugo Boss, ils sont tous décravatés, sans doute de frais émoulus d'école de commerce qui sillonnent les quartiers à la mode en bavant sur les crinières des Parisiennes ethniques, Ali entend ce bout de phrase en allant se laver les mains aux toilettes, s'il était plus courageux il leur demanderait de qui ils parlent, comment ils osent, évoquer dans ces termes une major de l'X, la réduire à ses cheveux.

Allia ne les a même pas remarqués. N'existent dans son monde que ceux à qui elle s'adresse ou qui s'adressent à elle, c'est en Amérique qu'elle a appris à gérer le problème masculin de cette façon, Ali se souvient de l'e-mail où elle a employé l'expression « problème masculin », il se souvient de tous les e-mails qu'elle lui a écrits, il pourrait en réciter certains par cœur.

— Mais comment tu vas, *toi* ?

Il commande un verre du même vin blanc qu'elle, et le regrette dès que ses lèvres entrent en contact avec l'alcool, il déteste l'alcool, le goût de l'alcool et les insomnies où un demi-verre suffit à l'entraîner. Ils n'ont pas autant de temps qu'il le souhaiterait pour parler de ses problèmes qu'il résume à sa tentative d'évasion de Saint-Étienne, de plus en plus urgente mais sans cesse retardée. Il met le maximum de côté avec son business de cuisine à domicile mais ce n'est pas facile, les prix de l'immobilier font de la capitale une citadelle imprenable...

Au détour de la conversation, il dit être venu en TGV, elle insiste pour le défrayer. Il devrait avoir honte, il préfère se réjouir qu'elle soit si pleine d'égards envers lui. Il s'en sort en inventant d'autres amis à voir et en lui demandant enfin en quoi consiste ce fameux dîner, combien de convives, peut-il s'en occuper seul ou doit-il recruter, pourquoi est-elle de retour, d'ailleurs ?

Allia prend sa respiration comme on prend son élan, et de sa jolie voix éraillée lui parle de la nouvelle vidéo de la présidente, qui n'en finit pas de faire exploser les réseaux sociaux et qu'une bonne moitié des clients du restaurant sont en train de regarder en ce moment même, de scruter plan par plan, au ralenti, en accéléré, en zoomant jusqu'au ras des pixels pour se forger une opinion, ils ont les yeux plissés et le demi-sourire idiot qu'on fait quand on se demande intensément si une image est vraie ou fausse, sans pouvoir décider.

Les faits remontent à la campagne présidentielle de 2022, quelques mois plus tôt. Celle qui va la remporter est une protégée du président sortant, qui l'a nommée au ministère de l'Économie et des Finances et couverte d'attentions et de compliments publics. Leurs courbes de popularité ont toutefois connu des trajectoires inverses, jusqu'à se croiser et justifier la candidature dissidente de la ministre. Si elle est adorée à domicile, elle souffre d'un déficit de notoriété sur la scène internationale. Pour le combler, elle entreprend une grande tournée européenne et africaine qu'elle met un point d'honneur à clore par l'Algérie. On l'attend au tournant sur la question algérienne. Chacun sait que dans sa famille on était pour l'Algérie française, mais c'était il y a soixante ans, *soixante ans*, répète-t-elle en insistant sur le « soi » de « soixante » quand on l'interroge sur le colonialisme, le passé qui ne passe pas, l'impossibilité d'organiser un match de foot entre les deux nations par peur des débordements.

Ses positions sur les réfugiés qui meurent en Méditerranée ne datent pas du siècle précédent, en revanche, elles sont, comme toutes ses positions sur les sujets majeurs, en phase avec la majorité de son opinion publique qui n'a rien contre l'idée d'aider les pays de départ à se développer à condition qu'ils empêchent leurs ressortissants de venir chez nous. Les Algériens ne s'y trompent pas et boudent la visite de la ministre en campagne. Elle proteste de sa bonne foi, jure vouloir s'ériger en rempart contre les idées d'extrême droite. Plus personne ne croit que de tels remparts existent, lesdites idées passent entre les créneaux et deviennent majoritaires au sein de la place forte, c'est ainsi que ça fonctionne et la ministre rebelle en est parfaitement consciente.

Son cortège traverse les rues d'Alger sous les huées. Après avoir chassé l'oligarchie qui étranglait le pays depuis des décennies, la jeunesse algérienne a proclamé sa deuxième indépendance et porté au pouvoir un quadragénaire sorti de nulle part ou presque. La presse internationale s'accorde à dire qu'il est en train de réussir la « transition démocratique ». Sa cote de confiance atteint des niveaux stratosphériques.

Celle de la candidate française la plus en vue n'a pas beaucoup à lui envier, toutes proportions gardées. La future présidente maîtrise les dossiers, son programme rassure les milieux d'affaires tandis que sa personnalité séduit, bien au-delà de sa famille politique. Elle a ringardisé les grandes gueules qui s'écharpent sur Twitter en privilégiant TikTok, l'application chinoise qui lui permet de faire passer ses messages en contrebande, par la musique, en se filmant elle-même, en mode selfie. L'application propose des morceaux prédécoupés, les utilisateurs dansent ou miment les paroles avec la bouche en prenant des poses amusantes. La candidate, alors encore trentenaire, n'a jamais fait mystère de sa passion du karaoké, TikTok lui permet simplement de la partager avec le plus grand nombre. Elle s'y montre sous son meilleur jour, jeune, belle, souriante, elle incarne une France blanche et gracieuse, à la fois éternelle et primesautière, on la reçoit comme une enfant du pays dans toutes les régions qu'elle visite, non sans la gronder, parfois, parce qu'elle passe trop de temps sur les réseaux sociaux.

À l'étranger, c'est une autre affaire. Les progressistes européens voient bien qu'elle incarne un populisme inédit, dissimulant une pratique autoritaire sous le faux nez de la respectabilité centriste. Le chef de l'État algérien accepte à contrecœur de la rencontrer au lieu de la faire recevoir par un ministre. Conscient qu'il s'agit sans doute de la future dirigeante de la sixième puissance mondiale, il accède à sa demande : une demi-heure en tête à tête dans un salon du palais d'El Mouradia, sans traducteurs, sans gardes du corps. Elle a déjà fait le coup du tête-à-tête radical avec d'autres dirigeants de pays musulmans, certains y voient une critique, dans la droite ligne de son refus de porter le hijab lorsqu'elle visite un pays du Golfe, ça fait parler sur les plateaux télé et applaudir la partie de l'électorat qu'elle espère ramener dans le giron de l'honorabilité républicaine.

L'entrevue dure quarante-cinq minutes. Au point presse prévu dans un salon voisin, la candidate apparaît mal en point, « secouée » est le mot que reprendront tous les journalistes. On dirait qu'elle vient de faire un malaise ou d'apprendre une grave nouvelle : ses joues s'empourprent, elle bafouille, baisse la tête pour ne pas croiser l'objectif des caméras. Son équipe écourte la conférence de presse dès qu'ont été prononcés les éléments de langage prévus. Aucune raison de ne pas accepter la version du coup de chaud à ce moment-là : le président algérien enchaîne les plaisanteries depuis son pupitre, tout a l'air normal, les rires dociles des journalistes embarqués, la nervosité des staffs respectifs. De retour à Paris, personne n'ose critiquer sa contre-performance, la campagne a été longue, les attaques misogynes se sont retournées contre ceux qui les proféraient, mettrait-on en cause l'endurance et les capacités physiques de la candidate si c'était un candidat ?

Une semaine avant le premier tour, une vidéo de l'entrevue d'Alger commence à circuler sur les réseaux sociaux. Ce sont les images de deux caméras de vidéosurveillance qui ont enregistré la totalité de ces quarante-cinq minutes que le président algérien et la candidate française ont passées ensemble. Ils sont assis face à face dans de larges fauteuils carrés, séparés par une table basse en verre où sont disposés viennoiseries, rafraîchissements et fruits locaux. Les caméras de surveillance n'enregistrent pas le son et le grain de l'image est de piètre qualité, tout devient flou quand on zoome mais à la vingt-deuxième minute, on voit très nettement le président algérien se lever et s'étirer dans un geste d'une familiarité inhabituelle. Il pointe du doigt la table basse, l'invite à prendre quelque chose, la candidate fait non non de la tête, il insiste, une fois, deux fois. Puis il s'approche d'elle, se baisse pour récupérer une tranche de melon et la lui tend. La candidate tourne la tête et les épaules en direction de la porte, une des deux caméras capture son visage en gros plan : elle est absolument terrorisée.

La suite lui donne raison. Le président algérien, comme pris d'un accès de démence, se précipite sur son invitée en défaisant sa ceinture et fourre la tranche de melon, de force, dans sa bouche, pour l'empêcher de crier. Elle se débat tant bien que mal mais il fait deux fois son poids et la sangle efficacement par-derrière, au moyen de sa propre ceinture dont il se sert comme d'un lasso, retenant le nœud d'une main tandis que son autre main se faufile sous la robe de sa victime. Comment s'y prend-il pour arracher son collant, on ne le sait pas, il semble y parvenir assez rapidement. Une longue pénétration digitale s'ensuit. À la vingt-septième minute, le président retire sa main, remet sa ceinture, se recoiffe et retrouve son siège et son sourire de beau gosse, comme si de rien n'était.

Pendant la vingtaine de minutes restantes, la candidate a les mains qui tremblent mais elle ne bouge pas de sa chaise, elle continue d'écouter et de réagir aux propos du président algérien, on ne sait pas de quoi ils parlent, de quoi peut-on bien parler dans ces cas-là ? C'est lui qui se lève le premier. La candidate le suit, presque résignée, et se frappe les joues des deux mains, pour se donner le courage d'affronter la meute qui l'attend à la sortie. Au moment de pousser la porte, elle lève les yeux sur une des caméras de surveillance.

Une version abrégée de la vidéo échappe aux censures et aux retraits de plateformes. La semi-clandestinité où elle entre alors lui offre un prolongement de viralité, comme une seconde vie. En quarante-huit heures, des dizaines de millions d'utilisateurs uniques ont vu la scène, ou du moins lu le fichier vidéo. Le gouvernement algérien fait part de son indignation devant ces images qui sont de toute évidence truquées. Il diffuse ce qu'il appelle le vrai enregistrement de vidéosurveillance, lequel montre une entrevue cordiale, sans incident pendant les trois quarts d'heure qu'a duré le huis clos.

La candidate française délaisse TikTok pour publier un austère communiqué allant dans le même sens : cette vidéo est un faux ignoble, un kompromat en pire, il faut que ses auteurs soient poursuivis et punis de manière exemplaire.

La crise diplomatique ne fait que commencer. Tout le monde s'improvise détective. On joue au jeu des sept différences entre la fin de la vidéo de l'entrevue et les images que les caméras de télévision ont tournées lors du point presse : on ne trouve que des ressemblances.

On s'interroge : si le viol a eu lieu, quel intérêt la candidate aurait-elle eu à le cacher ? Inversement, comment aurait-elle pu en parler sans provoquer une guerre de Troie entre les deux pays ? Seules deux personnes savent ce qui s'est réellement passé lors de ce huis clos, et toutes les deux nient vigoureusement qu'il s'agisse des faits montrés dans la vidéo.

Pourtant, le trouble persiste. Malgré certains détails grotesques comme la tranche de melon et la ceinture utilisée comme un lasso pour ne pas laisser de traces sur le cou, les images du viol paraissent terriblement vraies, si elles ne le sont pas il faudrait que des sosies parfaits aient été embauchés, dans un décor reproduit à l'identique, ceux qui connaissent le palais présidentiel algérien sont formels : il s'agit bien du salon de réception, on reconnaît les tableaux, les tentures, le carrelage, non, on a affaire à une superproduction, des moyens considérables ont été mis en œuvre, il ne peut s'agir que d'une intrusion étrangère pour influencer le résultat de l'élection française et décrédibiliser le nouveau pouvoir algérien. On pointe du doigt les suspects habituels, la Russie, la Chine.

Qu'elle soit authentique ou non, la vidéo produit un effet déterminant et immédiat. Une immense vague de sympathie se soulève en faveur de la candidate. C'est la France qui a été attaquée à travers sa personne qui l'incarne si bien, on a beau entendre les dénégations des deux parties, on a vu ce qu'on a vu. Alors qu'aucun sondage ne mettait la candidate en première position au premier tour, elle y réalise un score de 27 %, ce qui équivaut à une mise sur orbite pour le second tour. Quelques jours après son investiture, une information judiciaire est ouverte pour identifier la provenance de cette vidéo qui a probablement fait basculer l'élection, et traduire les responsables devant les tribunaux.

Les expertises rendent leurs conclusions au mois de juin. Tout laisse à penser qu'il s'agit d'une vidéo de synthèse, un deepfake de deuxième génération. Les outils d'intelligence artificielle qui manipulent ces vidéos sont devenus si performants que la contrefaçon est à présent indétectable. Les techniques de morphing facial, autrefois réservées aux productions à très gros budget, ont été mises à la portée des hackers les moins finauds pourvu qu'ils disposent d'un ordinateur avec une raisonnable puissance de calcul et d'une demi-journée de libre devant eux. Ils peuvent superposer des images à d'autres images, remplacer des visages dans un clip, animer artificiellement des bouches afin de leur faire dire ce qu'ils veulent. Ils peuvent fabriquer des rumeurs et des fake news en vidéo, autrement dit dopées aux stéroïdes, capables d'abuser nos sens et de mettre en échec nos instruments de vérification les plus sophistiqués.

Les cas de chantage aux deepfakes se multiplient à travers le monde. On raconte que des célébrités ont dû s'acquitter de rançons de plusieurs millions de dollars en bitcoins pour éviter de voir leur carrière ruinée par une fausse vidéo compromettante. On ne dit plus deepfakes depuis qu'ils sont devenus si efficaces, on parle de « mirages », du nom de la compagnie californienne, Mirage Entertainment, qui s'évertue à développer des applications positives de cette diablerie technologique. La présidentielle américaine de 2020 a déjà été transformée en bataille navale de fausses vidéos.

Les députés français, renouvelés ou fraîchement élus, veulent montrer qu'ils n'entendent pas rester les bras ballants. Un nouvel été caniculaire s'abat sur l'Europe lorsque l'opposition demande et obtient la création d'une commission d'enquête parlementaire, pour déterminer si la présidente française et son homologue algérien ont été les victimes ou, le cas échéant, les bénéficiaires d'un mirage, et comment faire, surtout, pour empêcher que ce genre de manipulation massive de l'opinion ne se reproduise.

Les travaux de la commission s'interrompent quelques semaines en août. Le jour de la reprise, alors que les parlementaires auditionnent le responsable de la sécurité de l'ex-candidate devenue présidente, une nouvelle vidéo surgit sur Twitter et fait le tour du monde, c'est toujours le huis clos d'Alger mais capturé, cette fois-ci, par une minuscule GoPro dissimulée dans le saladier de melons : non seulement les curieux de Pigalle sont aux premières loges pour voir le viol, mais, la caméra étant équipée d'un micro, ils peuvent également l'entendre dans leurs AirPods, et les virgules blanches qui parent les oreilles de la moitié du restaurant frémissent des sanglots de terreur étouffés de la victime et de la longue discussion consécutive où son bourreau la convainc de ne pas en souffler mot, dans leur intérêt à tous les deux et dans celui de leurs peuples.

— Il faut arrêter d'en parler comme d'une technologie, ce n'est pas une technologie, c'est un fléau, tempête Allia en terminant son tartare de daurade. L'apocalypse informationnelle, la fin du monde médiatique. Imagine une invasion de sauterelles dont la moitié seraient des hologrammes. Imagine la panique que ça engendrerait… Eh bien on y est.

Ali lui demande si la seconde vidéo est elle aussi un mirage, il l'a écoutée en fermant les yeux et c'étaient exactement les voix des protagonistes réels, pour autant qu'il puisse en juger.

Allia fronce les sourcils comme si la question la mettait de mauvaise humeur.

— Techniquement ça pourrait être un mirage, oui, la synthèse vocale n'est pas du tout le plus difficile à réaliser, contrairement aux éclaboussures, par exemple, regarde bien, tu ne verras jamais d'éclaboussures dans un mirage, mais bon ce n'est pas le sujet, le sujet c'est que personne n'ose dire la vérité au sujet des mirages, qui est *qu'on ne peut pas* les détecter, on ne peut pas plus prouver qu'une vidéo est vraie qu'on ne peut prouver qu'elle est fausse. Il faut commencer par reconnaître son impuissance quand on est devant un monstre de cette ampleur. C'est ce que je vais leur dire vendredi prochain.

Allia fait partie du panel d'experts que la commission d'enquête parlementaire a prévu d'auditionner. Après ses brillantes études, elle a quitté le vieil hémisphère pour rejoindre un laboratoire d'intelligence artificielle sur la côte est américaine, et puis la Californie.

— Avec mon équipe ça fait des années qu'on essaie de tirer la sonnette d'alarme, des deux côtés de l'Atlantique, la NSA, des gens du ministère de la Défense ici, j'ai même participé à une table ronde à Bruxelles avec des experts en cybersécurité venus de toute l'Europe. Mais c'est trop tard, il fallait agir avant, quand la couture était visible, au moment où les deepfakes faisaient rigoler tout le monde avec des fausses vidéos porno de Gal Gadot.

— Celle qui jouait dans *Wonder Woman* ?

— Je vais t'expliquer.

La plupart du temps il faut avoir fait Polytechnique comme elle pour comprendre ce qu'Allia raconte, mais aujourd'hui elle fait des efforts, elle en redouble, même, car elle a face à elle un illettré technologique, du même niveau d'illettrisme que les parlementaires qui vont l'écouter vendredi prochain.

Ils sont installés de part et d'autre de l'angle du comptoir. Allia se tient droite, les épaules vers l'avant comme toujours, elle est impliquée, c'est le mot qui convient. Le problème des gens impliqués, c'est qu'ils vous impliquent, aussi : quand son regard retombe sur Ali pour s'assurer qu'il a bien saisi, il hoche la tête en scrutant un point élevé au-dessus de sa tête, pour suggérer que jusqu'ici c'est bon, il suit, mais qu'il faut quand même y aller doucement.

Alors elle y va doucement, c'est comme une répétition générale, elle lui explique en quoi les mirages diffèrent des photomontages et des images de synthèse, parce qu'ils reposent sur des réseaux neuronaux qu'ils s'inspirent du fonctionnement du cerveau humain afin de le dépasser. Elle lui parle de l'apprentissage profond ou deep learning, d'où le « deep » de deepfake, une technologie qui consiste à entraîner les algorithmes à apprendre par eux-mêmes, notamment de leurs erreurs, sans avoir été programmés pour chacune des tâches complexes qu'ils sont amenés à concevoir avant de les effectuer. Les logiciels préhistoriques comme Photoshop se contentaient d'assembler des éléments d'une petite poignée de sources existantes, tandis que les créateurs de mirages s'abreuvent à un véritable océan de données audiovisuelles, un volume sans précédent dans l'histoire de l'humanité, des millions de millions d'heures de vidéos de visages, de mimiques, de démarches, d'attitudes, de postures, de paysages, d'intérieurs, d'animaux et d'objets, sur YouTube et ailleurs, et parviennent à générer artificiellement des images en mouvement ou le son d'une voix avec une finesse de texture et un réalisme tels que l'œil et l'oreille humains ne peuvent que succomber à la supercherie.

— La texture, c'est le mot clé, dit-elle mystérieusement.

Ali lui demande pourquoi, il ne comprend rien à la réponse, sinon que bientôt, très bientôt, il va suffire d'imaginer une scène pour que les logiciels la réalisent. Les acteurs vont disparaître des films, remplacés par des êtres de synthèse qui n'auront besoin que d'être programmés au lieu de multiplier les prises et de demander des cachets exorbitants. Dans les stories Instagram, les snaps et les TikTok, on va voir, au milieu d'images réelles et quotidiennes, des vidéos de centaures poussant leur caddie dans un supermarché avec la mine patibulaire des gens qui font leurs courses. On y croira, et en même temps à force de devoir se méfier de tout on ne fera plus confiance à rien. L'émoji va devenir l'emblème de notre décennie.

Quand ce ne seront pas de bénignes illusions d'optique et ces effets spéciaux hollywoodiens à la portée de tous, les mirages serviront à embarrasser des célébrités, comme c'est déjà le cas, mais aussi des anonymes. Le *revenge porn* va passer à l'étape supérieure, se généraliser dans les cours d'école, transformer les comportements amoureux comme l'ont fait toutes les révolutions technologiques depuis l'invention de l'imprimerie jusqu'aux filtres Snapchat et autres jeux vidéo érotiques en réalité virtuelle. Des kits circulent depuis longtemps déjà sur Reddit pour trafiquer les clips, éditer le visage d'une ex sur le corps d'une actrice de film érotique, par exemple. Ces mirages du quotidien vont causer des dégâts irréparables à une échelle qu'on peine à se représenter car elle se situe loin des grandes affres du monde, des présidents violeurs et des incidents diplomatiques entre nations qui n'ont jamais réglé leurs comptes.

À la fin de son monologue, Allia remarque le sourire malsain qui a dû s'emparer du visage de son ancien camarade. Ali n'ose pas lui dire son intime conviction au sujet du Mouradiagate, que tout s'est passé exactement comme dans les deux vidéos, qu'il ne s'agit pas d'une contrefaçon mais d'un vrai viol digital subi par la présidente et qu'elle a choisi de nier pour en tirer le profit politique qu'on sait.

Il n'ose pas lui dire non plus qu'il trouve que c'est bien fait pour elle. Comme tous les Arabes, il déteste la nouvelle présidente, il déteste sa beauté, son sourire éclatant et le racisme visqueux, inattaquable qu'il dissimule.

Voilà ce qu'il n'ose pas lui dire : qu'il voudrait la voir morte.

— Tu penses à quoi ? Non mais vas-y, insiste Allia.

Poussé dans ses retranchements, Ali se contente d'avouer que ça l'a un peu fait marrer quand même, le coup du melon.

Allia se rembrunit, ses épaules s'avancent, menaçantes. Est-ce que ça le fait marrer aussi, les usages malveillants à grande échelle de vidéos de synthèse de plus en plus difficiles à distinguer des vraies ? Est-ce que ça le fait marrer, les services secrets qui préparent de fausses prises satellites d'installations nucléaires pour déclencher la prochaine guerre mondiale ? Et les suprémacistes blancs qui fabriquent des invasions de zombies basanés aux frontières de l'Europe ? Et les climatosceptiques qui prétendent que les images d'ours maigrichons faisant les poubelles à cause de la fonte des glaces sont des mirages produits par le grand complot judéo-environnementaliste mondial, ça le fait marrer, qu'on ne puisse rien leur opposer de solide ?

Il fait non de la tête, non, ça ne le fait pas marrer.

Elle se mord la lèvre, pousse un soupir :

— Pardon, je suis désolée, c'est la pression.

Se montre-t-elle aussi passionnée avec tous ceux qu'elle essaie d'alerter ou seulement avec lui, parce qu'elle tient à leur amitié et qu'avec ses amis on ne se préoccupe pas d'apparaître calme et modéré quand on est entouré de cervelles qui explosent ?

Premier temps mort depuis le début de leur conversation. Il regrette qu'ils ne fument pas ou, pour lui, plus : un changement de décor aurait permis de régénérer leurs retrouvailles, de leur donner un second souffle.

À la place, Allia regarde son téléphone, un vieil iPhone aux angles cabossés, à l'écran étoilé, sans coque de protection. Elle l'emprisonne dans ses grandes mains aux ongles recouverts de vernis transparent.

— Je ne vais pas trop tarder, dit-elle, les yeux plissés, en promenant un bâillement agacé sur le vacarme du restaurant, comme s'il ne l'étourdissait que maintenant, au moment de le quitter.

Ali lui promet de réfléchir à un menu haut de gamme dans les jours qui viennent, même s'il n'a toujours pas réellement saisi la raison de ce dîner et qui étaient les invités.

— Une seconde.

Elle se lève de son siège et tend une Amex à la serveuse. Ils ne prennent pas les American Express. Elle tire une autre carte de son portefeuille et baisse d'un ton, comme si elle allait lui confier un secret d'État :

— J'ai inventé un antidote, une solution au problème des mirages, c'est compliqué à expliquer en une minute, mais en gros je vais essayer de lancer une application dans les mois qui viennent, de tester une première version à l'échelle de la France, c'est pour ça que je suis là, il faut que je rencontre des investisseurs, des financiers, des donneurs de pépettes, appelle-les comme tu veux.

— Et pourquoi la France ?

Elle bat des paupières, fatiguée par anticipation, ça prendrait trop de temps de tout lui raconter et elle doit filer pour de vrai, apparemment. Elle lui dicte son numéro en commençant par +33 et un accablement le saisit, il ne la reconnaît plus soudain, elle ressemble à une de ces bourgeoises internationales, fonctionnaires de la Banque mondiale ou start-uppeuses qui partagent leur temps entre deux ou trois continents et vantent l'énergie des mégalopoles qu'elles traversent à bord de berlines climatisées, convaincues d'avoir pris le pouls du pays parce que leur chauffeur Uber a bien voulu leur faire la conversation pendant le temps du trajet.

Il se trompe, il s'en rend compte lorsque le menton d'Allia pivote vers lui et qu'elle esquisse un sourire plein de douceur et de bienveillance. Son visage attrape même un rayon de soleil, un des derniers de la journée, de l'été, peut-être. Elle se lève, il a beau connaître sa taille, c'est toujours impressionnant quand elle se met debout et le domine de la tête et des épaules. Après un hug d'au revoir à l'américaine, elle lui dit à l'oreille à quel point ça lui fait plaisir de le revoir. Il sent son haleine chaude dans son oreille, et il remarque les sourires en coin de quelques dîneurs, c'est vrai qu'ils forment un drôle d'attelage. Un genre de Belle et la Bête : l'amazone et l'avorton.

Quand elle s'éloigne, il frémit en se disant qu'il pourrait passer des heures, des jours, toute sa vie à se tenir simplement auprès d'elle et à la regarder en contre-plongée.

Il revient à Paris le jeudi suivant, à la veille du dîner, avec sa mallette d'épices et ses couteaux.

Allia insiste pour l'héberger, ne serait-ce que pour lui montrer l'incroyable hôtel particulier qu'un riche ami met à sa disposition pendant son séjour. En arrivant devant le numéro qu'elle lui a indiqué, au détour d'une petite rue du 1er arrondissement, tout près de la Banque de France et des jardins du Palais-Royal, il comprend que riche, l'ami en question doit l'être de façon démesurée. La porte cochère est encastrée dans une banale muraille de pierre de taille surmontée d'un balustre, rien ne le prépare, quand Allia vient lui ouvrir, aux merveilles d'architecture et de décoration que recèle l'intérieur du bâtiment construit pour un marquis du XVIIe siècle, à l'époque où l'élite parisienne cherchait à se rapprocher de Richelieu et de son palais, cardinal avant qu'on ne le dise royal.

Un escalier monumental en marbre distribue trois étages de cabinets, de chambres et de pièces d'apparat en enfilade. Les parures des chambres ont été conservées, des tableaux sont incrustés sur les dessus-de-porte, les boiseries peintes en blanc et or, pas un centimètre carré de mur qui ne soit peint, orné, historié, décoré de quelque façon.

Allia lui montre le chemin des cuisines en empruntant un escalier de service. Elle porte un legging et des baskets multicolores ajourées de bandes fluorescentes, en prévision de son jogging du matin. Ali est stupéfait par la désinvolture avec laquelle elle évolue dans ce décor, s'il ne la connaissait pas il pourrait croire qu'elle y a passé toute sa vie, qu'elle fait partie de ces enfants de diplomates ou de grands patrons qu'aucun faste n'intimide.

Les fenêtres de la cuisine font partie d'une façade en ravalement. Par un trou dans le plastique vert qui barde l'échafaudage, il aperçoit le cheval cabré de la statue de Louis XIV au milieu de la place des Victoires.

— Je ne savais pas que tu avais des amis dans la vieille noblesse, dit-il en entrant dans la cuisine, flambant neuve et parfaitement équipée, où il va travailler.

— Vieille noblesse ?

Elle s'arrête, recule un peu les épaules et sourit en plissant les yeux :

— Mais attends, en vrai tu sais chez qui on est ? Tu me fais marcher, c'est ça ?

Ali cligne des yeux à toute vitesse. Il ne veut pas avoir l'air stupide, heureusement l'adrénaline le fait réfléchir plus vite que d'habitude et il finit par trouver. Cette propriété qui doit valoir dans les dix millions d'euros appartient évidemment à leur ancien camarade de prépa, Kader, qui a fait fortune dans les bitcoins et s'est récemment lancé dans la guerre de la 5G avec son propre opérateur de téléphonie mobile.

Ali se souvient de la voix de Kader, même si la dernière fois qu'il l'a entendue c'était en prépa. Maintenant qu'il sait que cet hôtel particulier lui appartient, il lui semble en percevoir l'écho partout, comme si elle avait imprégné les tentures, les tapis, jusqu'au velours des bergères qu'Allia déplace et réarrange en poursuivant son tour du locataire.

— Pour être honnête, je ne sais pas si les vieilles familles ont encore les moyens de vivre dans ce genre d'endroits. Tant mieux pour Kader. Et tant mieux pour moi… Tant mieux pour nous, en fait.

L'inclut-elle dans le « nous », Ali l'ignore. Il n'ose pas insister mais il aimerait bien savoir pourquoi, si Kader peut lui prêter son palais avec vue sur la place des Victoires, elle a besoin d'aller draguer des investisseurs. La question lui paraît idiote quand il la formule dans sa tête, il ne sait pas vraiment pourquoi mais ces choses le dépassent, il préfère en rester à ce qu'il connaît et lui parler du menu qu'il a imaginé en passant au potager de Courrances avant de la rejoindre.

Septembre, c'est la fin des légumes d'été et le début des racines. Les dernières rhubarbes lui plaisaient bien, il avait d'abord songé à une canette, un petit magret peut-être, mais les tomates l'ont fait chavirer, elles sont exceptionnelles, incontournables. Il va donc préparer en entrée un maquereau poché dans une eau de tomate et une marinade de concombre parfumée au fenouil avec une goutte de gin. Un quartier de tomate brûlé au chalumeau complétera l'assiette.

Toute cette fraîcheur fait saliver Allia, il le voit, elle tire un bout de langue, ses yeux s'agrandissent.

Pour le plat principal, il hésite encore, il s'est dit que ses convives ne sont pas du genre à être impressionnés par des truffes ou du foie gras, tandis qu'une spécialité de la région natale d'Allia, l'Allier, une belle pièce de charolais...

— Excellente idée, l'interrompt-elle en surveillant son portable.

Il abrège, de toute façon ça dépendra du boucher qu'il va voir cet après-midi. Au téléphone, ils ont parlé d'un bœuf maturé, c'est la mode, de rancir les viandes de bœuf, l'oxydation leur donne du caractère, leur gras y prend un fondant inimitable. Il va sûrement demander une côte de charolais, qu'il accompagnera de pommes dauphine à la moutarde et au cantal, pour rester dans les fromages du Centre. Quant à l'assaisonnement de la viande, il pensait à un poivre sauvage de Madagascar, ou encore mieux, s'excite-t-il en bousculant les flacons de sa mallette de sorcier, son préféré du moment, le meilleur poivre du monde, le Penja du Cameroun.

— Super.

Service à l'anglaise, la côte de bœuf découpée sur table, devant les invités, qu'en pense-t-elle ?

— Ça m'a l'air parfait, absolument *parfait*.

C'est ce « parfait » qui l'empêche de dormir, la fausseté de son ton ascendant quand elle l'a prononcé, elle n'a pas pu ne pas s'en rendre compte.

Il lui trouve des excuses, c'est normal de stresser à la veille d'un passage devant une commission d'enquête parlementaire filmée. Même lui, à son petit niveau, il est stressé. Aux premières lueurs de l'aube, après une insomnie brutale, cinq ou six heures à regarder les plafonds peints, les bois sculptés de son lit à baldaquin, il s'endort enfin. Mais c'est un mauvais sommeil, il enchaîne les cauchemars culinaires. Il rêve qu'il rate ses pommes dauphine : la purée de pommes de terre qu'il incorpore à sa pâte à choux est cordée, c'est trop tard pour tout recommencer, Allia va le maudire. Dans une autre version du cauchemar, il détaille son cantal en cubes, trempe ceux-ci dans la moutarde, et c'est au moment de les façonner en boules autour des pommes dauphine qu'il perd toute dextérité et les écrase entre ses mains huilées.

Allia est déjà partie quand il se réveille. Il ne l'a pas entendue quitter leur étage, les parquets sont recouverts d'épais tapis bariolés qui étouffent le bruit des pas. Après avoir surveillé son eau de tomate qui continue de goutter comme il faut, il se prépare un café et le sirote en s'aventurant dans la suite d'Allia. À l'intérieur de son dressing, il découvre une quinzaine de tenues similaires qui lui servent de base et qu'elle accessoirise en fonction des circonstances. Elle possède des tuniques, quelques robes de soirée, deux paires de Louboutin au milieu d'une quinzaine de paires de baskets, toute une panoplie de châles et de foulards parfumés et enfin une robe kabyle blanche avec des bandes colorées et les mêmes motifs que sur les tenues traditionnelles de la mère d'Ali.

Il poursuit son inspection dans la chambre à coucher, remarque le dessus-de-lit pastel en soie naturelle et l'absence de toute photo personnelle sur les tables de nuit, la coiffeuse ou le lutrin, seulement des livres, des piles entières de livres, en français, en anglais, éparpillés jusque sous les coussins. Il y voit, ou veut y voir, le signe qu'elle ne passe ses nuits qu'en leur chaste compagnie.

En fin de matinée, après avoir récupéré sa côte de bœuf, il enfile son tablier, allume la télé de la cuisine et va directement sur la treizième chaîne, la chaîne parlementaire, qui diffuse les auditions de la commission en direct et en intégralité. La sculpturale silhouette d'Allia fait sensation quand elle fend la marée de costumes gris et de crânes d'œuf pour rejoindre son coin de table et son micro.

Elle a choisi un pantalon noir et une sobre blouse à lavallière blanche. Elle porte des lunettes, même si elle ne lit aucune de ses notes et regarde rarement plus loin que le bout de ses doigts. Elle a cet air qu'il connaît bien, concentré, ténébreux et curieusement juvénile, comme si elle redevenait cette bête à concours dont l'intelligence puissante ne rencontrait jamais de résistance.

Pourtant, ce matin-là elle ne parle que d'échec, un échec collectif qui la brûle comme si elle en était la seule et unique responsable. Ne pas pouvoir prouver qu'une vidéo est vraie ou fausse est un problème qui la hante depuis longtemps, avoue-t-elle d'emblée, bien avant la crise des mirages. Elle s'est intéressée à toutes les tentatives des constructeurs de caméras pour signer leurs images, avec de subtiles différences de pixels, comme un tampon, un sceau indélébile, imperceptible à l'œil nu, on appelle ça la stéganographie, ça ne marche plus. D'autres solutions techniques ont été imaginées autour de cette notion de « bruit », utilisée par les spécialistes de *video forensic* pour qualifier les infimes erreurs produites par le capteur et identifier les images à la façon d'un passeport infalsifiable. Des maîtres chanteurs peu expérimentés ont été démasqués grâce à ces subterfuges. Mais les usages malveillants de l'intelligence artificielle progressent plus vite que les moyens de s'en garantir, et les générations ultérieures de mirages parviennent sans difficulté à contrefaire tampons, taches de naissance et signatures biométriques.

Il faut comprendre qu'on vient de basculer dans l'inconnu, poursuit-elle. Les agences et organes de presse vont devoir consacrer une partie croissante de leurs ressources à l'authentification des vidéos à valeur informative qui circulent sur les réseaux sociaux, mais il leur faudra plus de temps pour parvenir à un diagnostic un tant soit peu solide qu'il n'en faudra aux hackers pour usiner de nouvelles contrefaçons hyperréalistes.

— La preuve par l'image a cessé d'être une preuve, résume la polytechnicienne. On ne peut plus séparer le vrai du faux de façon décisive, la question c'est, n'a-t-on pas sous-estimé à quel point nous étions, collectivement, dépendants de l'image numérique comme source d'information privilégiée, mais une source manipulable à l'envi ? Ce n'était qu'une question de temps avant que la manipulation ne se généralise et ne devienne imperceptible. Nous nous sommes accoutumés à la fréquentation du faux, depuis très longtemps en fait, par les effets spéciaux au cinéma mais aussi par des petites choses plus insidieuses, les filtres des selfies, les photoshoppages, tout ce qu'on a inventé pour se bouffer la cervelle les uns les autres par images interposées...

Elle doit sentir qu'elle a l'air un peu folle, d'un coup, à parler d'anthropophagie au beau milieu d'une commission d'enquête parlementaire.

— Ce que je veux dire, se reprend-elle en fermant les yeux quelques secondes, c'est que ça ne tombe pas du ciel, les mirages. C'est tout ce que je veux dire. Qu'il ne peut pas y avoir de solution exclusivement technique à un problème qui relève de la civilisation.

Le président de la commission demande à Allia ce qu'elle entend par « problème de civilisation ».

Elle a choisi le mot de « civilisation » in extremis, un peu par hasard, et elle paraît hésiter à s'engouffrer dans la voie où veut l'entraîner le président.

— Ce que je veux dire, c'est que le problème n'est pas nouveau, la technologie des mirages est impressionnante, mais c'est surtout notre panique en réaction à cette technologie qui devrait vraiment nous préoccuper. Dans le cas de la vidéo d'Alger, par exemple, on peut s'étonner qu'il n'y ait pas eu plus de gens pour se demander pourquoi on était si prompts à croire à ces images-là. Les images qu'on voit sont souvent celles qu'on veut voir. S'il y a un antidote aux mirages, un contrepoison efficace, c'est par là qu'il faut que ça passe, par la question de savoir ce que nous sommes en tant que société, ce qui nous réunit, comment renoncer à notre double penchant au scepticisme et à la confiance aveugle afin de réapprendre à nous faire confiance...

Ces généralités n'ont pas l'air de susciter l'enthousiasme, elle est plus convaincante quand elle en reste à l'aspect technologique, elle le sent et essaie d'emballer le match en réchauffant son timbre et en adoptant presque le ton de la confidence.

— Enfin, on ne peut pas se contenter d'ajouter des serrures et des clés, pour le dire vite, les cambrioleurs auront toujours une longueur d'avance, quoi qu'on fasse. Il y aurait toujours la possibilité de créer une organisation chargée de filmer en permanence tout le monde à tout instant, de façon à pouvoir valider les alibis et démontrer qu'une vidéo est fausse, mais personne n'acceptera de confier un tel pouvoir à une compagnie privée ou à un État, sauf à sauter à pieds joints dans une techno-dictature, suivez mon regard...

Un député de la majorité présidentielle demande la parole. Assis à la droite du président de la commission, il parle avec un fort accent du Sud et l'assurance agressive des gens qui ne connaissent rien à un sujet mais qui ne voient pas pourquoi ils n'auraient pas le droit de donner leur opinion malgré tout.

— Monsieur le président, mesdames et messieurs, madame, j'aimerais revenir sur quelque chose que vous avez dit et qui me chiffonne, parce qu'on a pu avoir l'impression qu'il y avait des sous-entendus dans votre présentation, présentation passionnante au demeurant, mais je voudrais juste m'assurer qu'elle ne déborde pas le cadre de ce que notre commission demande aux experts qu'elle auditionne.

— Votre question ? ronfle le président de la commission en tournant paresseusement les épaules dans sa direction.

— Bien sûr, monsieur le président, j'y viens. Je me suis renseigné sur votre parcours, madame, parcours tout à fait remarquable et impressionnant, là n'est pas la question, mais si je ne m'abuse vous vivez à l'étranger depuis assez longtemps, non ? Donc, quand vous parlez de « nous », de « collectivement », de « *notre société* », j'aimerais comprendre, vous parlez de la France ?

— Je propose qu'on avance, s'agace le président.

— Oh non, n'y voyez aucune malice, c'est une simple demande de précisions, que madame nous dise quels sont ses sous-entendus, rien de plus. Elle souhaite nous éduquer sur nos propres intentions secrètes, apparemment c'est là que réside son expertise, qu'elle nous dise donc : qu'est-ce qu'on a bien voulu voir dans cette déplorable vidéo qui, je le rappelle, représente un véritable *attentat symbolique* contre notre République en visant celle qui en est devenue la présidente ?

Le tour que prend son intervention suscite quelques remous autour de lui. Hors micro, on entend quelqu'un crier :

— Hors sujet !

— Pardon de mettre les pieds dans le plat, continue le député avec un imperceptible sourire en coin, mais on est là pour se dire les choses, sinon à quoi ça sert de se réunir en commission pendant des mois aux frais du contribuable ? Moi, ça ne me paraît pas du tout hors sujet de demander à notre experte ce qu'elle a pensé, par exemple, des réactions de la communauté algérienne à cette vidéo, je ne vais pas vous livrer le florilège des réactions sur les réseaux sociaux mais on a eu droit à des ignominies qui vont parfaitement dans le sens de ce que vous dites, si je vous ai bien comprise, on voit ce qu'on veut voir. Et il semblerait que certains de nos concitoyens aient voulu voir dans les faits décrits par cette vidéo, mirage ou pas mirage, une forme de vengeance préméditée, voire, pourquoi pas, de réparation…

Cette fois-ci, il va trop loin, des députés de l'opposition exigent que le président de la commission intervienne. Le député sudiste fait mine de ne pas comprendre :

— Ça vous fait si peur que ça, d'admettre qu'il peut y avoir un problème de loyauté avec des gens qui ont la double nationalité française et algérienne ?

Allia essaie plusieurs fois d'activer son micro, on l'entend fulminer avant de la voir. Le réalisateur, sans doute peu habitué à ce qu'il se passe quelque chose lors de ces auditions d'ordinaire soporifiques, revient sur elle en retard et filme sa réaction et son regard noir en plan serré.

— Oui, j'ai la double nationalité, articule-t-elle en desserrant les mâchoires, j'ai la double nationalité et j'en suis fière, je suis fière d'être franco-algérienne, mais si vos propos sont représentatifs de ce qu'est devenue la France depuis l'élection de votre présidente, alors oui, vous avez raison, je n'ai aucune envie de lui être loyale, et encore moins de continuer à me faire insulter. Merci.

Elle rabat la tige flexible de son micro et quitte son siège tandis que le député sudiste éructe, s'indigne, trouvant scandaleux qu'elle ait utilisé dans ce cénacle l'expression « votre présidente » pour qualifier celle qui est aussi sa présidente et celle de tous les citoyens français, quelles que soient leurs opinions, leur religion ou leurs origines.

Ali s'attend à la voir débarquer en hurlant au téléphone, au contraire c'est une Allia paisible, presque distraite qui pousse la porte de la cuisine pour voler une pomme et sur la pointe des pieds, comme si elle ne voulait pas déranger le maestro.

— Quel connard, dit-il d'emblée.

— Ah, tu as vu... Oui, ça ne s'est pas très bien passé.

— Enfin, le reste de ton intervention était magistral, commence-t-il en cherchant mentalement le meilleur morceau.

Elle l'interrompt avant qu'il l'ait trouvé. Il se dit que c'est difficile de ne pas ennuyer Allia quand on discute avec elle, elle pense trop vite et malgré son bon fond, si on ne suit pas son rythme, elle préfère couper court à la conversation.

— C'est gentil mais c'est faux, tout le monde ne retiendra que mon coup de sang et mon départ précipité.

— C'est ton côté algérien, risque-t-il, moi c'est pareil, je pars au quart de tour, il faut croire qu'il y a du vrai, en fait, dans ces histoires de sang chaud.

Ça la fait sourire un peu, et c'est là qu'il voit qu'elle est atteinte, à son sourire avorté qui ne dévoile rien de sa gencive du haut parce qu'il ne vient pas du cœur mais des circonstances.

— Avant que j'oublie, on a une annulation pour ce soir, j'espère que ça ne bouleverse rien pour toi ?

— Ça fera du rab, tant mieux pour les autres, réplique Ali en riant.

Cette fois-ci le rictus qu'elle lui rend fait à peine onduler la ligne de ses lèvres.

Quelques instants plus tard, il lui apporte du thé et une part de gâteau. Les amples mouvements d'un concerto de piano romantique qu'il ne connaît pas déferlent dans le salon d'apparat où elle s'est installée pour travailler. C'est aussi celui où aura lieu le dîner, il est composé d'une suite de deux pièces en enfilade, séparées par une cheminée que surmonte une arcade vide au lieu du miroir habituel.

Allia est allongée sur un canapé au bord de l'immense fenêtre qui donne sur la place des Victoires, elle a le visage absorbé, presque immergé dans l'écran de son ordinateur portable. Sur le reflet de la vitre, Ali peut voir l'écran noir et vert de son programme de code, les lignes de chiffres et de signes qui sont pour lui comme des idéogrammes chinois.

— Je te dérange une petite seconde, murmure-t-il pour ne pas la faire sursauter.

Elle l'avait entendu entrer, elle se contente de lever le doigt pour lui demander de patienter un instant. Elle détache enfin de son ordinateur son regard rétréci par la fatigue, mais ses doigts galopent toujours sur les touches.

— Oh, tu es un amour.

Il dépose le plateau à ses pieds et se retire.

Une heure plus tard, elle le rejoint en cuisine, le surprend en plein épluchage de pommes de terre. Elle s'est changée, elle porte une salopette en jean avec un pull blanc en dessous. Deux autres convives viennent de lui faire savoir, par leurs assistants personnels bien sûr, qu'ils devaient reporter. Le dîner est annulé.

Allia allume la télé. L'extrait de son craquage en direct passe en boucle sur les chaînes d'info. Le député sudiste aussi, en médaillon, en gros plan, d'un plateau à l'autre, répétant toujours la même chose avec la même passion. Allia étouffe un éclat de rire.

— Je suis désolée, gémit-elle, tu avais déjà tout préparé ?

— C'est pas grave.

Il dénoue son tablier et lui sert un verre de vin.

— Allons le boire là-bas.

Son portable s'illumine en permanence, des dizaines de gens essaient de la joindre. Ali lorgne sur l'écran silencieux, voit des numéros inconnus, des suites de chiffres avec des indicatifs dont il ignorait même l'existence, les remous qu'elle a créés vont au-delà du Tout-Paris.

Elle siffle son verre en moins de cinq minutes, mais à son grand dam refuse qu'il la resserve. Il se voyait déjà dîner en tête à tête avec elle, mais elle préfère aller se coucher, de longues journées l'attendent dans les semaines qui viennent, pour réparer sa bêtise, ou en tirer profit, on verra bien.

Il la regarde bâiller en étirant son dos bien dessiné de sportive. Les pointes châtains de sa chevelure paraissent vibrer et prendre feu dans le tremblement des chandelles. Il lui demande de patienter un instant, un dernier instant, et file à la cuisine pour lui apporter sa surprise, une profiterole qu'il a improvisée avec le reste de pâte à choux et qu'il sert accompagnée d'une boule de glace à la vanille Bourbon, sa préférée.

— Bon anniversaire quand même…

Elle fête aujourd'hui ses trente-neuf ans, elle est surprise qu'il s'en souvienne.

— Je me souviens de tout, s'entend-il marmonner avant de lui souhaiter bonne nuit.

Elle le regarde baisser les yeux et filer vers la cuisine, les épaules recroquevillées vers l'avant.

— Reste un peu, on discute, dit-elle in extremis en prenant pitié de lui. Je ne vais quand même pas aller me coucher maintenant alors que c'est mon anniversaire ! J'ai l'impression qu'on ne s'est pas vus depuis…

Elle se tait, se rembrunit.

— Pardon, je suis désolée mais j'ai oublié, tu étais là à l'enterrement ?

— Non, je t'avais écrit pour m'excuser.

— Ah oui, voilà, c'est ça.

Il voit bien qu'elle n'en a aucun souvenir.

Elle plante sa cuiller dans la profiterole qu'il lui a préparée.

— Donc on ne s'est pas vus depuis… vingt ans ?

— Depuis les résultats des concours, oui.

— Mais oui, tu as raison. Pourquoi est-ce que ça me paraît incroyable ? Pourquoi est-ce que j'ai l'impression qu'on ne s'est jamais vraiment perdus de vue ?

— Parce que c'est le cas, répond-il avec une solennité un peu ridicule, en s'asseyant sur la bergère perpendiculaire au canapé. On s'écrit, c'est peut-être la meilleure façon de se voir, de se voir vraiment.

— C'est vrai, confirme Allia en le regardant soudain avec curiosité, comme si elle essayait de mesurer son propre vieillissement dans les rides qui ont commencé à envahir son visage à lui. Je ne connais personne depuis aussi longtemps, en fait. Vingt ans…

Ils en ont à peine dix-sept quand ils se rencontrent, en hypokhâgne, au lycée du Parc à Lyon. Allia y arrive nimbée d'une aura de légende, grâce à sa moyenne de 20/20 au bac qui lui a valu un reportage au JT de France 2, une moisson d'articles dans la presse régionale et les félicitations du maire de La Brèche, le village de l'Allier (03) dont elle est originaire et qui dispute à une demi-douzaine de bourgs et de lieux-dits voisins le titre de centre géographique exact de la France métropolitaine.

Propulsée du bocage bourbonnais à l'une des meilleures classes préparatoires de la grande ville la plus proche, elle caracole en tête des classements dans toutes les matières. On murmure sur son passage. On cherche des explications à son extraordinaire aisance. Elle n'a pas de martingale, simplement une compréhension affinée du goût des examinateurs. C'est le secret bien connu des bons élèves, secret qu'ils perdent, en général, lorsqu'il leur faut quitter les parois molletonnées de la vie académique.

Les profs l'adorent et l'invitent à déjeuner à tour de rôle pour s'assurer qu'elle ne va pas leur filer entre les doigts et rejoindre une prépa parisienne, quitte à faire peser sur ses épaules les espoirs de toute la province, mais elle a les épaules larges, au sens figuré comme au sens propre : elle a été vice-championne départementale d'athlétisme, spécialité lancer du javelot.

Son parcours a l'étoffe d'un destin, ça saute aux yeux de ceux qui la rencontrent, même brièvement. Pourtant, Allia n'en parle jamais, ni de ses ambitions, ni, d'ailleurs, d'elle-même. Elle est un peu sauvage, elle tient à son indépendance plus qu'à tout le reste.

En ce temps-là, au tournant du millénaire, on prend encore les notes à la main et il n'est pas rare qu'un prof refuse un devoir maison « tapé à la machine ». Allia fait partie d'un club de pionniers à cet égard. Tous les soirs, après les cours, ils font de la programmation. C'est sa passion la plus précoce : on lui a offert son premier ordinateur à douze ans, un IBM PS1. Le code et la littérature, ajouterait-elle. Les grands romans pour comprendre la nature humaine, les algorithmes pour la transformer.

Elle a les cheveux frisés, c'est un petit drame, pour elle, ses cheveux frisés. Elle s'est taillé un corps de sportive toute seule, longues cuisses, hanches fines, cambrure de nageuse et bonnes épaules, le corps des bourgeoises de la très bonne bourgeoisie, qui en héritent et qu'elles conservent en faisant de l'équitation en Normandie, Ali a compris comment ça marchait en arrivant à Lyon, une ville bourgeoise : des hommes riches épousent des femmes belles pour faire des enfants qui seront les deux, riches et beaux, prêts pour conquérir ce monde qui leur est déjà réservé. La sveltesse de la silhouette, soit, mais les cheveux c'est une autre affaire, Allia en a énormément, si elle les coupe court ça lui fait une « tête de mouton », comme elle dit, alors en cours d'année elle se met à les lisser au fer et à les garder aussi raides que possible et mi-longs, si bien qu'en la voyant de dos on peut parfois la confondre avec ces ennuyeuses sirènes à lunettes qui hantent les couloirs en préparant leurs colles de latin. La différence, quand Allia se retourne, c'est qu'elle a déjà ce regard brun clair, à la fois effilé et profond, des petits yeux kabyles au cœur d'un visage aux traits réguliers, équilibrés et agréables, avec un nez fort mais parfaitement droit, des pommettes hautes et un tic, un seul, et qui plus est utilitaire : la mâchoire décrochée vers le côté comme un taquet de tabulation, pour accompagner l'écoute et faciliter la confidence.

Elle n'est pas assez belle pour susciter des jalousies mortelles, tout en n'étant pas assez ordinaire non plus pour laisser indifférents celles et ceux qui, bientôt, si vite, se mettent à graviter dans son orbite. Quelque chose en elle, pourtant, décourage l'intimité, elle a des manières trop franches, une sensualité virile, c'est difficile de l'imaginer en train de s'abandonner à l'étreinte, de céder aux avances.

Ali n'en saute pas moins sur toutes les occasions de passer du temps en sa compagnie, parfois jusqu'au ridicule, comme lorsqu'il se met au jogging pour courir avec elle, le dimanche matin, au parc de la Tête-d'Or, en espérant trouver le courage de lui déclarer sa flamme. Elle court en silence jusqu'au siège d'Interpol et retour. À l'époque il fume, des roulées de tabac brun, il doit se contenter de l'attendre au niveau des girafes du zoo, plié en deux pour chasser son point de côté. Quand elle resurgit au détour du sentier, elle a les épaules droites, un vague sourire au coin des lèvres. Il sautille sur place pour s'échauffer au sprint sur le dernier segment, auquel elle le bat à tous les coups mais en prenant soin, chaque fois, de ne pas l'humilier, feignant même souvent d'avoir dû repousser ses limites pour lui mettre cette quinzaine d'enjambées dans la vue. Ni elle ni lui ne sont dupes : elle n'est même pas essoufflée lorsqu'elle s'étire et que sa tête aux joues à peine avivées par l'effort scintille dans le ciel froid, sec et brillant du matin.

Ils sont tous les deux d'origine kabyle, lui de la petite Kabylie, elle de la grande. Ali se persuade qu'elle l'aime bien à cause de cela, comme un petit frère ethnique, même si d'un point de vue comptable, ayant sauté une classe en primaire, Allia reste d'un an sa cadette.

Les parents d'Allia sont dans l'Allier, elle loge alors chez sa grand-mère paternelle, une avocate qui possède une maison de ville cossue sur le boulevard des Belges, le long du parc, avec vue sur les arbres et les pelouses et même un accès privé par une grille dérobée. Issu d'une famille d'ouvriers de Saint-Étienne et boursier à l'échelon le plus élevé, il a du mal à concevoir que ces façades toisonnées de lierre puissent abriter des gens comme eux. Pour lui, les Algériens ça vit dans des immeubles à la géométrie grossière, où l'on pénètre par des halls poisseux aux vitres toujours étoilées, tandis que les maisons de ville du boulevard des Belges s'élèvent de part et d'autre d'une voie aérée, plaisamment incurvée et bordée d'arbres vénérables. Sur les numéros impairs, les plaques n'indiquent souvent que les initiales des résidents.

Ali franchit la grille de fer forgé du 33 bis, initiales A.K. – les mêmes que les siennes –, une seule et unique fois cette année-là, lorsque Allia l'invite à goûter, un après-midi de janvier, pour lui présenter sa grand-mère. Elles ont préparé un cake au citron, gâché par un excédent de farine dans l'appareil.

La grand-mère refuse qu'Ali l'appelle « madame ».

— Appelez-moi Sarah, avec un *h*, précise-t-elle en le dévisageant avec une curiosité bienveillante mais soutenue, comme si elle voulait lui faire découvrir ou accoucher de quelque chose.

Après le cake, ils passent au salon. Les canapés n'y regardent pas la télé comme chez ses parents, mais un demi-queue disposé dans l'angle, entre deux murs tapissés de livres, du sol au plafond où brillent des moulures blanches. La maîtresse des lieux, drapée dans un châle or et crème, pallie ses défaillances de pâtissière avec des dons rhétoriques qui font forte impression sur Ali. Si le but de la prépa littéraire est de lui apprendre à penser par références intimidantes, la grand-mère d'Allia, elle, n'essaie pas de l'écraser sous le poids des siennes, elle montre qu'elle s'intéresse à lui en lui posant de vraies questions, il est flatté, plus que flatté : il se sent en territoire ami, comme en famille.

Il trouve qu'elle ressemble à sa petite-fille, surtout lorsqu'elle lève sur lui son œil malicieux et insiste pour savoir de quel bled précis dans la montagne en Algérie sont originaires ses grands-parents des deux côtés. Ali se souviendra longtemps de cette élégante et frêle petite dame aux intonations typiques de la bourgeoisie intellectuelle, capable de se transformer soudain en commère de village kabyle pour qui tel patronyme familier semble détenir le pouvoir de ressusciter une époque, un pays, tout un monde englouti.

Ali ne se sent pas vraiment concerné par cet engloutissement, il n'a pas l'impression d'y avoir perdu quoi que ce soit, mais il s'efforce d'être poli :

— Et vous avez grandi où, vous, en Algérie ?

Elle sourit mystérieusement et, après un bref regard à sa petite-fille, lui répond qu'elle a grandi à Ménilmontant, et qu'elle n'a mis les pieds pour la première fois en Algérie qu'après l'indépendance.

Ali ne sait pas quoi faire de cette information. La grand-mère d'Allia se penche vers lui :

— Et vous avez choisi votre spécialité pour la khâgne ?

Il n'y a pas vraiment réfléchi, mais il sent que ça fera plaisir à tout le monde dans le salon s'il dit qu'il veut devenir historien.

Cette réponse fait en effet briller les yeux de la grand-mère d'Allia. Elle les a sertis dans un beau profil de buse, au nez acéré et au front large et fuyant. Il jurerait soudain qu'elle n'est pas algérienne mais « européenne », comme on disait à son époque. Mais alors Allia serait-elle métisse ? D'où ses cheveux châtains ? D'où son corps de Blanche tandis que ses cousines à lui ont les hanches larges et les bras potelés ?

— Mon fils – le père d'Allia – a fait une hypokhâgne aussi. J'espérais qu'il ferait de la philosophie ou de l'histoire, mais il a choisi la géographie. Ceci dit, j'ai eu de la chance, il aurait pu devenir banquier ou homme politique...

— Mamie... la gronde doucement Allia.

Curieuse dynamique : normalement les mamies et leurs petits-enfants complotent ensemble dans le dos des parents, mais Allia est déjà trop mûre, elle défend son père non pas comme une fille enamourée mais comme si c'était elle, le parent, et lui l'enfant.

En faisant le tour du salon, le regard d'Ali s'arrête sur une console où sont entreposées des faïences décorées. Ce sont des assiettes de Sarreguemines imprimées de vignettes qui rappellent les temps forts de la campagne d'Algérie au XIXe siècle. La grand-mère d'Allia lui montre le duc d'Orléans à cheval, en pleine expédition dans un décor de rocaille, mais aussi des scènes de bataille sur fond de palmiers qui présentent la conquête génocidaire de la terre de leurs ancêtres sous un jour bienveillant et glorieux.

Ali relève qu'elle a dit « vos » ancêtres.

— Ah c'est sûr que c'était autre chose, la propagande à l'époque...

Elle allonge la durée du *o* de « chose » et le prononce comme s'il se coiffait d'un accent circonflexe.

Cet après-midi-là, c'est aussi la première fois qu'il entend le prénom d'Allia prononcé correctement, en arabe, avec le *a* de « Ali » : dans la bouche de sa grand-mère, son prénom sonne presque comme *rallia*. Ali rougit en échouant à prononcer ce *a* qui vient du fond de la gorge.

La visite s'éternise, ou alors c'est lui qui ne sait pas quand partir. Il n'a jamais su quand partir. Allia le raccompagne à la grille du jardin. Il lui demande qui c'est, le A.K. de la plaque. Elle répond avec un air rêveur que c'est son grand-père, qu'elle n'a jamais connu, et qui s'appelait Ali, lui aussi.

Avant de l'abandonner au crépuscule qui monte sur le parc, elle souffle :

— Elle t'a beaucoup aimé.

Puis, comme pour l'en féliciter, elle lui saisit l'épaule d'une main, si vivement qu'il pivote, avant de déposer un baiser, un seul, sur sa joue gauche.

Ali regarde la statue du Roi-Soleil à cheval, les voitures qui empruntent le rond-point sans jamais en faire le tour complet.

— Dis la vérité, tu étais un peu amoureux, non ?

— De qui ?

— À ton avis ?

— Mais tout le monde était amoureux de toi, Allia. Même les profs. Surtout les profs.

— Je pensais si peu à ce genre de choses, à l'époque. J'étais un peu désincarnée, je crois, j'avais le fantasme d'être un pur esprit, la tête toujours levée vers le ciel des idées.

Elle va chercher une bouteille de vin blanc qu'elle place dans un seau à glaçons avec un air de triomphe.

— Tu te souviens de ma dissertation d'histoire, en hypokhâgne ?

Il demande ça du bout des lèvres, comme s'il redoutait la réponse probablement négative.

— Il faut me rafraîchir la mémoire, chou, d'autant que je suis en mode slow motion aujourd'hui.

— Tu ne te souviens pas ? L'Algérie ?

— L'Algérie, l'Algérie, l'Algérie. J'ai oublié, tu y allais souvent ou pas, toi ?

— Jamais, répond Ali. Enfin j'y suis allé deux fois, pour rendre visite à mes cousins. J'ai d'autres cousins à Saint-Étienne, qui font le pèlerinage tous les étés, il y en a même un qui a fait construire à Bejaïa.

Il décrit leurs arrogantes maisons d'émigrés qui ruinent la vue sur la mer de leurs voisins autochtones, obligés de se retrancher dans les barres d'immeubles qui poussent comme des champignons de béton sur les collines. Contrairement à eux, Ali est insensible au romantisme du pays des ancêtres. Il ne le dira jamais à voix haute, mais l'Algérie se résume pour lui à une de ces cités HLM aux routes décapées et poussiéreuses, frappées par des coupures d'eau et d'électricité quasi quotidiennes. La misère au soleil : très peu pour lui.

— Je préfère le confort petit-bourgeois en milieu tempéré.

La formule fait rire Allia, elle verse la tête en arrière et en profite pour s'étirer. Ali redoute qu'elle ne regarde l'heure et ne mette un terme à leurs retrouvailles.

— J'ai commencé à m'intéresser vraiment à l'Algérie quand j'ai rencontré ta grand-mère, en fait. Je me disais que mes quatre grands-parents avaient vu le jour dans ce pays, même si ce n'était pas un pays à l'époque, mais une colonie.

— Un département ! rectifie Allia.

— Un département, répète Ali, bien sûr.

— Mais ça me revient, maintenant, dit Allia, tu m'avais demandé une bibliographie et je t'avais filé le bouquin de ma grand-mère...

Un mémoire publié chez un éditeur inconnu, qu'Ali se revoit dévorer en une nuit en rédigeant mentalement la lettre de stupéfaction admirative qu'il enverrait à son auteure.

Stupéfait, il l'est surtout, alors, par l'ampleur de son ignorance au sujet de sa propre histoire. En plongeant dans les souvenirs de jeunesse de la grand-mère d'Allia, c'est une autre guerre d'Algérie qui se dévoile : celle qui s'est déroulée en France, dans des décors qui lui sont familiers, une guerre de France, en somme. Affaiblis de l'autre côté de la Méditerranée, les militants du Front de libération nationale livrent une bataille acharnée en métropole vers la fin des années 1950. La grand-mère d'Allia est plus qu'un témoin direct de cette histoire, elle en est une protagoniste à part entière, en tant que porteuse de valises, du nom qu'on donne alors à ces Européens qui ont pris fait et cause pour l'indépendance algérienne, souvent des communistes ou des chrétiens scandalisés par les tortures de l'armée française.

Sarah n'est pas communiste ou chrétienne, elle est la fille d'un juif polonais rescapé des camps de la mort et qui met ses talents de faussaire au service de la fédération de France du FLN, la « septième wilaya ». Les *fidayin* multiplient alors les attentats sur le territoire métropolitain, prenant pour cible des policiers connus pour des faits de torture, des commissariats, mais aussi des raffineries, ils provoquent même des feux de forêt en représailles des arrosages au napalm de villages entiers par l'armée d'occupation. Tout est bon pour mobiliser les forces françaises sur place et limiter les envois de contingents en Algérie, et toujours en essayant de ne pas faire de victimes civiles pour gagner l'opinion publique internationale à la cause de l'indépendance.

La grand-mère d'Allia a vingt ans lorsqu'elle tombe amoureuse d'Ali, un moudjahid du même âge qu'elle. Il joue les coursiers pour les chefs du FLN exilés à Cologne. C'est lui qu'on choisit pour les convois délicats, grâce à son type ethnique, cheveux roux, peau blanche tirant sur le rose, on dirait un Belge. Arrivé en métropole, Ali le valeureux emmène la jeune Sarah voir les bidonvilles de Nanterre. Les ouvriers algériens vivent dans des cahutes, ils font les trois-huit, s'endorment sur la couche encore chaude des cauchemars de leur camarade qui vient de repartir au turbin. Ali a la chance d'habiter à Paris, dans ce qu'on appelle alors un « meublé ». Le père de Sarah essaie vaguement de la dissuader de s'impliquer, il n'insiste pas, ces événements en Algérie le révoltent autant qu'elle. Les descentes de police se multiplient dans les meublés, les contrôles au faciès sont permanents, systématiques. Des harkis torturent les compagnons d'Ali dans une cave de la Goutte-d'Or. Sarah craint pour Ali, raflé, relâché par erreur. Elle n'est pas du genre à freiner les ardeurs des justiciers ou l'héroïsme des héros, mais elle a peur pour lui, elle finit par lui dire pourquoi : elle attend un enfant, leur enfant.

Ali en pleure de joie. C'est le plus beau moment du livre, le plus triste aussi, quand il se retient de crier la bonne nouvelle sur les toits de Paris, par peur d'être abattu comme un chien. Il n'exagère pas : pris pour cible, les policiers redoublent de violence. Ils matraquent les Algériens dans les commissariats, ils les tuent et abandonnent leurs cadavres dans les bois. Quand on se promène dans les quartiers des ministères, on voit les factionnaires abrités dans des guérites en béton, les commissariats protégés par des sacs de sable. Toute la ville est sous tension. Les négociations piétinent, les états-majors respectifs sont divisés, la paix en Algérie paraît impensable à ce moment-là.

Le préfet Papon vient d'être nommé pour « rétablir l'ordre » dans la capitale. Il instaure un couvre-feu, interdiction de se déplacer pour les travailleurs algériens de 20 h 30 à 5 h 30. Aux policiers chauffés à blanc, Papon fait passer le message à peine subliminal qu'il les couvrira en cas de bavure : « Pour un coup reçu, nous en rendrons dix. »

À Montrouge, il les encourage à tirer les premiers s'ils se sentent menacés, les officiers appelés sur les lieux trouveront le moyen d'établir la légitime défense.

Le couvre-feu sème la panique. Un couvre-feu parfaitement anticonstitutionnel, comme le rappelle la grand-mère d'Allia, puisqu'il établit une discrimination contre une catégorie de citoyens. En réaction, la fédération de France du FLN appelle à une manifestation pacifique dans les rues de Paris. Le 17 octobre 1961, ils sont des centaines à descendre dans la rue, en habits du dimanche pour montrer leur meilleur visage aux Parisiens. Parmi eux, Ali, le grand-père d'Allia, le A.K. de la plaque du boulevard des Belges, qui fera partie des centaines de disparus, matraqués, tabassés, jetés à la Seine comme des bêtes, et dont on ne retrouvera souvent jamais les corps.

— J'étais révolté. Je pensais tout le temps à tes grands-parents, à leur idylle révolutionnaire. Je me suis mis à dévaliser le CDI, la bibliothèque universitaire, mais je ne trouvais presque rien, quelques monographies, des articles obscurs. Plein de bouquins sur la guerre d'indépendance mais presque rien sur les cent trente ans de colonisation qui l'avaient précédée. J'avais l'impression que notre histoire était occultée, comme un continent entier qui aurait disparu, submergé par les flots de l'oubli mais d'un oubli volontaire, délibéré.

Il se tait, avale sa salive. Ce ne sont pas des bons souvenirs, c'est comme si, revisitant un ancien appartement, il venait d'ouvrir par accident une pièce bondée où tout le monde hurle de rire en se moquant de lui. C'est à cause de sa dissertation d'histoire en fin d'hypokhâgne, qui lui permet de vider son sac : le devoir surveillé porte sur la France du second Empire, mais Ali ramène tout à l'Algérie, en s'autorisant de blasphématoires incursions dans le siècle suivant. Le prof ne se contente pas de lui mettre une mauvaise note, il distribue sa copie à toute la classe pour montrer exactement tout ce qu'il ne faut pas faire dans une dissertation d'histoire. La ligne de défense d'Ali ne tient pas la route : ce n'est pas parce qu'il s'est retrouvé face à un vide historiographique qu'il doit faire de l'histoire-fiction, des allers-retours sans queue ni tête, de l'idéologie... Il espère qu'Allia va lever la main pour le défendre, mais son amie reste muette.

À la fin de l'hypokhâgne, elle annonce qu'elle arrête les lettres et s'oriente vers une prépa scientifique. C'est un choix rarissime, de redoubler d'une prépa à l'autre, mais elle est première dans toutes les matières et son niveau en sciences impressionne favorablement les profs de maths sup qui sont prêts à toutes les contorsions administratives pour la récupérer dans leur écurie.

Ali est dévasté. Il paraît l'être encore vingt ans plus tard en se remémorant l'entrée en khâgne sans elle, la boss.

— Mais ça n'avait rien à voir avec toi, le rassure Allia. Mais alors pas du tout ! Je sentais simplement que je n'étais pas au bon endroit, qu'il me fallait, comment dire, du grain à moudre. Je ne savais pas que tu avais vécu mon changement de prépa aussi... intensément.

— Non, mais ça va, j'ai survécu.

Il ment, la brûlure est encore vive dans sa mémoire. Il se revoit seul dans la grande cour du Parc. Au début, quand Allia l'aperçoit, elle se détache de la grappe de ses nouveaux amis pour venir lui faire la bise. Bientôt, elle se contente d'un signe de la main. À la fin elle ne le remarque même plus.

Certes, ils travaillent tout le temps en prépa PCSI, physique-chimie-sciences de l'ingénieur, deux fois plus qu'en lettres sup, on les voit maigrir, pâlir à vue d'œil au fil de l'année. Pourtant ce n'est pas complètement le cas d'Allia, qui fait encore du sport et traîne avec un type en prépa HEC, un bellâtre prénommé Kader, on les voit discuter sous les platanes, côte à côte à la cantine, à la piscine entre midi et deux.

Les élèves préparant les écoles de commerce ont mauvaise réputation aussi bien auprès des littéraires que des scientifiques. On les appelle les « épiciers », on méprise ce qu'ils vont devenir, des intermédiaires surpayés, des parasites qui ne créent rien et ont pour seul talent celui de savoir faire suer leur prochain. Aucun élève n'incarne mieux l'esprit de cette classe préparatoire que le nouvel acolyte d'Allia, par ailleurs président du BDE, le bureau des élèves. Kader se retrouve toujours au centre de l'attention, où qu'il soit, à cause d'une particularité physique : sa voix porte énormément, comme si elle s'amplifiait elle-même, sans qu'il ait besoin de hausser le ton on se retourne sur cette voix trop forte, quasiment surnaturelle, qu'elle soit chuchotée au CDI, parlée au self ou criée dans la cour. Des regards courroucés se posent constamment sur lui, avant de mourir dans une grimace une fois qu'il est devenu évident qu'il n'y est pour rien, que le volume de sa voix est absurdement sonore, c'est comme ça, indépendant de sa volonté, un peu comme un handicap, une tare.

Kader n'a rien de taré, par ailleurs, sauf à considérer que la force peut constituer une faiblesse, ce qui, à bien y réfléchir, n'est peut-être pas tout à fait idiot le concernant. Il vient de la banlieue lyonnaise la plus malfamée et ne fait rien pour le cacher, il promène partout son sourire de serpent et séduit tout ce qui bouge. De taille moyenne, il jouit d'une espèce de maigreur athlétique et dégage un air de menace physique qui le fait paraître plus large et plus épais qu'il n'est. Il a les mains fortes, les poignets hérissés de poils drus, un visage anguleux, volontaire et des yeux noirs pourvus de longs cils féminins, qui contrastent avec cette violence dans le regard, cette attitude dominatrice qui plaît énormément aux filles, mais pas à Allia, non, pas à Allia qui le voit lui aussi comme un petit frère ethnique à protéger, sans doute.

Protéger Kader s'avère passablement plus difficile. Une camarade de classe l'accuse de viol lors d'une soirée organisée juste avant les vacances de Noël. C'est l'année des attentats du World Trade Center et de *Loft Story*, et pourtant, à la rentrée de janvier il n'y a pas d'autre sujet de conversation que Kader dans les allées du Parc. L'accusatrice est la fille d'un cardiologue, ancien élève du Parc. L'affaire enfle lorsque la grand-mère d'Allia décide d'assurer la défense du jeune homme, en commençant par attaquer la plaignante pour diffamation. C'est une avocate charismatique et respectée, on l'invite à donner des conférences, elle passe à la radio, à la télé. Qu'elle choisisse de le défendre, *pro bono* évidemment, sème le doute. Allia lui a demandé de le faire, elle n'a, elle, aucun doute sur l'innocence de Kader. Il est la cible des jalousies des fils et des filles de bourges qui le trouvent trop doué et surtout trop sûr de lui, on accepte les Arabes qui s'excusent d'être là, pas ceux qui parlent fort, pensent bien et acquièrent si vite la maîtrise des codes régissant la vie des classes supérieures qu'on les en croirait issus.

Tout l'établissement se passionne pour l'affaire, chacun prend position, jusqu'à ce que la victime présumée, ne supportant pas la pression (ou les conséquences de son mensonge, selon les défenseurs de Kader), se défenestre du cinquième étage de l'immeuble du cours Vitton où elle vit avec ses parents.

Les élèves de sa classe et tous ceux qui se sentent affectés par le drame sont réunis dans la grande salle des Actes dont les croisées prennent jour sur le boulevard Anatole-France, qui n'est en fait qu'une petite rue flanquée de platanes poussiéreux. Un psychologue de la vie scolaire, dépêché pour l'occasion, encourage les élèves à s'exprimer à tour de rôle. La cousine de la défunte lit un poème.

À côté d'elle, un ex-petit ami mâche un chewing-gum, les bras croisés, le regard plein d'une haine qui déborde lorsque la silhouette de Kader apparaît dans la cour. Il faut quatre gaillards pour l'empêcher de quitter la salle et de répondre à la provocation.

Ali secoue la tête :

— Je n'ai jamais su ce qui avait conduit à son expulsion.

— Dans quel sens ? demande Allia avec un froncement de sourcils inhabituel, presque belliqueux.

— Je sais ce dont on l'accusait, mais il y avait eu un non-lieu, je me trompe ?

— Bah, c'était il y a longtemps, j'ai oublié les détails. Je crois que le proviseur l'avait convoqué pour lui demander de quitter l'établissement de son propre chef, sans faire de bruit. Kader a continué de clamer son innocence, mais il devait avoir ce demi-sourire qui rend les gens fous.

— Moi, j'avais entendu une autre histoire, risque Ali.

Il attend qu'Allia le relance pour la raconter. Dans sa version, le proviseur lui aurait alors rappelé ce qu'il était, un « boursier issu des quartiers sensibles », le bénéficiaire ingrat de la « générosité républicaine », avant de perdre patience et de l'accuser de valider les pires clichés sur les « jeunes issus de l'immigration ». La discussion aurait alors dégénéré en pugilat et la direction du Parc se serait sentie autorisée à traduire en conseil de discipline, à des fins d'exclusion définitive, le violeur à jamais présumé.

Kader s'en va. Dans la cour fréquentée par les prépa HEC, sa voix trop volumineuse laisse un vide à sa mesure, un silence malsain, morbide, comme au sortir d'une soirée entre amis où des vérités cruelles ont été dites, et où l'on se tait car rien de ce qui pourrait être ajouté n'en atténuerait la violence.

Allia se mord les lèvres et fait la tête de quelqu'un qui veut changer de sujet :

— C'était une période dégueulasse. C'est dégueulasse, ce qu'ils lui ont fait. Impardonnable.

Un souvenir qu'Ali ne racontera pas quoiqu'il lui cogne aux tempes comme une veine dilatée, annonciatrice de migraine : après la fin des cours, en rentrant dans sa chambre d'internat, il tombe sur Allia, seule dans la cour d'honneur du lycée du Parc. Adossée à une colonne, elle regarde fixement, par-delà la fontaine au centre du patio, les fenêtres du bureau du proviseur, cernées du même vert bouteille que toutes les fenêtres de l'établissement. Elle a le front plissé, la mâchoire décrochée, les lèvres entrouvertes et elle respire fort et vite, comme d'autres serreraient les poings.

Il hésite à passer dans son champs de vision périphérique pour qu'elle le repère : elle reste droite et immobile, face à la fontaine, face au bureau, face à l'honneur perdu de cette cour d'honneur. Au moment où il se décide enfin à aller lui parler, elle quitte précipitamment l'établissement. Il la voit partir à droite, en direction du parc et du boulevard des Belges, et revenir sur ses pas.

Quand il s'élance à sa poursuite, il n'est pas à l'aise, ce n'est pas normal de prendre en filature une femme, il peut toujours se raconter qu'il va la rejoindre au feu, c'est bizarre et il le sait, son pouls s'est accéléré, ses mains sont moites. Il traverse la rue pour ne pas attirer les soupçons d'Allia si elle venait à se retourner. Elle se retourne, souvent. On dirait qu'elle se sent suivie. C'est un soir de printemps, des bourrasques froides fouettent les joues, piquent le bout du nez. Allia se protège en rabattant la capuche de son anorak.

Au bout de cinq minutes, elle s'engouffre dans un café en face de l'ancienne gare des Brotteaux. Ali poursuit son chemin comme si de rien n'était. De larges baies vitrées révèlent l'intérieur du café. Il rebrousse chemin une fois, deux fois, jusqu'à repérer la banquette où Allia a pris place, en face d'un type en survêtement. C'est Kader. Mais Ali veut en avoir le cœur net. Il fait un dernier passage, qui s'avère celui de trop : Allia le remarque, écarquille les sourcils. Trop tard pour faire comme si elle ne l'avait pas vu : elle lui fait signe de les rejoindre.

— Tu me suivais ? demande-t-elle en riant.

— Non ! J'allais à la BU pour travailler.

Ali est doublement surpris, par la rapidité avec laquelle ce mensonge lui est venu et par sa perfection : il fallait justifier le sac de cours alors qu'ayant quitté l'internat il n'avait aucune raison de se promener avec. S'il n'a pas d'instinct pour la science historique ou l'art de la dissertation, il sait sans avoir eu à l'apprendre fabriquer un mensonge efficace, c'est peut-être là qu'il devrait chercher sa vocation : l'art du mensonge crédible, le bien-mentir.

— Tu connais Kader ?

Kader lui serre la main sans le regarder et se remet à tremper son speculoos dans son café allongé, avec un air distrait. Ali s'assoit sur la banquette à côté d'Allia. Même assise, elle le domine d'une demi-tête.

Son arrivée perturbe leur conversation. Un malaise s'installe. Ali ne sait pas quoi dire pour briser la glace. Il n'a pas vraiment d'intime conviction sur la culpabilité ou l'innocence du paria de la prépa. Si Allia le défend mordicus, c'est qu'il doit être innocent, elle ne défendrait jamais un violeur, mais son arrogance est telle qu'on se prend à douter, même quand on veut lui donner sa chance ou se ranger de son côté.

— Je t'avais parlé d'Ali, non ? demande Allia. La dissert d'histoire qui a failli relancer la guerre d'Algérie ?

Kader s'en souvient et son attitude vis-à-vis du nouveau venu change du tout au tout. Il lui pince affectueusement l'épaule et lui balance de sa grosse voix :

— Bravo *khoya*.

Allia roule les yeux au ciel. Aucune raison de le féliciter quand on a lu la copie en question, mais elle ne veut pas revenir dessus.

Un Nokia glapit, celui de Kader :

— On y va ? Il y a mon reup qui vient d'arriver.

Apprenant qu'il s'agit de déménager le studio de Kader, Ali propose son aide.

Kader le remercie d'un clin d'œil. Avec le recul, Ali trouvera ce clin d'œil infantilisant, mais sur le coup il est fou de joie, il se sent invité, accueilli comme sur la banquette au fond d'un car scolaire, parmi les *cool kids*.

Ils font le tour du pâté de maisons, jusqu'à l'immeuble d'angle, sept étages de balcons incurvés aux balustrades en plexiglas. Kader a passé son année et demie de prépa au huitième étage, dans une chambre de bonne avec toilettes sur le palier. Il se dirige vers une vieille voiture garée en double file, une Peugeot 404 qui semble surgir du fond des âges. Ali n'en revient pas : c'est la même 404 que celle que son père à lui n'en finissait pas de retaper, quand il était tout petit. La 404, dans sa version bâchée, représentait bien plus qu'un pick-up pour la génération de leurs parents, c'était un peu la Porsche des immigrés.

Le père de Kader est un petit monsieur au visage froissé et à la silhouette tordue. Il a été magasinier pendant presque toute sa vie, depuis l'âge de quinze ans. Il doit avoir soixante-dix ans, il parle avec un accent du bled et souffre du dos. C'est la première fois qu'Allia le rencontre, elle le salue avec cette politesse fervente qu'on réserve aux parents de ses amis.

Kader appelle son père « vava » et lui parle en aboyant, sourcils froncés, comme si c'était le mode de communication normal dans leur famille. En vérité, vava est simplement déçu, il rêvait que son fils fasse de grandes études et il le retrouve aux prises avec la justice, à devoir faire appel à une avocate et quitter les beaux quartiers comme un malpropre, comme un voyou qui n'avait de toute façon rien à y faire, pas son monde, pas son destin.

Le vieil homme reste dans la voiture pendant que les jeunes débarrassent le studio de ses cartons, en un seul voyage grâce à la participation d'Ali.

Une fois dans la rue, la 404 n'est plus garée en double file et le père de Kader n'a pas de téléphone. Il a dû être chassé par un agent de la circulation. En attendant son retour, Allia propose de s'asseoir sur les cartons. Kader allume un joint. L'odeur du shit fait peur à Ali qui craint que les riverains ne préviennent la police.

Contrairement à Ali qui pique du nez sur ses chaussures, Kader affronte le regard des passants, avec son fameux sourire qui rend fou, on ne sait jamais s'il rit avec ou de vous.

— Tu vas faire quoi maintenant ? s'enquiert Allia.

Kader lui passe le joint, elle le refuse. Il le propose alors à Ali, qui n'a jamais fumé. Après deux bouffées, il a la tête qui tourne, envie de tout abandonner pour élever des chèvres en Kabylie.

— Je vais passer les concours en candidat libre et on verra bien.

Allia lui adresse un sourire bref et maussade.

Le père de Kader est de retour, impossible de trouver une place à proximité, il reste en double file pendant qu'ils chargent la 404. Ça ne prend que quelques minutes. Allia embrasse Kader, longuement, comme si c'était la dernière fois qu'ils se voyaient.

— On reste en contact, ordonne Kader en se faufilant sur le siège passager, les pieds surélevés à cause d'un gros sac sous la boîte à gants. Je suis sérieux, hein.

Il demande l'e-mail d'Allia, et comme Ali est encore là, il lui demande son e-mail à lui aussi. Il griffonne les adresses à toute vitesse sur le *Paris-Turf* qui trône sur la boîte à gants. Et puis la 404 vrombit et cahote en direction de Vénissieux où elle aura sans doute l'air moins anachronique.

— Ce n'est pas normal, dit bêtement Ali une fois que la voiture a disparu de leur champ de vision.

— Quoi ?

— La façon dont ils l'ont traité. Tu ne crois pas ?

Allia répond sans le regarder, comme si elle poursuivait une conversation avec elle-même :

— Moi, je trouve ça normal, au contraire. C'est moi qui ne suis pas normale, c'est moi l'exception.

Ces quelques mots, les derniers qu'elle adresse à Ali en prépa, sont sans doute moins énigmatiques et solennels que les événements ultérieurs les font paraître. Il n'est pas exclu, d'ailleurs, que sa mémoire ne les ait déformés, ni que cette brève conversation crépusculaire n'ait pas été la dernière mais la pénultième de leurs entrevues. Ali a vaguement souvenir, en effet, d'une embarrassante séance d'adieux au parc de la Tête-d'Or, arrachés au détour d'un croisement fortuit, ou presque, et dont il ne parlera pas non plus.

— Je ne te l'ai jamais dit, enfin écrit, mais on était tous réunis chez moi, à Saint-Étienne, toute la famille, pour regarder le défilé du 14 Juillet et voir passer ton bicorne.

— Sérieux ?

— Je t'assure.

Le regard d'Ali tombe sur un fauteuil de velours brun à l'autre bout de la pièce. Il revoit son père, très malade, s'endormant par intermittence au son de ses ronflements grêles, gravillonneux. Ses yeux, quand ils s'entrouvrent, cherchent les collines boisées qui flottent à l'horizon, encerclant sa ville natale, leur ville natale. Il sera mort avant la fin de l'année.

C'est lui qui repère Allia. Il ne l'a jamais vue mais c'est la seule Algérienne de la promotion.

— Elle est jolie, dit-il en kabyle, celui qu'on parle à Saint-Étienne quand on vient de petite Kabylie. Ils sont d'où déjà, sa famille, de quel bled ?

— Tu ne connais pas, un village, dans l'Allier, répond Ali.

— Non mais en Algérie ?

— Tizi Ouzou, je crois.

Le père d'Ali plisse les commissures des lèvres en signe de fierté. Une Kabyle à Polytechnique, c'est bien, ça fait plaisir, *Allah y barek*.

Une quinte de toux le secoue tandis qu'Allia marche au pas sur les pavés des Champs-Élysées, bien en vue derrière le colonel chef de corps. La mère d'Ali claque de la langue et pousse un soupir d'inquiétude. Elle demande tout le temps à être rassurée au lieu de rassurer les autres. Quand Ali ou sa sœur le lui font remarquer, elle hausse les épaules, on est comme on est, ce n'est pas à son âge qu'elle va changer.

Sa sœur déboule dans la pièce tandis que le commentateur rappelle la devise des polytechniciens : « Pour la patrie, les sciences et la gloire. »

La caméra s'attarde sur le visage d'Allia. Elle balance son bras et son épée en cadence, ses mains gantées de blanc ne tremblent pas. Seul le port d'un jupon noir et rouge et d'un foulard blanc pour dissimuler la gorge distingue les élèves femmes des élèves hommes. Les boutons d'or sont d'or pour tous.

— Putain, elle est stock, ta copine, fait remarquer sa sœur.

— Ce n'est pas ma copine, répond Ali.

— Elle doit faire quoi, 1,90 mètre ? T'imagines, vous vous mariez, *l'hchouma* c'est elle qui te porte, ha, ha !

Ali lui balance un coussin à la figure, il aimerait avoir un objet plus lourd, plus dangereux avec quoi l'attaquer, il la déteste tellement.

Le passage des polytechniciens ne dure qu'une minute. Après quelques plans d'ensemble pour apprécier la perfection des carrés, la formation se sépare en deux branches, celle d'Allia amorce un virage pour défiler devant le président, les officiels. Le réalisateur revient au gros plan sur la jeune femme, c'est toute la méritocratie républicaine qu'elle incarne à ce moment-là, malgré elle, et vraisemblablement à son insu, elle n'a pas le droit de regarder ailleurs que droit devant elle.

Une ombre glisse pourtant sur son profil, comme si elle se sentait filmée, dévisagée, dégradée en symbole, la major issue de l'immigration. Ses lèvres se pincent et se déforment, elle fait la tête de quelqu'un qui vient de mordre à pleines dents dans un quartier de citron. Devant la télé personne ne semble l'avoir remarquée, cette grimace, personne d'autre qu'Ali. Qu'est-ce qui la dérange ? se demande-t-il. Pourquoi ça ne peut pas attendre la fin du plus beau jour de sa vie, comme disent les présentateurs ? Elle pense à quoi, à qui ? À lui, son fidèle Ali qu'elle a perdu de vue et qui n'a même pas été sous-admissible à Normale sup ? Ou alors à Kader qui n'a carrément pas passé les concours et qui se retrouve à zoner dans sa cité de Vénissieux ?

— C'est drôle, répond Allia deux décennies plus tard, je ne pensais à rien de tout ça. Enfin, je ne crois pas. Je me concentrais en fait, on avait répété, c'était toute une chorégraphie, il fallait balancer l'épée d'une certaine façon, garder les genoux bien droits, bien raides.

— Rien de politique ? Aucune protestation contre…

— Non, non, mais je sais qu'on me l'a reproché après, plus tard, quand je suis partie aux États-Unis, on a critiqué mon manque de patriotisme, comme si j'étais la première polytechnicienne française à aller dans une université américaine. Peut-être que ceux qui me critiquaient avaient vu le défilé eux aussi, et interprété mon air concentré comme un signe de défiance, de dédain. On ne nous pardonne jamais à nous de ne pas sourire.

Elle scrute son verre à moitié plein, semble évaluer ses chances de le finir. Ali voit qu'elle se retient de consulter son téléphone qui s'éclaire encore régulièrement, toutes les cinq ou dix minutes.

— Je reviens, dit-elle en courant aux toilettes sans prendre son téléphone.

Ali en profite pour le retourner et voit que « Mehdi » essaie de la joindre.

Il rembobine. Il se souvient parfaitement du jour où il a rencontré Mehdi. C'est aussi celui où il a revu Allia pour la première fois depuis les résultats des concours. Quelques étés après le défilé du 14 Juillet, sur un quai de la gare de la Part-Dieu, il la reconnaît, pas elle mais le galbe de ses cuisses, lisses et cuivrées, étendues parallèles à même le bitume. Elle est en minishort et débardeur, harnachée comme une mule. Deux gourdes en inox pendouillent le long de son sac surmonté du rouleau vert d'un tapis de sol. Elle porte ses cheveux frisés relevés en gros chignon par-derrière, pas l'option la plus élégante, mais sans doute la plus confortable avec cette chaleur.

Ils tombent dans les bras l'un de l'autre, un peu maladroitement, par sa faute à lui.

Un grand type se lève soudain, lui aussi en short et chaussures de randonnée.

— Mehdi, enchanté.

Il le regarde droit dans les yeux, comme font les hommes politiques pour vous donner l'impression que vous êtes la personne la plus importante qu'ils ont rencontrée de la journée. Ali n'a jamais vu de scout musulman, mais il jurerait que ça ressemble à ça, à Mehdi, un scout musulman. Allia lui caresse discrètement le dessus de la main pour ne pas avoir à dire l'évidence, que c'est son petit ami. Ils vont passer dix jours à sillonner les gorges de l'Ardèche en amoureux, nuits à la belle étoile, canyoning et grillades.

— Enfin si on réussit à pêcher quelque chose !

Mehdi éclate de rire, un rire franc, qui dure exactement le temps qu'il faut. Il a les yeux verts et le teint frais des gens élevés en plein air. Il vient d'un petit patelin en périphérie de Clermont-Ferrand. Un Arabe des champs, comme Allia.

Elle prétend lui avoir parlé de lui, son ancien camarade d'hypokhâgne originaire de Saint-Étienne. Mehdi plisse les lèvres, balance le menton vers le haut, en diagonale, pour essayer de se souvenir, non, ça ne lui dit rien.

— Mais si, insiste Allia.

— Non, non, je ne m'en souviens pas.

Il est sincère alors que ce serait beaucoup plus facile de faire semblant à ce moment-là. Il inspire décidément confiance, presque trop.

Leur train accuse un retard d'une heure, tandis que celui d'Ali, pour Saint-Étienne, justement, part toutes les quarante-cinq minutes, ça leur laisse le temps de papoter un peu. Ali scrute la réaction d'Allia, elle n'a pas du tout l'air ennuyée, elle était en train de lire un livre, elle a corné la page, tout va bien.

Ils s'assoient tous les trois par terre, un soulagement pour Ali, c'était fatigant, à force, de devoir lever les yeux sur ce couple de géants. Il raconte sa vie en premier, à la demande de Mehdi qui fait tout pour le mettre à l'aise, comme si la conversation avait lieu chez lui, sur ses terres, comme si le monde était son fief. Ali s'éclaircit la gorge, bafouille un peu. Ça pourrait aller mieux, mais il en a marre de se plaindre. Et puis tout n'est pas si sombre, après avoir réussi son CAP, une formation pour adultes financée par le conseil régional, il vient de trouver une place dans un restaurant lyonnais, d'où ses allers-retours et sa connaissance des horaires du TER sur le bout des doigts.

Mehdi l'admire d'avoir su se réorienter avant qu'il ne soit trop tard, même s'il n'est jamais trop tard. Lui-même avait commencé par faire du droit, avant de repartir de zéro en fac de médecine. Il prépare le concours de l'internat qui aura lieu l'année prochaine.

— Et après ?

Il sourit, ses yeux verts rapetissent et brillent. C'est un bel homme, il a une tignasse souple et bien bouclée, tous les signes extérieurs d'une bonne génétique, et puis il est plus grand qu'Allia, ce n'est pas si facile à trouver sous nos latitudes, un homme plus grand qu'Allia.

— Après, après, après… j'espère bien fonder une famille, s'écrie-t-il en riant mais sans avoir l'air de plaisanter. Cinq, six enfants ?

— Au moins. C'est toi qui restes à la maison pour t'en occuper, de toute façon… non ?

— Ah mais il n'a jamais été question de procéder autrement !

Normal qu'elle se soit entichée de ce type, on se sent bien avec lui, il crée une connivence, une atmosphère de confiance, à coups de petites touches du bout des phalanges, sur l'arrondi de l'épaule, le coude.

La conversation roule, fatalement, sur la mort du père d'Ali, d'un cancer du poumon qu'ils ont renoncé à faire reconnaître comme un cancer professionnel, c'était toute une aventure, son père n'était pas syndiqué, ils ne connaissent personne, en tout cas pas d'avocat.

Allia renifle. Une larme perle au coin de sa paupière.

Elle rétablit la vérité sans attendre : si triste qu'elle soit pour Ali, il se trouve qu'elle aussi a vécu une tragédie deux ans plus tôt, la mort de sa grand-mère et de sa mère dans un accident de la route, à la sortie de Lyon.

— Je suis désolé de l'apprendre.

En fait, c'est autre chose qui le désole : Allia a oublié le goûter en hypokhâgne, il s'en rend compte lorsqu'elle présente sa grand-mère comme s'il ne savait pas qui c'était.

— Bref, comme elle était avocate, je me suis dit que ça aurait pu… enfin, qu'elle vous aurait donné un coup de main…

Allia se retient de pleurer en froissant son menton au maximum, et en versant sa tête et son buste vers Mehdi, pour qu'il la prenne dans ses bras. Puis elle se redresse, sourit en s'essuyant les yeux. Ils forment un beau couple, ils dégagent quelque chose de spécial, une chaleur humaine. Pourtant, au moment de les quitter, Ali est saisi d'un doute, un doute terrible, qui va le torturer pendant des mois, des années, même : Allia n'a pas prononcé son prénom une seule fois avant que Mehdi ne lui demande de le lui redonner, bien qu'il ne le lui ait jamais dit. Se peut-il qu'elle ne s'en soit pas souvenue ?

— On a emménagé ensemble assez tôt, avec Mehdi. C'était difficile, au début, après l'accident, on tenait compagnie à mon père qui était dévasté et refusait de quitter la maison pour changer d'air. C'est la maison où j'ai grandi à La Brèche, une grande maison, on avait notre indépendance, mais quand même. Mehdi faisait des remplacements dans la région, il a toujours adoré vivre à la campagne, en fait, sillonner les villages et écouter les histoires des petits vieux qu'il soignait, des paysans, des ouvriers, des retraités de la fonction publique… Il aurait pu chercher un poste stable dans une grande ville, récupérer une patientèle de cabinet, se spécialiser, mais il préférait aller là où on avait besoin de lui, dans un désert médical, loin de l'hystérie des villes, soulager ses confrères généralistes en leur permettant de partir en vacances et de passer du temps avec leur famille.

— Et toi, tu faisais quoi ? Ça devait être… ennuyeux au possible, non ?

— Disons que c'était une période particulière. Il fallait vraiment ramasser mon père à la petite cuiller, heureusement il s'entendait très bien avec Mehdi, c'est un peu le fils qu'il aurait rêvé d'avoir. La plupart du temps, je me retrouvais à tenir la chandelle quand on dînait à trois, c'est-à-dire pratiquement tous les soirs. Non, c'était un moment bizarre de ma vie, comme si une porte se refermait pour toujours. La fin de l'innocence.

— Et tu travaillais où ?

— J'étais rattachée à un centre de recherche en intelligence artificielle, il fallait faire l'aller-retour depuis l'Allier une fois par semaine, parfois je passais une ou deux nuits à Paris, le reste du temps je me connectais à distance et je travaillais en *remote* sur le serveur du labo. Je me disais que c'était provisoire, et contrairement à Mehdi moi je pouvais bosser à distance, donc c'était vite vu…

— D'accord.

— Mais de toute façon à l'époque je vivais dans ma tête, peu importe la ville ou le continent où ma tête se trouvait, au fond.

— Et Mehdi ?

— Mehdi ? Non, Mehdi ça a toujours été un terrien, il a besoin de s'occuper, de voir des gens, même quand il n'est pas d'astreinte il trouve une tâche domestique à accomplir, du bois à couper, des feuilles mortes à balayer… Mais toi alors ? Qu'est-ce que tu as fait pendant toutes ces années ? Tu étais à Saint-Étienne tout le temps ?

Il préférerait rester sur Mehdi, mais il faut bien donner le change.

— Pratiquement, oui. Je travaillais dans un restaurant, à l'extérieur de la ville.

Il parle du chef qu'elle connaît peut-être, la presse nationale s'est intéressée à lui plusieurs fois, il a eu un portrait dans le magazine du *Monde,* il appartient à cette génération de jeunes chefs propriétaires écoresponsables, soucieux de leur empreinte carbone au point de ne travailler qu'avec des produits locaux, sans viande s'ils ne sont pas dans une région d'élevage, sans poissons d'eau douce s'ils sont au bord de l'océan. La Dent du Diable, son restaurant, est situé en plein parc naturel du Pilat, tout près du barrage du Gouffre-d'Enfer. On y accède par une départementale suspendue au-dessus d'une gorge escarpée. La Dent du Diable est aussi le nom d'un pic rocheux que les grimpeurs locaux apprécient pour ses voies ensoleillées. Depuis les larges baies vitrées de l'établissement, on devine une via ferrata dont les rampes rutilent en pointillé à travers les arbres et les fougères.

Il ne sait pas quoi dire de plus à Allia, sa vie à l'époque n'est pas passionnante, il loue un appartement aux confins septentrionaux de Saint-Étienne, le plus loin possible de la copropriété du quartier de la Rivière, dans le sud, où il a passé son enfance. Sa mère et sa sœur n'arrivent pas à en partir. Il leur rend visite tous les dimanches, comme si c'était sa belle-famille. Ensemble ils préparent le couscous, la chorba, les boulettes de semoule à la menthe, les ragoûts d'agneau aux haricots verts, la tchaktchouka façon bougiotte, les tripes, les crêpes, les pains au tajine, les pâtisseries sucrées à vous déclencher des infarctus.

Cuisiner en famille, c'est de loin le meilleur moment de ces journées. Ensuite, malheureusement il faut passer à table et les manières de sa mère et de sa sœur l'écœurent, il les implore d'avoir un peu de tenue, il a honte d'elles et de leurs rires à gorge déployée quand elles l'accusent de se prendre pour un Le Quesnoy, la famille de bourgeois cathos de *La vie est un long fleuve tranquille*.

Après le déjeuner, ils s'installent tous les trois dans le salon pour regarder la télé, coulant parfois un regard sur le fauteuil préféré de papa, dont les accoudoirs restent orientés vers le liseré vert-brun des collines. C'est impossible de suivre quoi que ce soit à la télé en compagnie de sa mère et sa sœur, elles piaillent sans arrêt, s'affrontent à tout propos. Ali attend avec impatience le moment où sa mère va l'interroger sur sa vie sentimentale et lui fournir un prétexte pour hâter son départ.

— Je t'avais prévenu, je t'avais dit que si tu me reposais ces questions une seule fois je me cassais, eh ben t'as gagné, je me casse !

Elles vont au cimetière, mais sans lui. Il ne croit pas en Dieu, ni en l'au-delà, ni que les pensées circulent entre les vivants et les morts. Il croit que les morts n'ont plus de pensées depuis que leur cerveau a arrêté de fonctionner, on ne le fera jamais changer d'avis là-dessus.

Il fréquente une fille, une nouvelle recrue dans la brigade qui n'est pas tout à fait à son goût, mais lui non plus ne correspond pas vraiment au sien. Après un après-midi de catering au golf de la ville, ils décident de sortir ensemble. Elle a fait l'école hôtelière et ressemble aux trois autres filles avec qui il est sorti jusqu'à présent : une Blanche aux yeux clairs, catholique, provinciale. À l'heure du grand bilan il lui faudra bien reconnaître qu'il n'a jamais fréquenté que des Françaises de souche, catholiques et provinciales.

Quand sa quatrième copine lui demande pourquoi, il lui dévoile un pan de sa vie dont il ne parle jamais. Bien qu'ayant grandi dans une famille musulmane, il a fait toute sa scolarité secondaire dans l'enseignement catholique, une curiosité pas si rare, comme il l'a découvert par la suite, quoiqu'elle soit surtout due, dans son cas personnel, à la peur panique qui s'emparait de sa mère à l'idée de le voir enjamber l'autoroute deux fois par jour pour rejoindre le collège-lycée public le plus proche, tandis que celui tenu par les maristes, outre qu'il bénéficiait d'un meilleur taux de réussite au brevet et au bac, se trouvait juste au coin de la rue. C'est à cette adolescence au milieu des têtes blondes et dans des salles de classe ornées de crucifix qu'il doit de se sentir comme un mouton noir, un intrus où qu'il aille.

Quand sa copine lui conseille de s'ouvrir un peu au monde au lieu de ruminer son sort de mal parti, il se vexe. La vérité, c'est qu'elle commence à lui taper sur les nerfs, avec son sens de l'humour à base d'imitations de voix des Simpson. Elle l'accuse d'être froid, trop « prise de tête » et par-dessus tout maladivement fidèle au souvenir de ses « pseudo-amitiés » de prépa. Ce dernier reproche, c'est un nuage toxique qui les enveloppe, menace leur couple, ils le savent tous les deux et pourtant il suffit de deux verres pour que l'un ou l'autre le ramène sur le tapis. Lorsqu'ils sortent avec des amis, ou dînent – ils ont l'âge de dîner maintenant –, Ali raconte souvent la fierté que lui inspire l'incroyable parcours d'Allia, d'un petit village du centre de la France à l'École polytechnique, d'un collège départemental qui a depuis fermé faute d'élèves aux plus prestigieux laboratoires de recherche.

Ali voit les feux de l'envie s'allumer dans le regard de sa petite amie. Elle ne se sent pas à la hauteur de sa camarade, qui plus est algérienne comme lui, et comme l'amour-propre meurtri rend aussi lucide et pertinent que la simple colère aveugle, les méchancetés dont elle l'agonise alors font mouche. Être traité d'égoïste ou de coupeur de cheveux en quatre ne le dérange pas, certains défauts sont des qualités pour les jeunes gens qui se croient supérieurs au commun des mortels, en revanche il a le cœur en miettes quand elle le parodie en train de se hausser du col et d'adopter une voix perchée de cuistre pour se vanter de sa proximité avec Allia, Allia qui est capable d'écrire des algorithmes compliqués, Allia qui a traversé le Sud algérien jusqu'à Tamanrasset pour répandre les cendres de sa grand-mère dans le désert, Allia toujours, tout le temps Allia, alors qu'elle ne lui écrit qu'un e-mail tous les trente-six du mois.

— Tu te rends compte que tu es obsédé par elle ?

Il ne prend pas la peine de nier, c'est normal d'être obsédé par quelqu'un comme Allia, on ne côtoie jamais d'aussi près des gens de son calibre, qui changent la donne, qui ne se contentent pas comme la plupart de leurs contemporains de regarder les événements se dérouler en suppliant qu'on les laisse laper leurs plaies au bord de la rivière, au pied des chutes, loin des grandes guerres de la jungle.

« Obsédé ». Le mot lui trotte malgré tout dans la tête, comme un mille-pattes dont il ne verrait jamais le bout de la queue. Il se venge sur sa copine, celle qui a introduit la vermine dans le fruit de ses pensées. Elle le quitte en l'insultant de « pauvre type ». Là non plus, Ali ne prend pas la peine de nier. Plus il est petit, plus Allia paraît grande en comparaison.

— Non, non, pas de copine, enfin, aucune histoire sérieuse.

La bouche d'Allia paraît s'affaisser, sa lèvre supérieure passer sous sa lèvre inférieure. Elle ne sait pas quoi dire, c'est un aveu pathétique qu'il vient de lui faire, elle aurait sûrement envie de clore la conversation maintenant, mais il faut attendre une fin de chapitre plus honorable, moins humiliante pour lui.

— Et la cuisine ? Qu'est-ce qui t'a fait quitter le restau où tu travaillais et te mettre à ton compte ?

— Je sentais que je stagnais, répond Ali avant d'évoquer une de ses rares créations qui se soit retrouvée sur la carte, une fine gelée de fraise accompagnée d'une quenelle de sorbet aux framboises.

Sans la suggestion d'un collègue de râper du citron vert et de finir l'assiette avec quelques points de vieux vinaigre balsamique, le chef aurait sans doute secoué la tête avec cet air à la fois désolé et enthousiaste qui l'exaspère tellement, on progresse, on n'y est pas encore tout à fait mais ça va venir, faut s'accrocher, on lâche rien, on reste mo-ti-vé.

— Ça a fini par me faire douter, je me suis même demandé si je ne ferais pas mieux de me re-reconvertir.

— À ce point ?

— Il y avait des signes qui ne trompent pas, comme les bruits de bouche.

— Les bruits de bouche ?

— Oui, j'ai toujours eu horreur des bruits de bouche, mais ils ont commencé à me devenir insupportables. Je restais cloué au lit, je faisais des crises de panique anticipatoire, c'est comme ça que ça s'appelle.

— Ah ouais quand même... réagit Allia sur le ton de quelqu'un qui s'ennuie mais qui espère encore pouvoir inverser la tendance.

— Il suffisait que je mette le nez en dehors de la cuisine et que je les entende manger, mastiquer, ronger, renifler, déglutir, pour être pris de bouffées délirantes.

Allia ne voit pas quoi ajouter après avoir hoché la tête pour le plaindre rétrospectivement. Un cuisinier phobique des bruits de bouche, oui, c'est ennuyeux.

Voilà, voilà.

Ils s'enfoncent dans le silence. Dix secondes, quinze secondes. Il commence à faire froid, Allia se fait une couverture avec les coussins du canapé et y emmitoufle ses pieds nus. Au moyen d'une télécommande elle baisse la luminosité de la pièce et s'étire en bâillant.

— Et Kader, tu le voyais beaucoup à cette époque ?

Encore une fois, le nom de leur ancien camarade agit sur Allia comme un sésame à l'envers. Elle se redresse, ses sourcils se crispent.

— À quelle époque ? Je l'ai pas mal vu quand je suis partie aux États-Unis, mais pas avant. Et puis quand je dis « vu », c'était toujours une demi-heure grand maximum, tu sais l'importance que tu as pour lui au créneau qu'il t'accorde, plus c'est tard dans la journée, plus ça veut dire que tu comptes à ses yeux.

— Et tu le voyais à quelle heure, toi ?

— Juste après le déjeuner, en général, dit-elle avec malice.

Ali hoche la tête lentement. Il sait qu'elle ne dit pas la vérité, ce qu'il ne comprend pas c'est pourquoi. Il se souvient du cinquantième anniversaire du massacre du 17 octobre 1961 comme si c'était hier. Depuis son appartement stéphanois, il voit circuler des photos sur Internet, sur les pages des journaux en ligne et dans les albums Facebook. Il s'agit d'une commémoration sur le pont Saint-Michel, à Paris. Quelques dizaines de personnes se sont donné rendez-vous devant la petite plaque d'hommage, à peine visible au bord de l'escalier de pierre qui descend jusqu'au quai. Parmi ceux qui n'ont pas oublié et qui ont voulu le faire savoir, Ali reconnaît avec stupeur Allia accompagnée d'un homme qui ressemble à Kader. À ce moment-là, la dernière fois qu'il a vu Kader, c'était dix ans plus tôt, à l'avant de la 404 de son père. L'homme qui tient la main d'Allia sur les photos n'a rien de commun avec le paria de la prépa. Il porte un costume sombre et regarde en direction du sol, la mine grave, solennelle. Allia porte un long caban à double boutonnage doré, son visage n'exprime aucune émotion.

Les voir ainsi réunis sans lui lui scie les jambes. Il croyait qu'ils avaient été soudés par le déménagement de la chambre de bonne de Kader. Ont-ils oublié la dissertation d'histoire d'Ali où il expliquait être le descendant des Algériens que la police française n'avait pas noyés ? Ont-ils oublié que cette téméraire prise de position lui avait valu une humiliation de la part du prof, une véritable déculottée devant toute la classe ?

Une fois passé la colère, il s'interroge. La façon dont Allia et Kader se tiennent la main l'intrigue, il essaie d'en savoir plus. Sur certaines photos il surprend des regards suggérant une complicité d'un autre ordre, c'est difficile d'en avoir le cœur net, ils ne sont jamais au centre de l'image. Il doit y avoir d'autres photos du week-end précédant l'anniversaire, ils n'ont pas pu se voir que le temps de déposer une gerbe de fleurs au pied d'une plaque. Ni Allia ni Kader ne sont sur Facebook mais Ali surveille les comptes des amis qu'ils pourraient avoir en commun et qui vivent à Paris. En regardant attentivement les photos de la commémoration postées par un militant sur le blog de son association, il remarque un visage familier, une ancienne du Parc à qui il n'a jamais parlé mais qu'il a souvent vue dans les albums photo de fêtes d'anciens camarades d'Allia.

Ali n'est pas « ami » avec elle, il n'a accès qu'à son album de photos de profil et à quelques posts sur son mur, parmi lesquels une phrase énigmatique qui attire son attention, au lendemain du 17 octobre, où elle évoque une soirée mémorable en compagnie de deux « revenants ». Ali l'ajoute en amie, ils ont une dizaine d'amis communs, elle ne devrait pas hésiter à accepter. Deux jours plus tard, c'est fait, il a accès à tout son profil, à tous ses albums, y compris le plus récent, composé de photos floues, qu'on dirait éclairées à la bougie. Elles ont été prises lors d'une soirée dans un appartement luxueux. Sur le balcon en fer forgé, entre deux pots de fleurs et face aux lumières de Paris, Ali reconnaît les silhouettes d'Allia et de Kader, de dos. La tête d'Allia repose au creux de la nuque de Kader.

Une trentaine de personnes ont liké cette photo sans tag ni légende. Ali s'intéresse à chacun d'entre eux, en espérant glaner des renseignements sur Kader, ce qu'il devient, ce qu'il fait, où il habite, et surtout s'il a une liaison secrète avec Allia, aux dernières nouvelles Allia vivait toujours à la campagne avec son beau médecin remplaçant, que peut-il bien penser, d'ailleurs, Mehdi, des escapades parisiennes de sa fiancée ?

Les glaçons du seau ont fondu, la soirée touche à sa fin.

— Je n'ai jamais compris comment il avait fait pour devenir si riche si vite.

— Kader ? Bah, il a obtenu une bourse pour étudier dans une grande business school américaine, à Philadelphie. Il s'est mis sous la protection d'un vieux financier new-yorkais qui lui a payé son MBA.

— Donc c'est comme ça qu'on devient multimillionnaire ? En faisant un MBA ?

Allia a du mal à savoir s'il plaisante ou non.

— Non, bien sûr, le MBA, c'est pour la carte de visite. Kader a une espèce de sens inné des affaires, je ne crois pas qu'il ait appris grand-chose à Wharton. Par ailleurs, il approche du milliard maintenant.

Le sourire qui joue sur son visage à ce moment-là, Ali ne l'a jamais vu.

— C'est dingue, souffle-t-il.

— Disons qu'il a eu du flair et qu'il a pris les bonnes décisions au bon moment. Pendant quelques années, il a fait ses armes au sein du hedge fund de son fameux mentor, il a grimpé péniblement les échelons, il gagnait assez avec ses bonus pour vivre comme un prince de la finance à Manhattan mais pas assez pour prendre sa liberté, et c'est là qu'il a eu l'intuition de génie, lui dit que c'est un coup de pot mais il ment.

— Les bitcoins ?

— Je te rappelle qu'à l'époque, quand il a investi dedans, personne, absolument personne, ne prenait ça au sérieux. C'est inédit, je crois, un type d'à peine trente ans qui crée son propre fonds d'investissement, qui plus est un étranger. On a du mal à concevoir les quantités de fric qu'il a commencé à brasser à cette époque. Pas mal pour le fils d'un magasinier et d'une femme de ménage…

— Et tu m'avais écrit qu'il avait financé ta recherche quand tu es arrivée aux États-Unis ?

— Oui, les financements sont souvent privés dans les universités américaines. Une dotation sur cinq ans, ça nous a permis de débaucher des chercheurs en intelligence artificielle, parmi les meilleurs, et surtout de les mettre dans la même pièce que des ingénieurs qui faisaient de la cryptographie quantique. 404, c'est la rencontre entre les deux domaines, ça aurait été possible sans Kader mais ça aurait pris plus de temps, surtout pour moi qui ne connaissais personne dans ce milieu.

— Mais pourquoi tu as quitté la Californie si tu avais une si bonne équipe, là-bas ?

Elle a l'air de se poser la même question.

— Mon père, répond-elle, il a fait un AVC, j'ai commencé à revenir de plus en plus souvent pour passer du temps avec lui, et de fil en aiguille on s'est remis ensemble, avec Mehdi.

— D'accord.

Là encore, Ali entend l'écho de son « d'accord » et fait la grimace.

— Eh oui, pratiquement dix ans plus tard. Il faut croire qu'on avait besoin d'une pause, une très longue pause.

Elle attrape son téléphone sur la table basse.

— Je suis désolée, il faut quand même que je regarde un peu.

Elle parcourt les messages qu'elle a reçus depuis le début de la soirée. L'écran projette une lueur bleue sur son visage.

— Mauvaise nouvelle ?

— Oui, mais bon, je ne peux m'en prendre qu'à moi-même.

Elle change de position sur le canapé et se prend la tête entre les mains. Un sourire catastrophé apparaît sur son visage.

— Qu'est-ce que j'ai foutu, Ali ? On est d'accord que je viens de me tirer une balle dans le pied, non ?

— Mais non…

— Dans la tête alors ?

Elle appuie contre sa tempe son index et son majeur collés, et fait mine de tirer.

— Le principal, c'était de tirer la sonnette d'alarme, et tu l'as fait.

Elle dodeline de la tête.

— Je n'aurais jamais dû répondre aux provocations de ce salopard… *cheh* pour ma gueule.

— Tu reçois des messages de gens qui…

— Je reçois des messages d'annulation, des gens qui annulent nos petits déjeuners, qui annulent nos rendez-vous, qui m'annulent, quoi. Je me sens complètement annulée, sourit-elle. On dirait que tout le monde a vu l'esclandre de cet après-midi.

— C'est le coup de la double nationalité qui fait peur ?

— Non, pas seulement, soupire Allia. J'ai des amis proches qui critiquent ma présentation avant même les questions du député. Ils trouvent que c'était trop désincarné, que j'aurais dû parler de mon expérience personnelle, de mon rapport aux mirages…

Ali espère qu'elle va enchaîner toute seule, mais elle garde le silence, tout en continuant de faire défiler les messages sur son téléphone du bout du doigt.

— C'était quoi, cette expérience personnelle ?

— Tu sais… Sarah.

Elle ne détache pas le regard de son téléphone et délivre ce prénom dans un mince filet de voix. On dirait la voix d'une autre. Son visage se fige, paraît s'éteindre.

Ali n'oubliera jamais ce soir de canicule, huit ans plus tôt, lorsqu'il a reçu un e-mail d'Allia lui demandant son adresse postale. Après la lui avoir donnée, il passe les matinées suivantes attablé devant la fenêtre de sa cuisine, pour être sûr de ne pas rater le facteur. Finalement, ce n'est pas un colis mais une petite enveloppe rose qui arrive dans sa boîte aux lettres pendant qu'il travaille au restaurant. À l'intérieur, un faire-part de naissance rédigé de la main d'Allia, ils ont le bonheur, Mehdi et elle, de lui annoncer l'élargissement de leur famille à la petite Sarah, avec un *h*, comme son arrière-grand-mère qu'elle n'aura jamais eu la chance de connaître.

D'après la date de sa naissance, Ali calcule que Sarah a déjà deux mois, il craint de faire partie de la deuxième vague d'envois, la voiture-balai qui ramasse amis oubliés et simples connaissances. Il préfère ne rien envoyer au jeune couple, ni félicitations ni cadeaux.

Un jour, il reçoit un nouvel e-mail collectif d'Allia, Mehdi et elle ont le regret d'annoncer la mort de leur petite Sarah. Elle venait de fêter son cinquième moisiversaire, comme ils disaient. Ils l'ont retrouvée dans son lit, endormie pour toujours. Mort subite du nourrisson. Elle n'avait pas souffert. L'enterrement a lieu au carré musulman du cimetière de Moulins.

— Je suis tellement navré de ne pas avoir été là. D'un autre côté je ne vois pas ce que j'aurais pu faire.

— En effet, confirme Allia. La vérité, c'est que je finissais par détester ceux qui étaient là, à mes côtés, ceux qui me voyaient sombrer. J'avais des pensées noires. Je les soupçonnais de se sentir soulagés, que ça ne leur arrive pas à eux. J'aurais voulu disparaître, m'exiler à l'autre bout du monde.

— Ce que tu as fait.

— Non, j'ai essayé de rester à La Brèche, d'abord, de faire front avec Mehdi. Mais c'était impossible, il souffrait trop, on amplifiait la souffrance l'un de l'autre au lieu de souffrir ensemble. Et puis c'est moi qui ai découvert le corps. Mehdi faisait sa tournée du matin, il partait vers cinq, six heures, pour voir les éleveurs avant la traite. La plupart du temps c'était du boulot d'infirmier, piquer les insulinodépendants. Bien sûr, je ne pouvais pas décemment lui en vouloir. Bien sûr, répète-t-elle, songeuse, sur le ton qu'elle emploierait pour dire : « Et pourtant. »

Ali est surpris qu'elle le fasse dépositaire de confessions pareilles. Il attribue son imprudence à l'heure tardive avant de comprendre que ce ne sont pas des confessions, qu'elle n'a rien à avouer, rien à cacher : elle parle de son traumatisme avec force et détachement, même si la fermeté de sa voix est imparfaite, et ne cessera sûrement jamais de l'être.

— C'est aussi pas mal à cause de cette maison, je crois, et la déprime de la campagne, parfois j'ai l'impression que toute cette partie de ma vie a été barbouillée, recouverte de brouillard. Chacun réagit à sa façon, bien sûr, Mehdi a eu ses propres moments de folie. Quand on s'est séparés et que j'ai déménagé en Californie, il est resté, lui, il avait ses patients. Ils sont devenus très proches, mon père et lui, plus proches que s'ils avaient été père et fils, il me semble. Et puis de toute façon il ne pouvait pas partir, les petits vieux avaient besoin de lui, un médecin trentenaire dans une commune rurale, on fait tout pour le retenir. D'ailleurs ils ont fini par lui demander de devenir maire.

— Maire ? De La Brèche ?

— Oui ! Il vient d'entamer son deuxième mandat. Le maire précédent avait démissionné, apparemment c'est une plaie dans les petites communes rurales, les maires qui démissionnent.

Ali fait oui de la tête, comme s'il était parfaitement au courant.

— Je crois qu'il avait peur, aussi, peur de se retrouver dans une ville normale avec des gens de sa génération, qui avaient ou risquaient d'avoir des enfants en bas âge. Ce que je peux comprendre. Les enfants des autres, moi aussi je les ai détestés. Ce qui est plus difficile à comprendre, c'est que Mehdi continuait de laver et d'étendre un body Petit Bateau qu'il avait trouvé par hasard dans la machine à laver. Les mois passaient et il le lavait et l'étendait chaque fois qu'il lançait une machine. Il savait que c'était dangereux, pour sa santé mentale du moins, mais il continuait, c'était un rituel morbide, il pleurait toutes les larmes de son corps chaque fois qu'il faisait une lessive, mais peut-être que c'était sa façon à lui de ne pas pleurer tout le temps.

— Et toi ? demande Ali de la voix la plus douce dont il soit capable.

— Moi, ça a été les images. Entre le moment où la petite est née et le moment où elle nous a quittés, j'ai pris plus de photos et de vidéos que pendant tout le reste de ma vie. Je prenais des photos d'elle chaque fois qu'elle souriait, je la filmais dès qu'elle disait « areu », dès qu'elle remuait ses petits poings, j'avais vraiment des centaines de photos et de vidéos, dès que je n'étais pas dans la même pièce qu'elle je la regardais par photos et vidéos interposées. Et puis voilà, fastforward à quelques années plus tard, les premiers deepfakes. J'avais réussi à isoler les images de Sarah sur un disque dur, mais dès que j'ai vu arriver les deepfakes j'ai compris que ce n'était qu'une question de temps avant qu'ils n'atteignent la perfection des mirages. Et fatalement j'ai fini par télécharger l'application de Facebook, Imagine, tu sais…

Il sait. Depuis leurs retrouvailles à Pigalle, il a lui aussi téléchargé Facebook Imagine, le concurrent de Mirage Entertainment, qu'on commence à accuser de ne pas agir avec suffisamment de célérité dans les cas de sextorsion ou de vengeance par mirage pornographique. La version mobile s'ouvre sur les accords du début de la chanson de John Lennon en très accéléré, ce qui donne l'impression qu'elle s'emballe et devient folle. Il faut ensuite uploader le maximum de fichiers audio, photo et vidéo de sa cible, ou simplement autoriser Facebook à les prélever dans ses données personnelles pourvu qu'elle fasse partie de vos contacts. Le logiciel a besoin d'une dizaine de minutes pour analyser les quelques gigaoctets de données dont on l'a nourri. Une fois l'analyse terminée, les scénarios n'ont plus qu'à être incarnés. Facebook Imagine ne propose pas de contenu pornographique ou susceptible de prêter à controverse, ce sont plutôt d'amusantes saynètes prédéfinies que l'utilisateur paramètre à la marge. L'esprit bon enfant de l'application s'annonce dès la vidéo de démonstration accompagnant le téléchargement : on y voit des groupes d'amis multiethniques et des familles heureuses qui se bidonnent comme sur une boîte de jeu de société.

— Je connaissais par cœur le fonctionnement des réseaux antagonistes génératifs, la technologie de Facebook Imagine est un peu cousine de la reconnaissance faciale, c'est comme ça qu'on perfectionne le graphisme des jeux vidéo, qu'on améliore les capacités prédictives des robots. C'est l'imagination, en fait. Imaginer, c'est fabriquer une version du monde qui n'est pas réelle. Un robot en marche a besoin *d'imaginer* une version plausible du paysage qui l'attend au détour d'un mur afin de se préparer à y faire face, tu comprends ?

Il fait semblant que oui.

— Je ne sais pas comment j'ai pu tomber dans un piège pareil, mais bon, je me suis mise à le faire une fois par semaine. J'alimentais l'application avec les photos et les vidéos de Sarah et je la faisais revivre, le résultat était franchement extraordinaire, elle était là, ressuscitée, il suffisait que je veuille la voir pour qu'elle apparaisse en vidéo, ça change tout, la vidéo, je pouvais la voir grandir, je pouvais la voir vieillir dans ces mirages. Le logiciel est même utilisé par les enquêteurs dans les cas de disparition au long cours, pour imaginer à quoi ressemble une personne disparue avec dix, vingt ans de plus. D'une fois par semaine à utiliser Imagine je suis passée à tous les jours, évidemment, et j'étais dévastée, ça me dévorait de l'intérieur, je vivais avec un fantôme, j'aurais vraiment pu devenir folle.

— Et c'est à ce moment-là que tu as décidé de partir en guerre contre les mirages ? Pour préserver ta santé mentale ?

Elle se lève, s'étire encore une fois, mais cette fois-ci c'est pour aller dormir.

— Tu vois, c'est ça que j'aurais dû raconter tout à l'heure. Qu'on vit dans l'âge d'or de l'imagination, mais que c'est un âge de fer, en fait. Le temps des cauchemars éveillés.

— Ce qui me paraît surtout incroyable, c'est qu'avec tous les proches que tu as perdus en l'espace de quoi, quinze ans...

— Comme une malédiction, oui. Je devrais peut-être me faire exorciser, plaisante-t-elle. D'ailleurs, l'autre jour, dans le métro, une vieille sorcière m'a pris la main en me disant un truc en kabyle, elle voulait me tirer les cartes, elle était sûre que j'en avais besoin. Je lui ai dit, en kabyle aussi, que j'avais perdu coup sur coup ma grand-mère, ma mère et ma fille. Trois générations. À la fin c'était moi qui devais avoir l'air d'une sorcière, vu la tête qu'elle faisait, la pauvre.

Ali se sent mal à l'aise, intimidé par leur différence de stature et de force morales : s'il avait connu une hécatombe de la sorte, il serait certainement mort à son tour, de chagrin, mais qu'en sait-il, après tout, il n'a pas eu d'enfants et son père a succombé à une longue maladie, lui laissant le temps de se préparer à l'inacceptable.

— Quatre heures du matin ! s'exclame Allia.

— Pardon, pardon, je file.

Il a réservé une place dans le premier TGV, qui part à l'aube, dans deux heures. Il préfère y aller maintenant, tant qu'à faire, et marcher jusqu'à la gare.

— Tu es sûr ?

Il récupère sa mallette, ses couteaux. Allia le raccompagne jusque dans le passage cocher.

— Ça m'a fait plaisir de te revoir, murmure Ali tandis qu'elle appuie sur le bouton d'ouverture de la porte.

— Moi aussi, essayons de ne pas attendre encore vingt ans avant de passer notre prochaine soirée ensemble.

Puis elle l'abandonne dans la nuit parisienne avec un baiser sur la joue droite, cette fois-ci.

À la fin du mois de septembre, peu après leurs retrouvailles, Allia le rappelle pour un autre dîner, plus amical celui-ci, qu'elle espère en tout cas moins inamical.

Entre les deux dîners, il se produit à La Brèche, le village natal d'Allia, un drame bizarre qui le propulse au centre de l'attention nationale : un couple de retraités s'immole par le feu dans la courtine du château fort en ruine qui domine la commune et les alentours. Ils n'ont laissé aucune lettre d'explication, leurs proches ne les savaient ni malades ni désespérés au point de commettre l'irréparable.

Une vague d'émotion submerge le pays lorsqu'on découvre qu'il s'agissait du secrétaire général et de la trésorière d'une association de préservation du patrimoine bourbonnais, des gens charmants et sans histoires qui consacraient tout leur temps libre au château de La Brèche, édifié sur les ruines d'une place forte au XIIIe siècle, en plein conflit séculaire entre les Capétiens et les Plantagenêts, détruit plusieurs fois, reconstruit en partie, laissé à l'abandon avant d'en être sauvé par les bénévoles et les subventions qu'ils parvenaient à arracher aux collectivités locales et au ministère de la Culture. Un jour le flot des subventions s'est tari, les travaux de restauration de la tour maîtresse ont dû être interrompus. La chambre seigneuriale et son fameux plafond doté d'une voûte en croisées d'ogives ont été gâtés par les intempéries. Les escaliers se sont remis à ployer sous les fientes de pigeon séchées, les boiseries de la salle de banquet ont été envahies à nouveau par l'humidité et la végétation, jusqu'au coup de grâce, donné par le particulier ayant racheté le château, un mystérieux milliardaire qui a fait savoir son intention d'arrêter les travaux de restauration, les ruines en ruine lui paraissant plus romantiques et plus belles.

Pendant quarante-huit heures, tout le monde cherche à savoir qui est ce rustre richissime, responsable, indirectement mais pas tant que ça, au fond, du suicide de ces paisibles retraités. On trouve que c'est un homme d'affaires, ou alors plutôt un banquier, apparemment domicilié à l'étranger, franco-américain, dit-on bientôt, à la tête d'un fonds d'investissement présent sur plusieurs continents et, tiens tiens, dans la péninsule Arabique.

La présidente elle-même s'en émeut sur TikTok, dans une vidéo de onze secondes sur un extrait de chanson de Michel Sardou, trois plans sous les dorures de l'Élysée, où elle en appelle à cesser de brader les joyaux du patrimoine au profit de cyniques promoteurs étrangers.

Sollicité par les radios, le maire de La Brèche, Mehdi, refuse de dévoiler l'identité du nouveau propriétaire du château. Il se borne à rappeler qu'il n'était pas favorable, à titre personnel, à son projet de rachat sans investissement, mais que peut le maire d'une petite commune rurale contre la toute-puissance d'un fonds d'investissement étranger ?

— C'est Kader, murmure Allia en le retrouvant pour les préparatifs de son deuxième dîner. C'est lui qui a racheté le château.

— Comment tu le sais ? Il te l'a dit ?

— Pas lui, non, mais j'ai d'autres sources, dit-elle, espiègle.

Ali lui fait goûter les amuse-gueules qu'il a préparés pour ses invités et elle se délecte à chaque bouchée, danse sur place en avalant, le museau relevé pour éviter de faire tomber des miettes partout.

Il a enfilé son vieux tablier de coton blanc, elle a revêtu une combinaison noire à la fois simple et élégante, à manches courtes, dentelée aux épaules et dans l'encolure du dos légèrement échancrée. Elle porte des talons aiguilles, un collier de grosses perles bleues, elle ne lui a jamais paru aussi immense et magnifique.

Les invités arrivent dans une heure si on inclut le quart d'heure de retard réglementaire. Allia avait l'air détendue avant qu'il n'évoque le château de son village natal.

— Ils lui sont tombés dessus dès qu'il a eu l'idée de racheter cette ruine.

— Mais tu sais pourquoi il l'a fait ?

— Tu poses beaucoup de questions, dis donc.

Elle sourit mais il est allé un poil trop loin, il voit quelque chose se fermer en elle. Elle s'éloigne vers la fenêtre en laissant sa question en suspens, tandis qu'il rougit jusqu'aux oreilles, il sent la chaleur monter jusqu'aux oreilles, il a l'impression qu'il va se consumer sur place.

Heureusement elle finit par se retourner, en gardant la main sur le pan de rideau qu'elle vient de tirer.

— Pourquoi il achète un château, pourquoi il a acheté cet hôtel particulier, on ne sait jamais avec lui. Ce qui est sûr, c'est qu'il investit beaucoup dans le centre de la France depuis quelques années, à Vichy, dans la Nièvre aussi, je crois. Mais le château, c'est ce que je me tue à expliquer à Mehdi, il l'a probablement juste racheté pour en accélérer la restauration, je ne sais pas où les gens sont allés chercher qu'il voulait que ça reste une ruine.

— Mehdi n'a pas eu son mot à dire ?

— Quel mot à dire ? Il n'est pas le propriétaire du château, et on parle d'une commune de moins de deux mille habitants, ce n'est pas la Mairie de Paris non plus. Le problème, c'est que les gens ont besoin de fantasmer, autant que de manger, de boire et de dormir. Tout a dû partir d'une rumeur et voilà, en bout de chaîne, un couple de petits vieux qui se suicident… Quelle tristesse…

Des fantasmes, il y en a toujours eu autour de Kader, en tout cas depuis qu'il est sorti du bois en fondant Wilaya, son groupe de télécoms français. Le choix de ce nom n'est pas anodin. « Wilaya » évoque l'administration coloniale mais signifie surtout « fédération » en arabe, « ce beau mot de fédération », comme l'a répété un ancien ministre de la Culture ayant milité, en public et en coulisses, pour la candidature du nouveau venu lors de l'appel d'offres pour la 5G. L'autorité de régulation des réseaux a fini par désigner trois opérateurs historiques. Le moins gros des trois s'est vu rappeler par la ministre de l'Économie de l'époque, la future présidente, son obligation d'apporter les lumières de la civilisation aux zones reculées, jusque dans le fatal « dernier kilomètre ». À la stupéfaction générale, il a été révélé que le patron de Wilaya, nouvel entrant sur le marché, avait passé un deal avec cet opérateur historique pour remplir à sa place sa mission de service public et se charger des infrastructures, des pylônes, des câbles, des négociations avec les collectivités locales dans les zones dites « blanches », pas même desservies par la 4G. Grâce au deal avec Wilaya, l'opérateur historique a surpassé ses concurrents plus puissants pour s'imposer comme celui de référence. Mais les experts ont estimé que Kader allait se ruiner, qu'il investissait à perte, comment monétiser un réseau fait de communes de haute montagne hors d'atteinte ou de bourgades rurales qu'on ne songe même pas à rendre accessibles ?

La stratégie « rurale » de Kader continue d'interroger, deux ans après qu'il a commencé à installer ses poteaux dans le désert français. Les prix pour un abonnement Wilaphone défient toute concurrence. L'installation et l'exploitation d'un réseau de 5G demandent beaucoup d'argent, beaucoup d'efforts, une diplomatie permanente. On parle d'un gouffre financier en perspective. Il a eu les yeux plus gros que le ventre. Erreur de jeunesse, péché d'orgueil. On affûte les serres des vautours qui vont dévorer le foie de Kader.

Questionné à la sortie de Bercy sur les tours de magie qu'il compte sortir de son chapeau pour rentabiliser son investissement, le jeune milliardaire a eu cette réponse : « Oh, vous savez, moi je prestidigitâtonne… »

— Si tu savais ce qui se raconte sur Wilaya, sourit Allia en surveillant son téléphone pour s'assurer que personne ne lui a envoyé de SMS d'annulation. Il y en a qui disent que tu peux avoir une réduction sur ton forfait Wilaphone si tu es musulman. La téléphonie halal, fallait oser quand même.

Le dîner du soir réunit surtout des anciens de la promo d'Allia à Polytechnique, mêlés à des amis et connaissances de son époque parisienne, avant son exil, quand elle faisait des allers-retours hebdomadaires depuis l'Allier. Aucun rapport avec Kader, donc, même si on entend parfois son nom entre deux éclats de rire, dans un murmure respectueux, toujours furtif. La plupart sont venus par curiosité, pour voir à quoi ressemble l'antre parisien du dragon.

Ali regarnit régulièrement le buffet et promène son plateau entre les grappes d'invités qui conversent à voix basse. L'atmosphère est détendue, mais c'est une soirée à enjeu pour Allia : elle a besoin d'alliés et certains, parmi ses invités, occupent des positions stratégiques, notamment à l'endroit où les intérêts de grands groupes privés se crantent dans les rouages de l'appareil d'État. Il faut qu'elle rassure après la catastrophe de son audition devant la commission parlementaire. Il faut qu'elle fasse bonne impression et elle le sait. Elle papillonne de groupe en groupe, pas toujours très adroite. Les talons étaient une mauvaise idée, elle est trop grande, ça met certains hommes mal à l'aise de devoir garder la nuque cassée pendant toute une conversation.

La parité n'est pas tout à fait respectée parmi les huit dîneurs. Les cinq hommes sont tous en costume, quatre parmi eux arborent une cravate nattée et trois des chaussettes de couleur qu'ils exhibent volontiers en croisant les jambes après s'être carrés dans un fauteuil.

Un de ces porteurs de chaussettes fantaisie adresse la parole à Ali tandis qu'il promène son plateau de coupes de champagne dans le salon tamisé. C'est un garçon joufflu à la peau très rose, avec des bouclettes blondes et un air poupin qui contredisent ses manières de dandy revenu de tout. Lors d'un précédent passage, Ali l'a surpris en train de se vanter de ne plus porter de cravate depuis qu'il travaille dans les médias.

— Et vous êtes un cousin d'Allia, c'est ça ? lui demande-t-il en chipant les deux dernières coupes de son plateau.

— Pas du tout.

— Oh non, désolé, se récrie le convive en apprenant qu'il parle à un ancien camarade de classe d'Allia.

Il invente dans la foulée, plutôt habilement, qu'Allia a toujours été la reine du cloisonnement.

— Par exemple, je ne savais pas du tout qu'elle était proche de la moitié des invités de ce soir…

Plus tard, un énarque au menton fuyant vient discuter avec Ali jusque dans la cuisine, comme pour se flatter de ne pas le considérer comme un simple larbin. Sa mère a été cuisinière de cantines scolaires, s'adresser au petit personnel dans ce genre de soirées est la façon particulière qu'ont les bulles de champagne de lui monter à la tête. Chargé de mission auprès d'un grand patron de chaîne, il possède un appartement dans le quartier de la Madeleine, deuxième étage, balcon filant, mais il n'a pas oublié d'où il vient, il veut croire que son cœur bat toujours à gauche.

— Et alors, l'invité mystère ? Ou invitée é-euh, on ne sait pas, en fait…

En essayant de soutirer des indices à Ali, il lui apprend purement et simplement l'existence d'un tel invité mystère, qui remet en question l'organisation de son dîner. Allia lui fait signe de ne pas se tracasser : l'invité mystère est en retard, il nous rejoindra au mieux pour le dessert.

Ali a prévu des noix de Saint-Jacques d'Écosse en entrée, il doit s'en occuper sans trop tarder, mais une espèce de démonstration se déroule dans le salon. Curieux, il reste dans l'encadrement de la porte, malgré les fourneaux qui l'appellent. Allia se tient debout devant la cheminée, les invités au complet se sont disposés en corolle autour d'elle. Elle tient son iPhone couché à l'horizontale dans sa paume. Des images clignotent sur l'écran, rien d'inhabituel jusqu'ici. Un cobaye se désigne enfin pour utiliser son propre téléphone et filmer l'écran d'Allia avec la caméra du sien.

Une exclamation générale soulève l'audience. On se rapproche, on essaie de comprendre.

— Quoi ? Comment c'est possible ?

Depuis le fond de la pièce, Ali ne voit pas ce qui se passe ni la raison pour laquelle tout le monde se met à pousser des petits cris de surprise en même temps. Quelqu'un d'autre veut tenter l'expérience et sort son iPhone pour filmer l'iPhone d'Allia. Même réaction : la stupéfaction et une volée de questions.

L'iPhone du deuxième cobaye passe de main en main. Sur l'écran on peut voir en gros : « erreur 404, page introuvable ».

Ali comprend qu'ils ont essayé d'enregistrer avec leur téléphone la vidéo que diffusait Allia sur le sien, et qu'ils n'y sont pas parvenus.

La vidéo montre une des invitées, qui se filme elle-même en mode selfie dans la cour pavée de l'hôtel particulier, à quelques mètres d'eux. Elle suit manifestement des instructions qu'Allia lui a données au préalable et promène parfois la caméra sur les pots de fleurs, l'entrée. Son cadre s'arrête sur une photo de la mosquée sacrée de La Mecque, cernée d'un océan de fidèles.

— C'est la Kaaba, souffle le type au menton fuyant, d'une voix pleine d'assurance didactique.

Il a les mains dans le dos et l'air informé, sur tout un tas de questions importantes et frivoles.

Allia avale sa flûte de champagne en deux larges gorgées qui lui mettent le rouge aux joues.

— Ladies and gentlemen, dit-elle en souriant, je vous présente 404.

La mâchoire d'Ali se décroche. Il se rappelle la Peugeot 404 du père de Kader, il la revoit comme si elle venait de s'encastrer dans un des murs du salon.

Un invité brandit sa flûte de champagne, un autre siffle dans ses doigts.

« C'est bon, je peux remonter ? » entend-on l'invitée demander depuis le téléphone d'Allia.

— Encore deux minutes, ma chérie, lui crie-t-elle par la fenêtre ouverte. Deux petites minutes !

Allia revient au centre de la pièce.

— 404, donc. Un flux vidéo impossible à enregistrer, à éditer et donc à contrefaire. Une application de streaming en direct qui ne ressemble à rien, à première vue, et pourtant ce que vous avez là, c'est l'antidote, le seul antidote aux mirages.

Ali sort discrètement son portable et filme la pièce, le visage d'Allia. Au moment où il descend sur l'écran du téléphone d'Allia, le rectangle apparaît en noir sur son écran, avec un signal d'erreur 404 en rouge. C'est comme s'il y avait un trou dans le réel, une faille spatio-temporelle.

Le téléphone d'Allia passe de convive en convive tandis qu'elle explique en scrutant leurs réactions :

— Normalement, ce que l'œil humain peut voir, une caméra doit pouvoir le voir aussi, eh bien avec mon équipe on a réussi à rendre un flux vidéo inaccessible à tout autre appareil que notre œil à nous. Pour l'instant c'est une version bêta, hein, sans aucune autre fonctionnalité que ce flux impossible à arrêter, à rembobiner ou à accélérer, impossible à enregistrer et surtout, donc, impossible à trafiquer et à contrefaire... vous voyez où je veux en venir. La vérité brute, en tout cas le retour d'une forme de réalité objective.

Une voix s'élève pour demander comment c'est techniquement possible de diffuser des vidéos qui s'évanouissent dans le néant avant d'avoir pu être capturées.

Allia part dans un développement sur la cryptographie quantique, un certain protocole BB84.

— En temps normal les caméras convertissent des photons en électrons. Nous, on a trouvé un moyen de créer un pur canal photonique. Le cameraman ouvre un canal photonique et celui qui regarde sur son téléphone se connecte à ce canal.

Elle voit bien que personne n'y comprend rien et que la pièce est divisée entre ceux qui l'écoutent en faisant semblant de s'accrocher et ceux qui s'acharnent à enregistrer le flux 404, la pauvre invitée qui tourne en rond dans la cour en ne sachant plus quoi dire. Ils mitraillent sa vidéo de photos, placent le téléphone qui la diffuse devant un miroir, en utilisant le micro de leur propre téléphone pour capturer au moins l'audio. Rien à faire, ils retombent chaque fois sur l'erreur 404 en rouge sur fond noir : c'est un torrent de direct pur, inaltérable, inenregistrable, opaque et fatal comme le temps lui-même.

Il s'est mis à pleuvoir lorsque Ali retourne en cuisine pour lancer les Saint-Jacques. Les pneus des voitures chuintent en glissant sur les pavés de la place des Victoires, les klaxons se font plus nerveux, l'humeur de Paris semble avoir changé d'un coup.

Allia passe une tête dans la cuisine, renifle les arômes.

— Ça avance les entrées ?

Elle se sert une grosse rasade de vin blanc en le regardant cuire ses Saint-Jacques à la poêle. Ce sont des Saint-Jacques de plongée, deux fois plus grosses que celles ramassées dans les baies bretonnes. Ali les pose sur leur côté le plus large, les retourne quand elles commencent à brunir et jette dans la poêle deux noix de beurre, deux gousses d'ail écrasées, deux branches de thym. Il incline la poêle pour les arroser au moyen d'une cuiller, un geste répétitif et plus précis qu'il n'y paraît, qu'il a effectué un million de fois et qui semble impressionner Allia.

Elle est un peu éméchée, il s'en rend compte lorsqu'elle lui demande comment il fait pour savoir quand la Saint-Jacques est prête, elle a raté les siennes l'autre jour, froides à l'intérieur, grillées en surface. Il lui montre son pique-fruits, le glisse dans la chair d'une Saint-Jacques et le place sur sa lèvre inférieure.

— Pourquoi pas les doigts ? demande Allia.

— Ben regarde, répond-il en lui présentant ses mains de cuisinier, crevassées, rugueuses, cloquées, le bout des doigts presque parfaitement insensible.

Elle prend sa main la plus laide dans ses longues mains à elle. On dirait qu'ils appartiennent à deux espèces différentes lorsqu'elle passe le pouce sur sa paume jadis brûlée au troisième degré par le manche d'une poêle en fonte.

— Bon, je crois que ça se passe bien, dit-elle soudain, sans faire d'autre commentaire et en soufflant pour se donner du courage. J'y retourne. Merci hein, merci pour tout.

Quand il apporte les entrées, la discussion bat son plein, Ali en manque le moins possible. Il y a parmi les convives un autre énarque d'environ trente-cinq ans, aux cheveux roux coiffés en brosse et à l'air bizarre, exorbité, on dirait qu'il est en surchauffe, on le croirait en proie à un incendie intérieur. Il est venu avec sa femme, une petite blonde qui ne pipe mot mais gratifie chaque plaisanterie d'un rire gracieux, toujours opportun et idéalement dimensionné à ce que le plaisantin espérait comme réaction.

Elle disait à quelqu'un, plus tôt dans la soirée, que son mari, passé par le Conseil d'État, dirigeait le cabinet du nouveau président du CSA, l'autorité de censure et de régulation de l'audiovisuel. Fort de sa production récente, il semble avoir décidé de mettre un peu d'ambiance en affrontant la créatrice de 404 :

— Je veux bien admettre que c'est une technologie révolutionnaire, même si, pour être franc, elle me paraît plutôt rétrograde à première vue…

— Rétrograde dans quel sens ? demande quelqu'un à la place d'Allia.

— Rétrograde dans le sens où ce que tu nous décris, c'est surtout un ensemble de fonctions interdites pour l'instant : tu ne peux pas éditer, tu ne peux pas ajouter de filtres, tu ne peux pas faire de capture d'écran, et surtout tu ne peux pas enregistrer. C'est un peu talibanesque comme programme, si tu me passes l'expression.

Des protestations retentissent, souriantes, presque toutes hypocrites : entre gens de bonne compagnie, les yeux n'en sont pas moins tachés du sang qu'on espère secrètement voir couler.

— Tu exagères… se désole une voix grave.

— Oui, tu ne lui laisses aucune chance, propose un autre pour relancer le duel.

— Non mais je dis ça en toute amitié, on est là pour se dire les choses, non ? Et puis après des petits malins trouveront forcément le moyen d'enregistrer les flux en direct…

— Ah non, ça c'est impossible, le coupe Allia d'une voix sombre, presque bourrue.

— Alors d'accord, imaginons que c'est impossible d'enregistrer, pardon, mais la question qui me vient à l'esprit au sujet de ton appli c'est : à quoi bon ? À quoi bon financer une application qui, tu m'arrêtes si j'ai mal compris, se contente de reproduire la télé d'avant le magnétoscope... ?

Cette fois-ci tout le monde autour de la table trouve qu'il y va décidément trop fort, et les regards se tournent vers Allia, avide de savoir jusqu'où elle a été blessée et si elle peut reprendre la main.

Allia acquiesce silencieusement, elle n'a pas l'air mécontente qu'on la titille un peu. Elle boit une rapide gorgée de vin et répond par une question :

— Par les temps qui courent, tu ne vois pas tout seul l'intérêt de vidéos infalsifiables ?

— Ce n'est pas ça qui me dérange, réplique le rouquin en haussant le ton, ce qui me dérange, c'est le fait que ce soit en direct et que si tu n'es pas là pour voir tu ne peux pas rattraper le programme. Toutes les évolutions de ces dernières années vont vers le délinéaire, la consommation des contenus en différé, en replay, toujours plus de fluidité chronologique. Et puis les gens aiment les fonctionnalités un peu cool, la customisation, l'ajout de musique, voilà ce que je veux dire en fait, c'est que ce n'est pas avec 404 que tu vas faire décoller notre chère présidente de TikTok...

Il suffit de parler de la présidente et de son addiction aux petites vidéos du réseau social chinois pour mettre les rieurs de son côté. Il savoure et pousse son avantage :

— Tous les grands groupes américains ont leur application de live streaming, Twitter a Periscope, Facebook a Facebook Live, Google a Twitch… tu peux toujours en faire une version bis vertueuse si ça te chante… Sauf que l'intérêt de ces plateformes, c'est que ce sont des plateformes, les images filmées en direct peuvent être partagées et devenir virales, par exemple dans les cas de bavure policière, qui ne peuvent pas te laisser insensible…

Le sous-entendu jette une ombre sur le visage d'Allia.

— Sur 404, si tu peux pas extraire le flux, je vois pas trop à quoi ça peut servir, Allia, je te le dis comme je le pense.

— Je comprends, répond Allia, mais c'est précisément ça que je cherche à combattre : la viralité. Je crois qu'il faut revenir à quelque chose de plus sain.

— C'est-à-dire ?

Il repose son verre avant de l'avoir porté à ses lèvres, pas le temps de boire alors qu'il vient de l'envoyer dans les cordes.

— Je crois qu'il faut remplacer la viralité par la ponctualité. Voilà. Que les spectateurs se pointent au même moment pour regarder la même chose.

— Comme… la télé d'avant le magnétoscope ?

— Plutôt comme l'œil humain avant que des appareils ne lui fassent concurrence, une concurrence déloyale, si tu vois ce que je veux dire.

— Euh, en fait, non, je ne vois pas.

— Imagine un miroir qui ne reflète que ce qui se passe pendant que ça se passe, s'échauffe Allia. Il faut être là, ici et maintenant, pour le voir... Il faut vouloir vraiment regarder ce qui se passe. Un clignement d'œil et on l'a raté pour toujours. C'est une technologie pour nous libérer de la technologie.

L'autre gonfle sa joue et la perce avec son index :

— C'est des formules, tout ça.

— Je ne suis pas d'accord. Jusqu'ici on a combattu les catastrophes sociales provoquées par les nouvelles technologies en courant après avec des législations pudibondes au lieu d'inventer notre propre culture technologique européenne. Les mirages nous donnent une formidable opportunité de le faire... On va vers de plus en plus de surveillance de la part des grandes compagnies américaines, des monstres de mémoire infaillibles, extensibles à l'infini, qui veulent connaître tous nos faits et gestes, qui veulent nous comprendre mieux que nous ne nous comprenons nous-mêmes parce que, leur seule ambition, c'est rien de moins que posséder notre âme.

— Et celle de 404, c'est de la sauver ?

Il se marre en levant son verre et en promenant son regard autour de la pièce majestueuse :

— Cela étant, on se croirait presque au Vatican, ici.

Une voix féminine s'élève alors, pleine de précautions et de douceur préventive :

— Et ça se passe plutôt comment avec les financements ?

Elle cite un trio de noms connus dans leur milieu et demande à Allia si elle a bien réussi à les rencontrer.

— Je devais les voir ici même, il y a deux semaines. Mais c'est tombé le jour de mon audition devant la commission.

Quelques personnes profitent du silence qui s'ensuit pour descendre leur verre et faire l'éloge des Saint-Jacques. Ali les a badigeonnées, sur leur face supérieure, d'une marmelade d'agrumes et de gomasio, et servies sur un trait de pinceau de crème de sésame noir, avec de la fleur de bourrache, iodée.

— Et tu vas les revoir ? demande le rouquin dont la mèche en brosse surgit de la masse des têtes comme un aileron.

— Non, non, répond Allia sur un ton neutre : beaucoup de gens ont les mêmes objections que celles que tu viens d'émettre. Je ne les rejette pas en bloc, d'ailleurs. C'est juste... qu'elles sont à côté de la plaque.

— Il suffirait peut-être seulement de tweaker le logiciel pour permettre d'enregistrer les flux vidéo, tu te compliques la vie inutilement.

— Non seulement je ne veux pas, mais surtout je ne peux pas ! s'écrie Allia. C'est précisément ce qui les rend infalsifiables.

Elle éclate alors de rire, un rire incompréhensible qui met tout le monde mal à l'aise.

— Je crois quand même que vous n'avez pas pris la mesure de ce qui est en train de se passer…

S'ensuit une discussion houleuse sur le mirage ou pas mirage du huis clos d'Alger.

Ali retourne en cuisine pour apporter la suite. Quand il revient, Allia raconte l'histoire d'un ministre italien qui vient d'être victime d'un mirage et dont même la réaction scandalisée à ce mirage sur le plateau d'un journal télévisé sérieux et réputé… était un mirage.

— La plupart des gens ont vu l'extrait sur Internet, conclut Allia. À force de prononcer les mots sans les entendre on oublie leur connotation originelle, leur sens, même. Devenir viral, c'est contaminer le maximum de gens…

Le rouquin pouffe. La grimace qui déforme alors son visage montre bien que cette conversation ne sert que de prétexte pour vider une querelle ancienne entre lui et Allia.

— Et tu crois vraiment que c'est avec du direct inenregistrable que tu vas régler le problème ?

— Écoute, l'intelligence artificielle a créé ce monstre des mirages, rétorque Allia, et en attendant qu'une intelligence artificielle plus avancée permette de les identifier à tous les coups, on n'a rien d'autre que 404. Et pour répondre à ta question, oui, si toutes les prises de position officielles se faisaient en direct sur 404, on n'aurait pas à se demander chaque fois si c'est vrai ou faux.

— Mais tu vois bien qu'il y a encore les grandes chaînes hertziennes, et plein d'autres sources d'information que personne ne songerait à mettre en cause pour ce genre de moments importants !

— Ah oui ? Et pour combien de temps à ton avis ? Et combien de gens font encore confiance aux JT par rapport à leur groupe Facebook où ils ont l'impression de s'informer par eux-mêmes ? Des nouveaux médias payants naissent tous les matins, garantis sans mirages et soucieux d'objectivité, mais qui peut résister au flot de news gratuites et orientées, même dans les grands journaux qu'on lit tous autour de cette table et qui sont obligés de prendre parti et de faire du buzz pour ne pas mettre la clé sous la porte ?

Son adversaire n'est pas convaincu :

— Tu me fais penser au vieux fou de *L'Étoile mystérieuse*. Ça suffit les prophètes de malheur, tu vaux mieux que ça, Allia.

Elle garde les yeux fermés pour ne pas répondre à ses provocations mais il lui en coûte, c'est contraire à tous ses instincts de ne pas rentrer dans le lard d'un crétin surdiplômé.

Une série de coups de klaxon font tintinnabuler les vitres, on dirait le mugissement d'une corne de brume.

Le visage d'Allia s'illumine : l'invité mystère est là, au coin de la rue. Depuis les fenêtres on peut voir un énorme 4 × 4 noir dont les phares se reflètent sur les pavés luisants de la place. L'homme qui en descend et dans les bras de qui Allia tombe quelques instants plus tard n'est autre que DJ Dinar, un nom qui sera oublié dans cinq ans, alors qu'on peut difficilement le surpasser cette année-là en termes de star power. Son album *Ameriki* vient d'exploser les charts. Le titre qui donnait son nom à l'album squatte le podium des morceaux les plus streamés dans le monde sur les principales plateformes.

DJ Dinar s'est rendu célèbre avec des clips chaotiques et le bouc le plus connu du rap francophone : la moustache serpente le long de sa lèvre supérieure, en contourne la commissure gauche en dessinant un S qui se termine au bas du menton et que barrent deux fines rayures de poils verticaux, pour former le symbole du dollar.

Les contours de ce chef-d'œuvre de calligraphie pilaire sont aussi nets et parfaits que la discipline avec laquelle DJ Dinar incarne son personnage. Il ne quitte jamais ses lunettes rondes aux verres teintés de vert et fume des joints à trois feuilles que lui prépare son chauffeur/dealer/garde du corps, un colosse en Sergio Tacchini de la tête aux chevilles. C'est une soirée off, normalement, deux autres types l'accompagnent, son manager et son responsable réseaux sociaux qui prend les selfies pour les fans et gère la communication avec ses neuf millions de followers sur Instagram.

Son double charisme de repris de justice et de star désormais planétaire est particulièrement éclatant lorsqu'il débarque dans l'hôtel particulier de Kader – « son poto Kader » – en plein dîner de métrosexuels en costumes cintrés. Il porte des Nike Air qui donnent l'impression qu'il marche sur l'eau, une veste de jogging dorée et une sacoche cloutée d'argent, sans lanière ni bandoulière.

Tous l'approchent avec des sourires mielleux et des cris de midinette pour lui arracher un selfie. DJ Dinar, de son vrai prénom Abdelkrim, est un Algérois de naissance dont la musique réalise la fusion parfaite entre le raï et le rap. Allia l'a rencontré douze ans plus tôt : il venait de débarquer clandestinement en

France après avoir épousé une « grosse vilaine pour les papiers », comme il le revendique dans un de ses titres les plus connus.

Allia et Kader lui ont rendu des coups de main qu'il n'oubliera jamais, c'est en tout cas ce qu'il explique devant les convives qu'il a fait migrer vers un autre salon aux lumières moins vives.

Une amie d'Allia s'étonne de la douceur de sa voix qu'on ne connaît, après tout, qu'altérée par le vocodeur.

DJ Dinar la remercie sans rien dire mais en rivant sur elle un sourire libidineux.

L'énarque au menton fuyant se demande à voix haute si l'Auto-Tune fait chanter juste n'importe qui ou s'il faut partir avec de bonnes bases musicales malgré tout. DJ Dinar le regarde comme s'il s'apprêtait à lui arracher la jugulaire avec les dents. Au bout d'une vingtaine de secondes qui paraissent interminables à la petite assemblée, il se tourne vers Allia :

— Faut qu'il aille faire le « Marrakech du rire », ton copain.

Il a cette intonation chantante et toujours un peu moqueuse des *djazairis*.

Il murmure quelque chose à l'oreille d'Allia, qui refuse immédiatement :

— Non, non, il m'a dit toute la maison sauf cette pièce. Sérieux, Abdel.

DJ Dinar insiste. Allia s'absente un instant, revient avec une grosse clé brillante, comme on les dessine dans les livres pour enfants. Elle se rassoit à côté du rappeur, qui lui embrasse le front avec une tendresse fraternelle et fait signe à son « binôme » pour qu'il roule un pétard.

Le binôme s'exécute en dézippant délicatement la sacoche à bandoulière qui lui barre le torse. Il en retire un gros bout de résine de cannabis, trois feuilles et une Camel éventrée. Il effrite debout, sans regarder ses mains.

DJ Dinar annonce qu'il va devoir passer une tête dans un club près des Champs et lui propose de l'accompagner pour qu'elle lui raconte un peu la famille et la raison de son retour « sur Paname ».

Il appelle Allia « ma sœur ». Quand il repère Ali au fond de la pièce, à moitié mangé par la pénombre, il lui donne du *khoya* et lui dit quelque chose en arabe algérien, auquel il ne comprend rien. Ali baragouine tout au plus quelques mots de kabyle, et encore seulement de petite Kabylie, ce qui paraît agacer le rappeur.

Allia essaie de changer de sujet mais DJ Dinar veut en savoir plus. Ali a soudain l'impression d'avoir attiré sur lui l'attention d'un fauve domestiqué dans la cage duquel on lui avait fait croire qu'il ne courait aucun risque. S'il pouvait disparaître derrière un rideau il le ferait.

Le joint arrive dans les mains de DJ Dinar au bon moment. Dès que l'odeur commence à emplir leur coin du salon, l'énarque roux se lève, fait se lever sa femme et prend congé en ne s'adressant qu'à Allia :

— Bon, eh bien… ma foi, au revoir !

Il faut faire vite pour les autres invités qui souhaitent y aller eux aussi, deux départs s'annoncent dans la foulée, dont un, particulièrement grossier, au motif que le dernier métro est imminent. Au bout d'un quart d'heure, il ne reste plus que le rappeur, son gorille et Ali. L'effet de ces défections sur l'humeur d'Allia paraît nul. Elle tire deux bouffées successives, toussote en fronçant les sourcils pour signifier qu'elle trouve exagéré de fumer des joints aussi chargés.

— Allez, dit-elle soudain en dépliant ses jambes croisées pour se lever.

Elle entraîne « les garçons » à l'étage du dessus. Entre deux gloussements, ses mains tâtonnent et trouvent une porte dérobée dans le mur, que sa grosse clé brillante permet d'ouvrir, révélant un cabinet secret sans fenêtres, fait d'arcades en accolade où se déploie une frise aux motifs sahariens, dunes de sable, Touaregs et chameaux. Allia et son invité d'honneur s'assoient dans l'alcôve, sur la banquette qui court le long du mur.

Ils parlent de Kader volant d'une fashion week à l'autre à bord de son jet. Une vie de penthouses et de suites de luxe, toujours en bras de chemise, on le conduit partout, il ne possède pas d'anorak ni de short, il fait toujours la température qu'on veut qu'il fasse quand on est vraiment riche.

Ali laisse traîner une oreille.

— Je l'ai vu la semaine dernière à Dubai. C'est un sorcier. Vie de ma mère, c'est un sorcier !

— De quoi vous avez parlé ?

— Pff, on a jacté toute la nuit *wallah*, il m'a retourné le cerveau, je te jure, chaque fois qu'on parle à la fin je ne sais plus où j'habite.

— Mais il te dit quoi ? Vous avez des projets ensemble ?

— Non, non, même pas, mais il a des idées, même sur les mecs avec qui je devrais faire des featurings. Et puis il me dit la vérité : que je le veuille ou non je suis un leader d'opinion, maintenant.

Il marque une pause, s'approuve lui-même en fermant les paupières et en hochant la tête.

— Tous les gamins ils m'écoutent.

— Mais tu voudrais quoi, lui demande Allia, faire passer des messages politiques ?

— Surtout pas. Je sais que je suis surveillé, la moindre story que je fais sur Insta. Ils m'attendent au tournant. Mais il a raison, Kader, je ne peux pas rester silencieux avec tout ce qui se passe, la présidente, la vidéo à Alger… La vidéo à Alger, j'ai failli devenir fou. Des fois, je te jure, j'ai envie de…

Il se prend la gorge avec ses propres mains et fait mine de s'étrangler.

— *Samhiya.*

— C'est rien, je comprends ce que tu veux dire.

Il saisit la main d'Allia pour la baiser, dans un geste qui s'oppose à tout ce qu'il a montré de sa personnalité jusqu'ici. Allia regarde le dos de sa main en riant.

— Je vérifie que tu n'as pas laissé l'empreinte du dollar.

Elle cherche Ali du regard, pour le supplier de rapporter la bouteille de Black Label, qu'elle a oubliée en bas. Pas besoin de supplier, lui fait-il comprendre en levant un sourcil : il est à son service, ses désirs sont des ordres.

Quand il revient, les vapeurs de cannabis ont transformé le cabinet bédouin en aquarium. Allia danse dans les bras de DJ Dinar.

Elle fait signe à Ali d'approcher. Elle a retiré ses talons, mais même pieds nus elle doit se pencher pour lui parler à l'oreille :

— Enlève ton tablier, détends-toi.

Il aspire quelques bouffées du joint qu'elle lui offre, il dénoue son tablier.

Après une volée de nouveaux départs, Allia entreprend d'expliquer à DJ Dinar en quoi la crise des mirages est une crise. Elle attrape un bouchon de champagne dont elle vient de détacher la structure métallique et demande à DJ Dinar de la tenir à une vingtaine de centimètres de ses yeux, inclinée de façon que le petit anneau soit le plus éloigné et le grand anneau au premier plan. Au bout de quelques instants, l'illusion d'optique opère : le petit anneau a quitté le second plan et pris la place du grand anneau.

— Ton cerveau sait que c'est faux, mais l'œil est plus fort que le cerveau, lui explique Allia. C'est ça, le problème avec les mirages. Même si on sait qu'une vidéo est fausse, on a tellement tous été habitués à croire ce qu'on voit que ça reste, même si on te démontre par a plus b que c'était une illusion.

DJ Dinar trippe en regardant fixement le muselet du bouchon. Il remet ses lunettes de soleil et demande à Allia comment 404 va résoudre la crise. Elle lui décrit son application dans les grandes lignes.

— Non seulement sur 404 on sera sûr que c'est toi qui chantes, mais surtout tu pourras diffuser des live que personne ne pourra enregistrer clandestinement. Ils font déjà ça partout aux États-Unis, je suis sûre que tu as déjà vu : les gens glissent leurs téléphones dans des sacs fermés à clé à l'entrée de la salle, comme ça ils ne peuvent pas les sortir pendant toute la durée du concert. Imagine, tu diffuses un set sur 404, tu peux chanter tous les morceaux inédits que tu veux sans avoir peur que ça se retrouve sur Internet dix minutes plus tard...

— OK.

— À force, on ne fera plus confiance qu'à 404, et si quelqu'un publie une vidéo qui incrimine une célébrité ou la met dans l'embarras, on n'aura plus besoin de se casser la tête à savoir si c'est vrai ou faux. Le seul gage d'authenticité, ce sera 404.

Le rappeur voit où Allia veut en venir. Il lève la main, pour qu'elle tope.

— Quand tu veux.

— Tu jures ?

Il sort son téléphone et enregistre une story Instagram en accueillant Allia dans le plan.

— Wesh la mif. 404, retenez bien. La nouvelle appli vidéo qui déchire sa race. Concert surprise sur 404… Quelle date ? demande-t-il à Allia.

Prise au dépourvu, elle balbutie :

— Euh, euh, 14 juillet ?

— 14 juillet ? Mais c'est dans trop longtemps !

— Ben oui, qu'est-ce que tu veux que j'y fasse ?

— Allez, 14 juillet, concert surprise sur 404 que pour la famille. Je vous embrasse fort mes petits fennecs.

Il repose son téléphone et boit cul sec le verre de whisky qu'il vient de se resservir. Allia, qui a gardé le bouchon de champagne en main, le brandit en direction d'Ali, pour qu'il aille chercher une nouvelle bouteille. Elle a les joues rouges et ses yeux pétillent plus que jamais.

Après avoir remonté une bouteille, Ali s'allonge sur le tapis, bercé par la voix d'Allia qui devient de plus en plus rauque à mesure qu'elle raconte son bras de fer avec Kader.

— Il croit que je ne vais jamais trouver de financiers, que 404 ne peut fonctionner que si je chope des contrats avec le ministère de l'Intérieur, pour faire toute la vidéo sur les élections par exemple, ce qui n'est pas idiot, d'ailleurs, les campagnes électorales sans mirages sont devenues une espèce en voie de disparition, mais tu imagines, le logo République française sur l'appli…

— Et Kader, demande le rappeur, pourquoi tu ne lui demandes pas du fric ?

Allia renifle et pousse un long soupir.

— C'est dangereux.

— Dangereux ?

— C'est un grand manipulateur, Kader. Il va vouloir s'occuper de tout, que 404 devienne son jouet.

— Donc il t'a proposé ?

— Bien sûr qu'il m'a proposé. Pourquoi tu crois que je loge ici ?

— Et tu as dit non ?

— J'ai dit : continuons de discuter. Que j'avais besoin d'un certain nombre de garanties… 404 ne peut fonctionner qu'avec la 5G, donc ce n'est pas comme si j'avais réellement le choix… Mais hors de question de lui vendre la technologie, même s'il me met à la tête de sa filiale secrète. Je veux bien qu'il investisse mais à condition que je reste majoritaire.

La tête levée au plafond, Ali se rend compte aux regards qu'Allia darde sur lui avec insistance qu'il devrait peut-être les laisser maintenant, quitter le cabinet, mais quelque chose retient son attention, la rive au plafond peint, c'est une scène de la mythologie, où Aphrodite émergeant des eaux est représentée sous les traits d'Allia, ça ne fait aucun doute, c'est elle, le même nez, le même haut du visage, seuls les cheveux sont différents, blond vénitien, et le corps, disproportionné au niveau des épaules et des membres, comme les sibylles musculeuses de Michel-Ange. C'est la raison pour laquelle Kader avait interdit l'accès à ce cabinet, comment pourrait-il en être autrement ?

N'en croyant pas ses yeux, Ali attrape discrètement son téléphone pour prendre une photo mais il oublie d'enlever le flash, toute la pièce s'illumine, ses trois occupants se tournent vers lui, et parmi eux Allia qui se tait et fait tomber sur lui un regard d'incompréhension mêlé, pour la toute première fois depuis qu'ils se connaissent, d'une sorte de fureur.

Il espère revenir à Paris, cuisiner pour Allia une troisième fois, mais elle ne l'appelle plus. À plusieurs reprises, la nuit, il lui envoie des SMS avec des captures d'écran de son téléphone indiquant 4 h 04. Elle répond « ha, ha, bien vu » la première fois, par un pouce levé la deuxième fois, et rien du tout au bout de la troisième photo.

L'hiver s'installe, les mois passent. Ali fait un voyage à Paris en janvier. Il écrit à Allia pour savoir si elle est dans les parages. Elle lui apprend qu'elle a quitté Paris pour passer du temps en famille, avec son père et Mehdi, dans l'Allier. Lorsqu'il lui demande où en est 404, elle ne répond pas.

Ce silence le torture. Qu'essaie-t-elle de lui faire comprendre, qu'ils ne sont pas assez proches pour s'écrire des SMS à la chaîne ? À combien de réponses a-t-il droit avant qu'elle ne le sanctionne d'un émoji pouce levé pour clore l'échange ? Lui en voudrait-elle ? À cause de la photo dans le cabinet bédouin ? En plus, elle n'a donné qu'une grosse tache blanche, ça valait bien le coup de se fâcher... Mais peut-être s'agit-il moins de la photo que de ce qu'elle aurait pu immortaliser, le secret qu'elle débusquait, dissimulé en évidence dans le motif du plafond peint, dans un nuage de couleurs nobles et de poses lascives, excitantes, ce visage, évidemment celui d'Allia, ou alors seulement peut-être. Dans les deux cas : pourquoi ? Kader et lui auraient-ils vis-à-vis d'Allia les mêmes sentiments ? Et comment pourrait-il en être autrement ? Comment connaître Allia et ne pas l'aimer d'amour ?

Un matin, en écumant les annonces récentes sur le site de Pôle Emploi, Ali tombe par hasard sur une offre à La Brèche. Une jeune start-up recherche des modérateurs de contenu habitant dans la région, « Vous surveillerez les flux vidéo en direct d'une nouvelle application de streaming, vous ferez preuve de vigilance et d'esprit d'initiative dans le choix des contenus à censurer », poste évolutif ne nécessitant aucun diplôme, rémunération 1241 euros brut, plein temps, mi-temps possible.

C'est 404, il le sait depuis qu'il a lu « La Brèche », code postal 03194.

Il postule sur un coup de tête. Allia lui répond par e-mail, deux jours plus tard : le job est très très en dessous de ses qualifications, elle se sentirait mal de l'embaucher, a-t-il réellement besoin d'un boulot ou lui adresse-t-il une sorte de clin d'œil ?

Cette fois-ci, c'est lui qui ne répond pas tout de suite. Elle finit par l'appeler pour lui redire de vive voix ce qu'elle lui a écrit. Ali met alors sa fierté de côté et lui décrit ses difficultés financières. Son business a du mal à décoller, il ne vit pas à Paris ou dans une grande ville bourgeoise, il est obligé de baisser ses prix, sans pour autant réussir à baisser concomitamment la qualité de sa cuisine... Parfois il roule deux heures aller et deux heures retour pour un dîner payé quelques centaines d'euros, courses et essence comprises.

Il entend Allia hésiter au bout du fil. Elle ne se voit pas le laisser dans la dèche, mais modérateur ce n'est pas possible, c'est trop ingrat, elle a une autre idée : elle va se renseigner pour savoir si elle compte un chef parmi ses relations, pour peu qu'il soit prêt à déménager... Ali décline poliment. Il invoque des raisons psychologiques.

— Écoute, ça ne fait rien.

Au bout d'un silence de neuf secondes, Allia cède :

— Mais enfin, si le temps de te refaire tu veux venir bosser ici, tu es le bienvenu, il y a plein de chambres dans la maison, on ne se gênera pas. Et puis je te présenterai mon père et tu reverras Mehdi, tout le monde l'appelle « monsieur le maire », tu verras, c'est très rigolo.

Ali a de la chance, elle est de bonne humeur ce soir, même au téléphone il s'en aperçoit. Elle se dit bientôt que c'est une excellente idée, en fait, d'héberger un cuisinier de son niveau, que ça va considérablement améliorer la qualité de vie de cette petite communauté qu'elle essaie de réunir autour d'elle depuis qu'elle a décidé de lancer 404 « à la sauvage », chez elle, dans le Bourbonnais.

À la demande d'Ali, elle développe. L'application est dorénavant disponible en téléchargement gratuit pour tous les possesseurs d'un smartphone opérant sous iOS ou Android, à une seule condition, mais elle est de taille : il faut être géolocalisé dans l'Allier pour pouvoir y diffuser une vidéo en direct. La rationalité de ce choix échappe complètement à Ali. Comment créer une base d'utilisateurs à élargir dans ce département à la population vieillissante, à l'instar de tous ces pays du centre de la France qu'on englobe sous le cruel sobriquet de diagonale du vide ? D'un autre côté, quoi de plus disruptif que de faire concurrence à Palo Alto depuis La Brèche dans le 03 ?

— Ah non, je ne veux rien disrupter moi, tempère Allia, je veux réparer, rien de plus, mais autant que faire se peut. J'ai passé un deal avec Kader, poursuit-elle un ton plus bas, ce n'est plus vraiment un secret maintenant. Ça a été compliqué mais on est arrivés à quelque chose de raisonnable… Enfin, j'espère.

— Pas besoin d'aller plus loin si c'est top secret…

— Oh non, rien de top secret. En gros, on teste une version bêta de 404 dans l'Allier, et si ça marche on étendra aux départements voisins, et ainsi de suite dans toutes les zones desservies par la 5G de Wilaya.

— Super, commente Ali avant de lui assurer avoir « terriblement » envie de faire partie de l'aventure. Quel que soit le poste que j'occupe, le principal, c'est de pouvoir t'être utile, être utile à 404.

Difficile, au téléphone, de savoir comment Allia reçoit cette déclaration de servilité. Ali déteste le téléphone, il a toujours l'impression que les gens roulent les yeux au ciel en l'écoutant parler.

Ils se mettent d'accord sur un CDD de modérateur à mi-temps payé comme un trois quarts de temps plein, quant à la cuisine il la fera gracieusement, en échange d'une chambre dans la maison d'enfance de sa plus vieille amie.

Deux semaines avant le déménagement d'Ali dans l'Allier, à l'heure d'affluence maximale sur le Twitter français, une vidéo de 4:04 minutes surgit des profondeurs et devient virale grâce à son titre énigmatique, « 40,4 % », et à la miniature qui permet de la partager, où l'on distingue sur un fond bleu-blanc-rouge aux couleurs délavées la silhouette caractéristique de l'Hexagone barrée en son centre exact d'une inquiétante mention « erreur 404 » en noir et blanc, exactement la même typographie que l'application d'Allia.

Produite comme un de ces reportages rapides, hachés, avec des plans de coupe contemplatifs de deux secondes, une bande-son de batterie de jazz et des phrases chocs qui surlignent et martèlent le message, la vidéo s'attache à révéler un secret d'État, en l'espèce un rapport réalisé par les services du ministère de l'Intérieur, enterré depuis mais que des lanceurs d'alerte estiment de leur devoir de porter à la connaissance du public. Selon ce rapport, 40,4 % des habitants de l'Allier seraient arabo-musulmans ou « d'origine nord-africaine », selon le vocable utilisé par les rédacteurs. Les statistiques ethniques sont normalement interdites en France, on comprend pourquoi le recensement avait été tenu secret, ou plutôt comment il aurait pu l'être. Pour illustrer et appuyer les conclusions du rapport, le reportage emmène le spectateur sur les places des villages et des petites villes du département d'environ 340000 habitants. Partout, sur les marchés, dans les écoles et les parkings des centres commerciaux, au coin des rues, au fin fond du bocage, on ne voit en effet presque que des Arabes, c'est-à-dire qu'on ne voit qu'eux. Quelques femmes portent le hijab, un barbu arbore sa calotte et son qamis, mais l'immense majorité ne porte aucun signe distinctif.

Le doute n'est pas permis qu'il s'agit là d'une manipulation, d'une sorte de publicité politique négative impossible à prendre au sérieux. Pourtant, elle l'est, sans doute au-delà des espérances de ses commanditaires. 40,4 %, ce n'est pas encore la moitié, bizarrement c'est encore plus inquiétant que si ça l'était, comme le requin qui vient vers vous est plus inquiétant que celui qui rôde déjà sous la coque de votre bateau. Le sujet de la composition ethnique de l'Allier, un des départements les moins connus du pays, semble toucher une artère. D'infatigables légions virtuelles se lèvent sur Twitter pour faire durer l'hémorragie. Après tout, qui a la moindre idée de ce qui se passe réellement au centre de la France profonde ? Des amoureux du patrimoine s'immolent par le feu pour appeler au sursaut, on s'indigne, on oublie.

Les preneurs de position condamnent sans ambages et rappellent l'indivisibilité de la République, mais la polémique grossit de chacune de ces dénégations. Le ministre de l'Intérieur conteste vigoureusement l'existence d'un tel rapport et annonce porter plainte : les faussaires seront retrouvés et châtiés de façon exemplaire. En attendant, les journaux dépêchent dans l'Allier des TER entiers d'investigateurs, de fact-checkeurs et de JRI chargés de se promener en faisant des sujets où l'on verra bien qu'il n'y a pas 40,4 % d'habitants arabes dans l'Allier, toute la difficulté résidant dans la nécessité de le montrer mais sans jamais le dire, pour ne pas avoir l'air de valider les présupposés racistes des auteurs.

La contre-enquête d'un pôle de journalistes de différents médias, papier, radio et télé, finit par identifier un des témoins de la vidéo, qui y parle, à visage découvert, de son intention d'interdire les viandes non halal dans le supermarché de village qu'il vient de racheter. Ce Rabah Quelque-Chose porte une veste d'aviateur reconnaissable à ses revers fourrés de blanc. Dans le même village, les journalistes d'investigation ont fait la rencontre d'un homme prénommé Romain, qui portait exactement la même veste d'aviateur et qui avait un air de famille lointain, ténu mais bien réel, avec Rabah.

On découvre ainsi que « 40,4 % » ne procède pas d'une manipulation ordinaire : c'est un mirage où les visages de vrais riverains, blancs, ont été morphés en visages cousins et ethniquement identifiables comme arabes. Le premier mirage racial vient d'être inventé.

Au lieu de l'apaiser, la démystification ravive le débat. On commence à entendre des phrases comme : « Qu'elle soit vraie ou fausse, la vidéo dit une vérité qu'on ne veut pas voir. »

On s'en prend ensuite aux vidéos montées par les journalistes méticuleux et professionnels, ceux qui s'attachent aux faits et aux vérifications et qui donnent des leçons de morale à longueur de journée : qui certifie qu'elles ne sont pas fausses, elles aussi ? Pourquoi croire à Romain plutôt qu'à Rabah ? Pourquoi se fier aux images des médias officiels notoirement détenus par quelques grandes fortunes plutôt qu'à celles du bon peuple exilé dans le bandeau infini de Twitter ?

Depuis le Mouradiagate, on a vu de vraies vidéos qui auraient dû susciter l'indignation manquer de le faire parce que les personnes qu'elles mettaient en porte-à-faux avaient eu la présence d'esprit de crier au mirage. Les experts en cybersécurité pratiquent des authentifications auxquelles plus personne ne croit, eux-mêmes avouent des degrés de certification qui ne dépassent jamais 50 %.

Pour le cas du mirage racial de l'Allier, les contre-enquêtes aboutissent, les reporters assurent que ces 40,4 % relèvent du pur fantasme, mais les fantasmeurs se sont rebellés et frappent de discrédit toute bouche autorisée qui les juge d'en haut. Le nombre de vues sur la vidéo continue de grimper. Ceux dont l'opinion n'est pas encore consolidée sur la submersion raciale du 03 n'en sont pas nécessairement plus faciles à ramener à la raison : l'humiliation de s'être laissé duper freine souvent la marche arrière loin des fumées du délire collectif.

Parmi les 59,6 % d'Armoricains du Bourbonnais qui résistent à l'invasion imaginaire, dans les chaumières du reste de la France ou sur les incontournables places de marché, on ne s'embarrasse pas de colloques et d'éditions spéciales : pris au hasard et interrogés sur l'intérêt qu'ils portent à cette vidéo qu'ils ont tous, absolument tous, vue, « les Français », comme les appellent les présentateurs de journal télévisé, répondent en chœur qu'il y a trop d'immigrés en France, qu'on ne se sent plus chez soi et qu'il ne sert à rien d'aller chercher plus loin l'explication du succès de ce reportage à l'authenticité floue.

Le mois d'avril touche à son terme lorsque Ali fait ses valises, ferme les volets de son appartement et prend la route au volant de son increvable C3. Contrairement au climat politique, l'hiver a été doux cette année-là, les bourgeons font déjà briller des guirlandes de perles vertes dans les arbres au bord de la route ensoleillée. Elle ne le reste pas longtemps et c'est sous un déluge d'éclairs et de giboulées qu'il pénètre pour la première fois dans le bocage bourbonnais, la terre mère d'Allia qu'on dit grouillante, infestée d'étrangers, mais qui paraît surtout enclavée, plongée dans un sommeil sans rêves.

Une seule autoroute passe dans le département, l'Arverne, du nord au sud. Des bourgades silencieuses apparaissent au compte-gouttes le long des départementales. On y voit plus de panneaux « À vendre » que de villageois à pied. Tout autour c'est un désert de pâtures uniformes séparées par des haies vives et des rideaux d'arbres envahis de boules de gui. Le département se déploie sur les contreforts du Massif central. Trois principaux cours d'eau l'irriguent : la rivière éponyme en son centre, le Cher à l'ouest et la Loire vers l'est où Ali vient de traverser la Sologne bourbonnaise, des champs de colza, des bois de chênes qui dégagent de larges rubans de prairie, souvent recouverts de taupinières et de petits étangs autour desquels piétinent des moutons et où il n'est pas rare d'apercevoir la silhouette et le port de tête gracieux d'un héron.

Quand le soleil brille enfin dans ce ciel délavé, sans poussières, sans pollution, les couleurs éclatent, le vert des prés, le rose des prunus en fleur, le violet des glycines qui chamarrent les portillons des villas habitées. Des arbres aux floraisons plus lentes font des taches argentées et floues dans le paysage. De nombreuses maisons laissent voir leurs briques bicolores et losangées typiques de la région, qui se retrouvent aussi dans les encadrements des portes et des fenêtres.

La route départementale qu'emprunte Ali évolue bientôt dans un paysage de collines molles, jalonnées de chênes autour desquels paissent des troupeaux de vaches charolaises reconnaissables à leur couleur crème et à leur puissante musculature. Au détour d'une chênaie où le soleil perce des trouées fabuleuses, Ali aperçoit un clocher et quelques toits d'ardoise dans le creux d'un vallon typique de la région, argileux donc imperméable et constellé d'étangs. Un panonceau ligné du rouge réglementaire lui confirme qu'il est arrivé à destination : La Brèche, ancien chef-lieu de canton de près de deux mille âmes, désormais rattaché à une communauté de communes dont le siège se situe à vingt-cinq kilomètres.

Les maisons y ont toutes leurs persiennes closes et il ne voit pas de commerce ouvert à l'exception d'un hôtel deux étoiles dont la façade orientale, dépourvue de fenêtres, accueille les lettres défraîchies d'une réclame pour un produit qui n'existe plus. L'église est plantée au centre de la commune et au carrefour de trois routes : la départementale qui continue vers un plan d'eau à l'ouest, une route à sens unique montant vers la colline de la mairie et une autre, plus tortueuse, qui zigzague le long d'un ruisseau avant de gravir la motte du château, à quatre kilomètres en direction du sud-est.

La maison de famille d'Allia se dresse au contraire au centre du village, à l'ombre du clocher. Deux cheminées en briques flanquent son toit d'ardoises bleues, le seul au milieu des tuiles rouges. C'est un ancien presbytère ceint d'un parc d'un hectare, qui donne l'impression de constituer un hameau en soi, comme un village au sein du village, et que tout le monde désigne d'ailleurs métonymiquement comme « le presbytère ».

L'entrée officielle, avec boîte aux lettres et sonnette, est réservée aux démarcheurs et aux huissiers. Les amis du presbytère y arrivent par l'arrière, en franchissant un portail sans portillon et en gravissant un chemin de terre. La façade a la rusticité d'un corps de ferme et la symétrie d'un manoir, mais une extension au flanc gauche gâche la symétrie, et la rusticité n'est qu'apparente, comme Ali le constatera en admirant les beaux volumes des salons du rez-de-chaussée et les finitions, les boiseries, les parquets. Côté village, une haie de houx et un buisson de conifères barrent la vue aux maisons de bourg voisines. Côté jardin, la façade envahie par le lierre s'offre comme un poitrail dépenaillé aux pelouses gondolées cernées d'arbres, des marronniers, des chênes, des noyers, et même des bambous.

Les volets sont du même vert pâle au rez-de-chaussée et au premier étage. Il y a trois fenêtres à gauche, trois fenêtres à droite, une fenêtre au centre alignée avec la double porte d'entrée ornée d'une pièce de fer forgé dont le motif de deux *s* couchés l'un contre l'autre fait penser à une moustache. Devant la maison, un immense tilleul veille sur un assemblage biscornu de tables en bois. Allia lui apprend qu'il a été planté lors de la Révolution française, et malicieusement béni dans la foulée par le curé de l'époque.

La tête d'or d'Allia trône en bout de table, en face d'un jeune homme qui écosse des petits pois. Allia prend le temps de présenter son ancien camarade en bonne et due forme. Elle ne porte pas de maquillage et elle a mis une fleur dans ses cheveux. Elle s'est remplumée pendant l'hiver. L'air du bocage donne des couleurs à ses joues. Surtout, il y a comme un sourire dans sa voix, celui qu'Ali avait déjà entendu au téléphone.

L'adolescent est un lascar en claquettes-chaussettes blanches et bomber Sandro. Dix-sept ans, les oreilles décollées, c'est un cousin d'Allia qui passe une saison au presbytère pour éviter de faire des bêtises à Lyon, d'où il est originaire. Il porte toujours un maillot de foot vert et blanc, celui de l'Algérie, d'où son surnom de Fennec. À son accent et à sa dégaine, Ali doute qu'il connaisse l'Algérie autrement que sur Twitter, mais c'est devenu une marque, l'Algérie, le drapeau d'une marque ou la marque au drapeau, comme on dit de Nike qu'elle est la marque au Swoosh.

Après avoir demandé à Ali s'il a fait bonne route, Allia le prend par le coude et le conduit vers l'entrée du bâtiment, pour le présenter à son père qui s'active en cuisine. Ali la suit dans l'enfilade de pièces du rez-de-chaussée. Il y a du carrelage et des tomettes dans l'aile gauche, et des parquets de deux types dans la bibliothèque, qu'on appelle le « petit salon ». Le mobilier est désassorti et sans prétention mais de qualité, des buffets à dessus de marbre, une table en chêne, des éléments de bois qui ressemblent à des panneaux lambrissés et quelques fauteuils et bergères capitonnés du même rouge profond, tirant sur le brun.

Sous le parfum d'un mijoté d'agneau, Ali détecte un fond d'odeur de feu de bois. Les deux cheminées sont, en effet, fonctionnelles. Il y en a une dans chaque salon et leurs manteaux servent à entreposer des babioles d'un genre très spécifique : des œufs en céramique peints dans des bleus et des rouges nobles, des tasses ornées de profils de coq, toujours dans ces mêmes bleus et rouges dont l'intensité frappe le regard. Il n'y a pas un mur où ne soit suspendu un tapis ou un tableau bordé de draps. On trouve une seule photo de La Mecque dans la maison, dans l'entrée, cachée par le rideau d'une porte vitrée toujours ouverte. En revanche, un drapeau amazigh trône, bien en vue, au-dessus de l'ordinateur fixe logé sous l'escalier.

— Mon père est un berbériste convaincu, se justifie Allia. Ce qui énervait prodigieusement ma mère.

— Elle n'était pas kabyle ?

— Si, si, mais algérienne avant tout. Je te laisse deviner les discussions quand j'étais gamine…

Les fenêtres sont toutes entrebâillées. Au moindre courant d'air les portes-fenêtres claquent et les rideaux volettent comme des drapeaux sur leur hampe. Allia voit son invité attentif. Elle pirouette lentement, comme pour s'en pénétrer elle-même.

— J'ai toujours connu la maison comme ça, ouverte aux quatre vents, simple et généreuse…

Ali lui demande pourquoi ce n'est plus une maison d'hôtes. Elle s'écarte pour le laisser entrer en premier dans la cuisine et répond en évitant son regard :

— Longue histoire…

Il fait alors la rencontre de Rachid, le père d'Allia, un sexagénaire avec un gros ventre rond, qui allie des manières campagnardes et une hospitalité typiquement orientale. Il se déplace en boitant un peu, on voit à son teint qu'il a été malade, récemment. Il a une chaude voix de basse et le regard franc des gens qui ont besoin de vous attraper l'avant-bras pour vous parler. Le type kabyle vient de son côté, il a les cheveux châtain clair et la peau blanche, s'il ne s'appelait pas Rachid on n'aurait aucune difficulté à le prendre pour un Français. Jeune retraité de l'Éducation nationale, il a terminé sa carrière en tant que dernier proviseur du collège de La Brèche. Depuis, il a exercé des responsabilités locales au sein du conseil municipal de La Brèche et même siégé, brièvement, au conseil général de l'Allier, avant qu'il ne soit rebaptisé conseil départemental par la réforme territoriale qui a divisé par deux le nombre de cantons. Le canton de La Brèche s'est alors évaporé et son AVC a découragé Rachid de se représenter dans le nouveau canton issu de la fusion des précédents, ce qu'il ne semble pas particulièrement regretter.

— Je préfère laisser la place aux jeunes… Roulez jeunesse !

Il éclate de rire, c'est un peu gênant, mais Ali se dit que c'est toujours un peu gênant les gens joviaux, au début, et puis qu'on s'y fait vite.

Rachid surveille le regard du nouveau pensionnaire sur sa cuisine, vaste et bien équipée, pourvue d'un piano à six brûleurs et d'une remise à laquelle on accède par une petite porte dérobée.

— L'œil du pro, plaisante Rachid en donnant des coups de coude à sa fille.

Ils le laissent à ses fourneaux et profitent de la vingtaine de minutes qu'il estime nécessaires pour terminer son plat pour marcher jusqu'à la voiture garée dans le village et récupérer la valise d'Ali.

— Il va redoubler d'efforts pour t'impressionner, maintenant, le prévient Allia.

Avant de franchir la porte, Ali se retourne sur Rachid et voit que son sourire ne s'évanouit pas entre ses joues rebondies et mates d'émotion.

C'est un village fantôme qu'Allia et lui traversent jusqu'à la placette faisant office de parking. Les riverains ne prennent plus la peine d'écarter leurs rideaux quand ils entendent des voix étrangères. Allia explique que le maire précédent, pour conserver un nombre d'habitants décent, « raccrochait » ceux des villages et hameaux voisins, des personnes âgées qu'il attirait à La Brèche avec son centre de soins spécialisé dans le troisième et le quatrième âge. Quand Mehdi est arrivé, il n'a pas pu empêcher le collège où Allia avait fait ses classes de fermer faute d'élèves. En revanche, il a réussi à convaincre un jeune pharmacien de s'installer. On ne naît plus à La Brèche, mais on y meurt un peu mieux que dans les patelins voisins.

Allia s'arrête devant le perron de l'église. Tournant le dos à la double porte sculptée de motifs rudimentaires, elle désigne l'écrin des collines et le bataillon décimé de maisonnettes rosâtres qui les prennent d'assaut.

— C'est fou, quand même, dit-elle en souriant pour ménager son effet.

Ali ne voit qu'un Proximarché fermé qui fait aussi dépôt de pain, de gaz et pressing, en face, un café-restaurant qui fait aussi pizzeria, boulangerie et PMU. Tout fait tout, probablement très mal. C'est ça, qu'elle trouve fou ? Que voit-elle qu'il ne voit pas ?

— Tu vois des Arabes partout, toi ? Comment peut-on avoir une idée pareille, franchement ? Aller trafiquer les traits des gens pour créer artificiellement une invasion de rebeus ?

— Je me demandais ce que tu en pensais, justement.

Il a fait plus que se le demander, en vérité, il lui a envoyé deux longs SMS à une semaine d'intervalle, et tous deux sont restés sans réponse. Il en a déduit qu'elle n'était peut-être pas étrangère à cette publicité négative, que ce n'était pas impossible, pas complètement.

— Cela étant, mieux vaut une mauvaise publicité que pas de publicité du tout, suggère-t-il en guettant une éventuelle lueur de malice dans le regard de son amie.

Il n'y en aura pas : quand elle prend conscience de son sous-entendu, à contretemps, elle répond sèchement :

— C'est un attentat contre moi et 404, ni plus ni moins. On réfléchit à porter plainte avec mon avocat, mais peut-être qu'une plainte collective ou une constitution de partie civile auraient plus de sens. En tout cas, c'est une nuisance, je ne le vois pas autrement, je n'ai jamais cru que toute publicité était bonne à prendre.

Ali s'aperçoit qu'elle est vraiment scandalisée. Il s'étonne de s'en étonner : pour lui, ces polémiques bimensuelles impliquant des mirages font partie du décor, du mobilier mental du pays, il leur prête autant d'attention qu'aux affiches qu'on voit défiler depuis les tapis roulants des aéroports.

Au moment d'extirper sa valise du coffre de la voiture, Ali se sent mal : elle est énorme, on dirait qu'il s'installe pour six mois. Allia dissipe le malaise en proposant de l'aider. Elle prend son sac à dos. Ils passent devant le neveu de Rachid qui dresse la table sous le tilleul et se rendent directement à l'étage du presbytère, une enfilade d'une dizaine de petites pièces reliées par un couloir au parquet jonché de tapis en laine passés, plus assez beaux pour les salons. Toutes les chambres sont désignées par la couleur de leur papier peint. La chambre mauve, la chambre bleue, la chambre jaune... Celle d'Allia, vert tilleul, comme les volets, se trouve au-dessus du petit salon et dispose de sa propre cheminée. Allia lui raconte comment, adolescente, elle se faisait du feu le soir, en rentrant de l'école, et s'endormait en lisant au son des crépitements. C'est aussi dans cette chambre que sa petite Sarah dormait : Allia s'est installée dans la chambre d'en face depuis son retour à La Brèche.

À l'autre bout de l'étage, elle lui montre sa chambre, située pile au-dessus de la cuisine, dans l'extension mansardée.

— On l'appelait « la glacière » quand j'étais petite, le prévient Allia, parce que c'était la seule chambre sans radiateur. Je venais toujours ici quand on avait des invités et que je devais leur laisser ma chambre.

Contiguë aux toilettes, la glacière occupe l'angle de l'étage et donne à la fois sur le parc par une lucarne percée dans la mansarde et sur le mur d'enceinte de la propriété voisine par la fenêtre perpendiculaire.

Allia lui montre son vieux secrétaire en noyer qui prend la poussière au coin de la pièce. Elle l'ouvre, pour vérifier, peut-être, que les tiroirs secrets ont été dûment vidés. En imaginant ces riches heures où son amie, enfant, s'est tenue juste là, studieusement penchée sur l'abattant de ce gros meuble, Ali se recueille pendant quelques instants. Allia croit qu'il est déçu par la position excentrée de la chambre, son exiguïté ou sa proximité avec les toilettes :

— Je me suis dit que tu serais plus au calme, mais si tu t'y sens mal, tu n'hésites pas à me le dire, hein ? On attend du monde dans les semaines qui viennent, mais on peut toujours se débrouiller.

Il la rassure : la chambre est parfaite, tout est parfait, il ne la remerciera jamais assez de lui permettre de changer d'air, elle est peut-être en train de lui sauver la vie.

— N'exagérons pas, quand même, ça reste une chambre.

Le ciel se voile, il va sûrement pleuvoir et elle voudrait, avant de passer à table, lui montrer encore le potager et l'ancienne chapelle où elle a installé le quartier général de 404. Ils commencent par la chapelle, au bout d'une allée de chênes, de sapins, de cèdres et de bouleaux. Le QG de 404 ne ressemble pas du tout à la ruche high-tech hyperactive qu'il imaginait. C'est une bâtisse étroite qui sent encore le bois vermoulu bien qu'on ait retiré de longue date les bancs et les agenouilloirs. Deux jeunes types en jean slim et Stan Smith, un Arabe et un Cambodgien, s'activent sur des MacBook Pro dernier cri. Allia souffle à l'oreille d'Ali, mais assez fort pour qu'ils entendent, que ce sont les meilleurs codeurs qu'elle connaisse. Ils réagissent en haussant les sourcils, pince-sans-rire.

L'autel en marbre et les vitraux d'origine ont survécu. Vers le fond de la chapelle, les serveurs qui font fonctionner l'application s'enquillent dans des baies tournant à plein régime. Il faut que la ferme de serveurs soit parfaitement climatisée pour éviter la surchauffe. À l'extérieur, un groupe électrogène bourdonne de façon continue et pénible.

— On a aussi une deuxième ferme dans la grange, pour se protéger en cas d'attaque.

Les postes de surveillance des modérateurs sont alignés en U tout contre les flancs de la chapelle. On dirait une cave de gamers jusqu'à ce qu'on lève les yeux sur les arceaux apparents et les vitraux. Allia ne veut pas délocaliser le moindre emploi, elle a donc fait appel à des jeunes chômeurs de la région. Ils sont autorisés, vu la nature fastidieuse du travail, à partager leur écran entre les directs à surveiller et un jeu vidéo en réseau. Le salaire est très raisonnable vu la facilité du job qui consiste à arrêter les directs où quelque chose de dangereux ou d'illégal semble sur le point de se produire.

C'est la seule concession d'Allia aux demandes du CSA et des standards des app stores. C'en est à peine une, en vérité : elle non plus ne veut pas voir d'agressions en direct sur sa plateforme. En décembre, dès le lancement de la version test, une ligue clandestine de combats à mains nues s'est formée. Des hooligans de départements voisins se donnaient rendez-vous dans des lieux secrets de l'Allier, usines désaffectées, hangars agricoles, et retransmettaient leurs combats en direct sur 404, poussant parfois le raffinement et l'indécence jusqu'à brancher deux caméras sur le même streaming, pour varier les valeurs de plan et produire un spectacle agréable.

L'opération devait commencer à être lucrative, au bout du troisième combat il y avait une troisième caméra et deux fois plus de public autour du ring de fortune. Cette forme de boxe sans gants est interdite par la loi, mais la loi ne peut pas grand-chose si aucune trace ne demeure d'un crime, et qu'on ne peut s'appuyer pour déclencher une procédure que sur le témoignage d'utilisateurs choqués par la violence graphique d'un nez sanglant ou d'une mâchoire en morceaux. Car c'est le principe même de 404 d'empêcher tout enregistrement des images, toute conservation des archives.

Le recrutement de modérateurs a mis un terme à cette série de combats de rue avant qu'elle ne connaisse une issue funeste. Dès que des images de violence apparaissent, le direct est censuré et son diffuseur identifié et interdit de plateforme pendant un mois.

— Tu pourras faire un essai cet après-midi, propose Allia en présentant leur nouveau collègue aux quatre modérateurs déjà en place, aplatis sur leurs chaises de bureau à roulettes.

Ali profite d'un problème qu'elle doit régler avec ses informaticiens pour se retrancher dans le potager. Une douzaine de carrés de plantation côtoient une serre pour les tomates et des châssis en bois où poussent des aubergines et des concombres. Les premiers oignons nouveaux sont prêts à la récolte, il va falloir attendre encore un peu pour les asperges. Les feuilles de certains choux et navets sont trouées, vraisemblablement par des altises.

Il en avertit Allia quand elle le rejoint. Elle le considère avec cet air qu'il qualifierait de moqueur s'il le voyait s'emparer du visage de n'importe qui d'autre qu'elle, ses yeux à elle brillent seulement en anticipation de la plaisanterie dont elle vient d'avoir l'idée :

— Un vrai petit rat des champs, tu m'impressionnes !

Ils sont les premiers à s'asseoir à la grande table sous le tilleul. Allia lui demande comment il va. C'est le moment qu'elle lui accorde, la suite de leur tête-à-tête dans le palais de la place des Victoires, il devrait en profiter pour allumer la mèche d'une grande conversation à cœur ouvert, il en rêve à longueur de journée, il fait des déclarations, imagine les reparties de son amie comme si c'était une amie imaginaire.

Rien ne lui vient, aucun moyen d'élever le niveau du small talk, il préfère répondre de façon expéditive pour la laisser parler, elle. C'est sûr que ça va lui faire du bien de prendre du champ, de respirer un autre air, et puis il a toujours rêvé de voir l'envers du décor des réseaux sociaux. Allia le reprend : 404 n'est pas et ne sera jamais un « réseau social ». On ne peut pas communiquer sur 404 autrement qu'en filmant quelque chose ou en le regardant. C'est basique, et ça le restera.

— Non, pardon, dit-elle en lui frôlant le dessus de la main, c'est juste que je viens précisément de refuser de répondre à un journaliste qui disait la même chose, réseaux sociaux. C'est dingue, l'incompétence de ces gens, parfois, comment il peut vouloir m'interviewer sur 404 sans avoir passé dix minutes sur Google pour comprendre ce que c'est qu'une application de live streaming ! Enfin, incompétence, je ne parle pas de toi, hein, chou, mais tu m'as comprise.

— Et à quoi ça ressemble, alors ?

Elle allume son téléphone et ouvre l'application. L'écran d'accueil est un simple fond noir où se détachent les chiffres 4, 0 et 4. On accède ensuite à une page composée de quatre miniatures qui représentent, de manière aléatoire, les quatre premiers flux vidéo sur lesquels on peut cliquer pour les faire apparaître en grand écran. Une flèche permet de faire défiler un nouvel écran avec quatre autres flux vidéo en direct. Allia passe son doigt sur une des vignettes au hasard. La vidéo en direct se déploie alors sur toute la largeur du téléphone. La résolution de l'image est époustouflante, en 4K. Malheureusement la cadreuse ne fait pas honneur à l'ultra-haute définition : malgré le stabilisateur automatique, son téléphone bouge dans tous les sens en suivant une jeune adolescente en train de jouer avec son chat. C'est une autre adolescente qui la filme.

La vitesse du débit permet au flux de ne jamais s'interrompre, ralentir ou même se dégrader dans une résolution inférieure pour éviter les décalages et les désynchronisations.

— Pour l'instant c'est surtout les collégiens qui s'en sont emparés.

Elle lui montre un autre flux, dérobé, celui-ci, au sanctuaire d'une salle de classe, et encore un autre, dans une salle de classe différente où semble se tramer un mauvais coup.

— On a remarqué que la plupart des collégiens qui sont sur 404 l'utilisent principalement comme une espèce d'Action ou Vérité grandeur nature, qu'ils appellent Action ou Action. En gros, tu n'as pas le choix, tu dois forcément choisir un défi entre deux défis. C'est complètement idiot, non ?

On ne distingue pas grand-chose sur l'écran qu'elle regarde pourtant avec une sorte d'amusement attendri. Elle range le téléphone dans sa poche et poursuit :

— Les adultes ne s'intéressent pas encore à 404, ce qui explique son succès relatif auprès des collégiens, d'ailleurs : aucun gamin ne veut appartenir au même club que sa mère. Puisque rien ne peut être enregistré sur l'application, et que de toute façon les adultes regardent ailleurs, ça leur procure l'ivresse d'une liberté qui leur est propre, le sentiment qu'ils peuvent faire les quatre cent quatre coups, comme dit mon père.

Les cloches de l'église sonnent midi pile au moment où le père d'Allia apporte la cocotte en fonte. Allia et le Fennec se lèvent pour l'aider. Des klaxons font soudain sursauter la tablée.

Une voiture immatriculée dans le 03 se gare devant la grange. L'homme qui en sort est un cousin d'Algérie, il rentre demain au bled. Il est accompagné d'une jeune femme d'une vingtaine d'années en jean, baskets roses, hijab mauve et bleu et Ray-Ban aviateur, qui hurle dans son portable astucieusement coincé entre son voile et sa joue.

Elle est trop accaparée par sa conversation au téléphone pour accorder le moindre regard à Ali, qu'elle salue d'un sourire ironique, excessivement appuyé, comme si elle voulait tout de suite faire comprendre à l'ami d'Allia que les amis d'Allia ne sont pas les siens.

Elle s'éloigne vers la grange en se prenant la tête entre les mains, on commence à manger sans elle.

— Elle s'appelle Nesrine, l'informe Allia, en ajoutant que c'est la petite sœur de Mehdi.

— Et Mehdi ? demande-t-il.

C'est le père d'Allia qui lui répond, en se penchant vers lui et d'une voix douce, pour ne pas gêner les autres conversations :

— Il est au congrès des maires de France, il revient dans quelques jours, juste à temps pour le méchoui. Tu le connais bien ? On peut se tutoyer, hein ? demande-t-il en posant sa main sur la sienne.

— Oui, oui, bien sûr, s'empresse de répondre Ali, enfin pour le tutoiement. Pour ce qui est de Mehdi, non, je ne l'ai croisé qu'une fois, il y a très longtemps...

Allia surprend cette réponse et quitte sa discussion avec le Fennec pour intervenir. Elle plisse les yeux pour se souvenir.

— Non, non, ne dis rien…

— Gare de la Part-Dieu ? Vous alliez en Ardèche ?

— Ah mais oui ! Quelle mémoire !

L'autre conversation porte sur le retour du cousin d'Algérie et le poids maximum auquel il a droit pour son bagage en soute.

Quand Nesrine les rejoint, elle saute sur le premier ange qui passe pour imposer le sujet qui lui fout le seum depuis la veille : elle a lancé un sondage sur son compte Twitter à plus de quarante mille followers, ce qui fait d'elle une solide microcélébrité sur le réseau.

— Il y a eu des milliers de réponses, et un tiers des votes c'est pour dire qu'ils y croient ! Qu'il y a 40 % de muzes dans l'Allier ? Je ne sais pas s'il faut rire ou pleurer, *wallah*. Et ce n'est pas que des Français, hein, plein de rebeus dans les commentaires ils disent pareil, ils font des threads sur le danger du communautarisme et nanani et nanana, ces sales harkis.

Elle prononce *harkis* en arabe.

Rachid remue sur sa chaise en respirant de plus en plus fort, comme il le fait toujours avant de monter sur ses grands chevaux.

— Nesrine, tu ne peux pas dire une chose pareille, dit-il d'une voix anémiée, comme s'il craignait la bagarre qu'il vient pourtant de déclencher.

— Comment ça, je ne peux pas dire une chose pareille ? C'est ce que je viens de faire, de dire une chose pareille !

— Écoute-moi au lieu de faire ton intéressante, les Français, tu dis, mais et toi t'es quoi ? Une Lituanienne, peut-être ?

— Ah c'est ça qui te fait réagir…

Nesrine sourit et cherche du soutien pour faire comprendre au vénérable Rachid que les temps ont changé et que ses rectifications sémantiques sont à côté de la plaque.

Elle a un drôle de grain de beauté sous la paupière gauche, une tache en forme de goutte, on dirait une larme séchée.

— Quoi, personne ? Il faut encore que ce soit moi qui m'y colle ?

Allia n'a pas l'air contente, elle hausse les épaules et se passe la main sur la nuque, en penchant la tête vers le côté, pour faire ressortir la vertèbre qu'elle souhaite masser.

Le Fennec dézippe son haut de survêtement et révèle un T-shirt imprimé avec le drapeau de l'Algérie…

— Quoi ? Je fais ce que je veux !

Nesrine renverse sa tête en arrière en enlevant ses lunettes de soleil. Elle a des dents magnifiques, un sourire carnassier que son fard à paupières bleuté peine à adoucir.

— Vas-y arrête de faire ton thug. One two three viva l'Algérie, ha, ha, sale bouffon.

Le gamin mime un geste obscène avec sa bouche. Il s'est fait le dégradé en biais d'un rappeur à la mode. Il attrape sa Camel coincée derrière son oreille et la renifle.

— *Mahlich,* il est fier de ses origines, intervient l'Algérien, le seul vrai Algérien d'Algérie de la tablée.

— Wesh les DZ en force, raille encore Nesrine.

L'Algérien part dans un fou rire inexplicable mais qui contamine toute la table.

Il entonne un vieux tube de Cheb Mami :

— *Et comme ça, vous m'avez trahi, et comme ça...*

Il roule le *r* de « trahi » et remue la tête et les épaules en différé. Nesrine le suit en faisant danser ses petits poings serrés, les poignets tournés vers l'extérieur.

— Hey-hey-hey ! l'encourage le cousin du bled.

Le numéro dure près d'une minute. Nesrine boit une gorgée d'eau en s'éventant du plat de la main pour se remettre de ses émotions.

— Alors c'est qui, les Français ? demande-t-elle en se tournant vers son oncle.

L'agitation empêche Rachid de se concentrer, il réclame le silence pour dire ce qu'il a à dire :

— Tu vois, Nesrine, c'est à cause de propos comme ceux que tu as pu tenir il y a quelques instants, c'est à cause de ce genre de propos qu'on en est là où on en est !

Nesrine se remet en mode « débat », le regard dur, la mâchoire avancée vers sa cible :

— Bientôt tu vas me reprocher de ne pas tendre l'autre joue. Arrête, Rachid, ils nous chient dessus quotidiennement, et maintenant ils créent carrément des mirages pour faire croire qu'on est une espèce d'armée de l'ombre, une cinquième colonne…

— Donc, ta stratégie, si j'ai bien compris, c'est d'envenimer le conflit au lieu d'essayer de l'apaiser ?

— Ma stratégie, c'est d'arrêter d'être polie, décente, bien élevée, autant de choses inventées par les Français pour nous empêcher de prendre la parole et de dire ce qu'ils n'ont pas envie d'entendre, et surtout nous, les femmes racisées.

Rachid s'apprête à la contredire mais Allia se lève en frappant dans ses mains.

— Non, allez, assez papoté, on débarrasse maintenant.

Pour ne pas faire de la peine à son père, elle dépose sur son front un gros baiser bruyant.

C'est la première nuit d'Ali au presbytère, il a toutes les peines du monde à trouver le sommeil. Il se dit qu'il n'a rien à faire ici, que tous ces gens le prennent en pitié mais ne veulent pas de lui, au fond. Ils sont sans doute en train d'en parler ou d'y penser, dans les chambres voisines, à quelques mètres de lui, le père d'Allia, Allia, Nesrine, le Fennec, les deux informaticiens qui passent une ou deux nuits par semaine à La Brèche, tous s'interrogent à son sujet, se demandent ce qu'il fout là.

Les insomnies sont plus pénibles à la campagne, du moins pour lui. En dépit de ce que croyait Allia tout à l'heure, il est absolument un rat des villes et le silence qui enserre le presbytère comme une gangue lui est insupportable. Il a besoin, pour s'endormir, d'entendre des voitures qui démarrent en trombe, des ivrognes qui cassent des bouteilles, des sirènes, des cris.

Vers quatre heures du matin, il quitte sa chambre, en chaussettes pour limiter les grincements du parquet. Il enfile ses chaussures en bas et sort dans le parc pour prendre l'air. Un fort effluve de résine de cannabis émane d'une fenêtre de l'autre côté de la façade. C'est la chambre du Fennec. En s'approchant, il reconnaît sa voix frêle qu'il pose sur un sample d'accords mineurs, en butant sans cesse sur la prononciation de la même punchline où il menace de cracher dans la « teucha » d'une meuf si elle s'obstine à ne pas « mouiller ».

Un hibou hulule dans les branches du parc, comme pour protester contre ces vilenies.

Ali marche dans le village désert, pauvrement éclairé, jusqu'à sa voiture, la seule, presque, sur la placette-parking. Il s'éloigne vers la campagne. Des lambeaux de brouillard s'effilochent dans l'obscurité, dévoilant une procession d'animaux sauvages sous la lune réduite à sa plus fine lamelle : des mulots, des grenouilles, un cerf, un hérisson, un sanglier, enfin, qui l'oblige à s'arrêter pendant de longues minutes, et à faire demi-tour.

Le lendemain, il part faire des courses en voiture avec le père d'Allia, dans un village situé à une vingtaine de kilomètres. Rachid s'essouffle vite mais insiste pour le suivre d'étal en étal. Ça lui plaît de faire le marché avec un cuisinier professionnel, il écoute les questions qu'Ali pose aux producteurs locaux, il le regarde tâter et renifler le cul des légumes.

Sur la route du retour, en entrant dans le village par l'ouest, Ali remarque des fissures sur un petit nombre de maisons. Il interroge Rachid à leur sujet. Bien mal lui en prend. Si Rachid est chaleureux et sympathique, il peut être invraisemblablement bavard. En débarrassant la voiture, il lui raconte ainsi en détail le projet de forage géothermique profond, amorcé cinq ans plus tôt et financé en grande partie par des fonds privés, qui visait à fournir une énergie plus écologique à l'ensemble de la commune.

La Brèche se situe dans le périmètre d'une région éligible grâce à son sous-sol constitué de roches naturellement fracturées où peut circuler de l'eau très chaude. Mehdi et lui ont tout supervisé, tout décidé ensemble : l'obtention du permis exclusif de recherche, la venue des camions-laboratoires qui ont sillonné les surfaces concernées pour y envoyer des ondes et réaliser une modélisation géologique, la détermination des trajectoires pour les forages et enfin leur réalisation après d'interminables mois de paperasse pour obtenir les autorisations nécessaires.

— C'était notre grand projet, j'étais au conseil municipal à l'époque, et j'ai poussé Mehdi à accélérer les démarches, admet Rachid en plissant les yeux pour fixer la pelouse qui danse dans sa ligne de mire. Quelle plus belle énergie que la chaleur de la terre ! Il est temps de penser à ce que nous allons laisser à nos enfants et à nos petits-enfants…

Il croit que Rachid en a fini, que nenni, celui-ci tient à lui expliquer ensuite comment se sont déroulés les forages dans les endroits prospectés, et en quoi cette énergie renouvelable est exploitable toute l'année, vingt-quatre heures sur vingt-quatre, indépendamment de la météo.

— L'avenir, résume Rachid.

Il s'est personnellement chargé d'étudier et de comparer les différentes compagnies de forage géothermique présentes sur le marché. Pour lui, ce projet a pris un aspect testamentaire, et il ne faut pas être devin pour comprendre que ses ennuis de santé sont directement liés au stress de la catastrophe provoquée par l'entreprise qu'il avait recommandée pour conduire les travaux. Deux des forages effectués ont accidentellement percé des poches d'eau sous pression à plusieurs dizaines de mètres sous terre. La roche, vivante et capricieuse, s'est mise à gonfler et à se gondoler comme une éponge. Les sols se sont déformés, un peu partout dans le village des fissures lézardent les façades.

Ce sont des dizaines de bâtisses qui menacent de s'écrouler à plus ou moins brève échéance. Et des familles entières qui se retrouvent avec des maisons invendables, se désole Rachid avant de parler des indemnisations qui n'arriveront peut-être jamais. Car aucun acteur du désastre n'en endosse la pleine responsabilité, et tout retombe sur Mehdi, qui n'est pas du genre à se défausser mais ne peut rien faire sinon arbitrer les empoignades entre les entrepreneurs qui blâment ceux qui ont délivré le permis de forer, qui blâment à leur tour les informations apparemment erronées des spécialistes ayant fort mal sondé ces profondeurs traîtresses. Aucune assurance ne prend en charge les sinistres de ce genre et les espoirs des centaines d'habitants concernés reposent désormais entièrement sur les experts judiciaires dont la prochaine visite, à la fin de l'été, est attendue comme la venue du Messie ou de l'Antéchrist, en fonction des conclusions qu'ils vont rendre.

Rachid insiste pour faire un tour dans le village et montrer l'étendue des dégâts à Ali. Ali a remarqué tout seul les énormes nids-de-poule au milieu de la route départementale en arrivant la veille. Rachid lui montre aussi les crevasses au bord des rues et les fissures au flanc des murs de la plupart des maisons qu'ils dépassent.

— Dans certaines, les radiateurs sont carrément tordus, on dirait des accordéons arrêtés, figés en plein mouvement. Mais le pire, c'est peut-être encore les jeux de mots. Le sous-préfet qui dit que La Brèche porte bien son nom, et ses courtisans qui se marrent comme des bossus.

À la fin de leur promenade, Rachid se laisse tomber sur le banc unique en face de l'église, au centre du village, sur cette place toujours vide, dépourvue de linge aux fenêtres, de drapeaux ou même d'auvents en toile que le vent pourrait faire claquer pour donner l'illusion d'une résistance à l'immobilité et à la mort.

— C'est comme un séisme où la terre a oublié de trembler... On ne fore jamais impunément, l'avertit Rachid en clignant plusieurs fois des yeux, pour empêcher les larmes d'y monter.

Ali commence à prendre ses marques au presbytère. Le matin, il prépare le déjeuner, avec l'aide de Rachid, l'après-midi il traverse la pelouse et s'installe à son poste dans la chapelle. Surveiller 404 ne requiert pas toute son attention, tant s'en faut. En outre, il a la chance d'être entouré de jeunes types patibulaires à qui il ne viendrait jamais l'idée de briser la glace et de faire la conversation.

Il aime cuisiner pour une maisonnée, il prépare ses fonds de veau et ses bouillons en début de semaine, il récupère tout, les fanes, les épluchures, même celles des pommes de terre qu'il envoie au compost. Il améliore le rendement et la diversité du potager, jusqu'ici le domaine réservé d'un employé municipal payé par Rachid.

Ali s'entend bien avec tout le monde, même s'il est toujours un peu gêné de se retrouver seul dans une pièce avec un membre de la famille en particulier. Il est devenu un expert de cette tête bouche froissée qu'on fait en attendant l'ascenseur avec un voisin à qui on n'a jamais parlé. Il aimerait bien être meilleur en conversation, plus habile, plus naturel.

C'est le samedi du méchoui, une tradition familiale inaugurée par Rachid il y a une éternité, dans les années 1990, quand sa femme et lui ont racheté le presbytère avec le projet d'en faire une grande auberge ou un restaurant de spécialités algériennes ou marocaines, ils ne savaient pas trop à l'époque, de toute façon on leur a vite fait comprendre que ça n'allait pas être possible, ils étaient les bienvenus dans le pays mais en tant qu'invités, comment fonder une maison d'hôtes quand on est soi-même un invité, un invité perpétuel ?

En allant récupérer le mouton, déjà tondu, auprès du boucher du village, Rachid s'interroge, à la demande d'Ali : ressent-il de la rancune ?

— Bah, c'est surtout la mère d'Allia qui partait au quart de tour. Elle se chamaillait avec les gens du village, les vieux propriétaires terriens, mais ils ne nous auraient pas plus acceptés si on avait été entre guillemets « de souche » et originaires de l'Indre, par exemple. Et puis le temps a fait son œuvre, personne ne m'a jamais fait la moindre remarque quand j'enseignais au collège, et encore moins quand je suis devenu proviseur.

— Et votre femme ? demande Ali qui a toutes les peines du monde à tutoyer les gens plus âgés que lui. Elle travaillait ?

— Non, non, rétrospectivement je me dis que c'était son grand drame. Elle lisait beaucoup, parfois les week-ends on allait à Lyon, à l'Opéra, au théâtre. Mais oui, c'était difficile. Elles ont un peu la même personnalité, Allia, sa mère, sa grand-mère aussi, d'ailleurs. Des femmes de tête, au prix d'une certaine tendance à l'entêtement... Enfin, pour revenir à ta première question sur la maison d'hôtes, non, les mentalités ont évolué, Dieu merci, aujourd'hui on ne nous mettrait sans doute pas autant de bâtons dans les roues.

Le Fennec les aide à transporter la bête en stabilisant la brouette par l'avant. Il a sa propre idée sur le sujet :

— Avec la nouvelle présidente, ce serait encore pire aujourd'hui. Regarde le faux pourcentage. Ils viendraient foutre le feu à la maison dès qu'ils verraient que c'est un rebeu qui l'a achetée.

Rachid claudique derrière son neveu, en haletant pour suivre le rythme.

— Fais gaffe à la brouette au lieu de raconter des âneries.

Ils s'arrêtent dans un coin du parc séparé de la pelouse centrale par un buis et une palissade de bambous. Ali et le Fennec allument du feu dans la fosse creusée à cet effet, et le laissent mourir en braises. Puis ils dressent des montants verticaux pour soutenir la broche. Le mouton est éviscéré par la main experte de Rachid. Avec le foie et le cœur, il prévoit des brochettes, à moins qu'Ali n'ait une meilleure idée. C'est le cas, mais il préfère ne pas troubler le déroulement d'un rituel institué au siècle précédent.

Ils assaisonnent l'intérieur du mouton avec du sel, du poivre, du ras-el-hanout rouge et une poignée d'herbes aromatiques. Un bouquet entier de menthe et un oignon rejoignent la panse parfumée avant qu'elle ne soit recousue au moyen d'une aiguille de cordonnier et de ficelle de jute. Ils embrochent ensuite l'animal et le suspendent au-dessus du feu. Pour ne pas avoir à tourner la broche manuellement, Rachid a mis au point un dispositif astucieux, autour d'un moteur d'essuie-glace relié à une batterie de voiture chargée et à une chaîne de vélo avec son plateau.

Le calvaire post mortem du mouton est lancé, Ali monte se reposer dans sa chambre. Il vient de fermer les yeux lorsque l'imposante voix aiguë de Nesrine écrase le babil des oiseaux du parc. L'instant d'après, à sa fenêtre, il voit sa bouche écarlate qui distribue des bises sous le tilleul en fleur. Mehdi est enfin de retour.

— Tu nous as ramené le soleil, observe Rachid avant de demander, n'y tenant plus, à quoi ressemble la présidente en vrai.

Mehdi était au fond de la salle pendant son discours, discours qui l'a tellement énervé qu'il n'est pas resté pour le buffet. Mais il n'a pas envie de jouer les trouble-fête. Il éclate de rire en voyant sa sœur Nesrine sursauter à cause d'une fleur du tilleul qui lui est tombée sur le nez, et qu'elle a prise pour un insecte.

— Par contre, il va falloir que je fasse le plein de Raid si je veux tenir plus d'une soirée. Tu sais s'ils livrent ici Amazon ? Ça a l'air bien paumé quand même…

Rachid lui parle de l'effet des insecticides sur le long terme, des printemps qui bourdonnent de moins en moins. Ali quitte sa chambre, passe devant la table déjà dressée sous le tilleul. Près de la fosse au méchoui, il retrouve Rachid, seul. Il n'a aucune idée de l'endroit où sont passés les autres. Deux heures se sont écoulées depuis que le mouton a commencé à rôtir. Ses yeux pendouillent hors de leurs orbites. Ses chairs brûlées parfument la colonne de fumée que le vent chasse vers la cour. Il propose à Rachid de préparer un quatre-quarts pour le dessert.

— Oh, ne te sens pas obligé !

Rachid fait un pas en arrière et considère la bête en se penchant légèrement vers le côté.

— Je crois qu'on ne peut plus rien pour lui, dit-il en éclatant de rire.

C'est un vrai mystère, pour Ali, qu'un homme aussi sociable que le père d'Allia ait pu choisir de vivre ainsi reclus. Il tisonne le flanc du mouton, un geste inutile mais satisfaisant, tandis qu'Ali évoque l'hypokhâgne, le livre de la grand-mère d'Allia.

— Je l'avais rencontrée avec Allia, dans sa maison du boulevard des Belges. Je rêvais de devenir historien à l'époque, j'avais dévoré ses mémoires...

— Oui... pas très fiables, ses mémoires, comme la plupart des mémoires, cela étant.

Les mains de Rachid se crispent sur le manche de son tison. Il donne des coups plus vifs, plus profonds dans le corps de la bête.

— Je suis trop dur, s'apaise-t-il enfin, il ne faut pas être trop dur avec les morts. Il faut les aimer, penser à eux, souvent. Si on ne leur donne pas la place exorbitante qu'ils exigent, ils la prennent tout entière, et on finit par devenir un fantôme entouré de fantômes.

Ali reste prudemment dans son dos, loin de la fosse et des fumées qui s'en échappent. Il voit le père d'Allia d'un quart de profil, un angle dangereux, son angle mort à lui.

— En tout cas, ça a été un livre important pour moi. On ne m'avait jamais parlé de la guerre d'Algérie comme ça, comme d'une guerre de France, une guerre civile. C'est pour ça que quand vous dites « pas très fiables », je m'interroge. Vous voulez dire qu'elle aurait inventé des événements ? Ou qu'elle les aurait simplement romancés ?

Rachid tourne les épaules vers lui, pour lui reprocher de le vouvoyer.

— Écoute, je ne suis pas très objectif. Je ne vais pas te cacher que ça a toujours été compliqué entre ma mère et moi. Elle avait des idées très précises sur ce qu'elle voulait que je devienne, pour aller vite un héros comme mon père. Mais la révolution, très peu pour moi.

Je n'avais pas le tempérament. On ne peut rien contre le tempérament, c'est têtu et dur comme le crâne d'une tête de mule.

L'image l'amuse mais ne lui fait rendre qu'un petit rire à deux notes. C'est vrai qu'il n'a rien d'héroïque : ses bajoues et son gros ventre disent l'importance croissante qu'ont prise dans sa vie les plaisirs de la table, vin à chaque repas, fromage, dessert et digestif. Il le reconnaît volontiers, s'enorgueillit même d'avoir déjoué le complot maternel.

— Résultat des courses : je suis devenu son pire cauchemar : un terrien ! Un Français du terroir ! Elle ne pouvait pas supporter cette maison, l'odeur des champs, les bestioles, la boue. C'était une urbaine, même Lyon elle trouvait ça minuscule, étriqué, une capitale de rien du tout, elle disait, ou de la gastronomie, qu'elle détestait et appelait gastro-entéronomie… Oh, pardon !

— Non, non, sourit Ali. Elle ne venait donc jamais ici ? À La Brèche ?

— Elle passait en coup de vent pour récupérer Allia et l'emmener à Paris. Et elle en profitait généralement pour se moquer de mes choix politiques modérés et de mon manque d'ambition. Enfin… c'est du passé. Mais souviens-t'en, Ali, si un jour tu as des enfants. Quoi que tu fasses, ils décevront tes attentes.

— C'est le cas d'Allia ? risque Ali.

Rachid prend le temps de la réflexion et en profite pour badigeonner la bête d'une huile très épicée où s'impose la senteur du cumin.

— Non, mais Allia, ce n'est pas pareil, répond enfin son père, en remuant la tête de droite à gauche et avec un sourire complice, comme s'il en était aussi persuadé qu'incapable d'expliquer pourquoi.

Ali le trouve soudain pathétique, et ressent le besoin urgent de lui fausser compagnie. Il a peur de se mettre à le mépriser comme il méprise tous ceux qui se laissent prendre dans les rets de sa pitié.

Il s'évade vers la cuisine où bourdonnent des voix qui l'impressionnent encore, celles d'Allia et de Mehdi, en grande conversation.

— Ah ben voilà exactement la personne qui va pouvoir nous départager, s'exclame Mehdi en lui serrant la main et en lui demandant comment ça va avec un air chaleureux et concerné, comme s'ils étaient de vieux amis.

Mehdi a toujours ce regard bon et franc, mais dans un visage amaigri et un peu dégarni au niveau des golfes. Le même terroir qui a fait enfler Rachid semble ronger le jeune maire, lui creuser les joues et des fossettes dans les mains, à la naissance des phalanges. Il porte un polo bleu surmonté d'un petit pull crème noué autour des épaules, ce qu'Allia appelle en se moquant son look « Arabe de droite ».

— En tout cas, Rachid ne tarit pas d'éloges à ton sujet, dit-il en tapotant l'épaule d'Ali. Apparemment tu lui as appris à mieux singer sa viande… c'est comme ça qu'on dit ?

— Oui, il mettait trop de farine, et pas quand il fallait.

— Bon, alors attends, on a besoin d'un regard extérieur, on essaie de savoir si je suis « velléitaire », c'est le mot qu'a employé Allia, parce qu'on vient de me faire une proposition qui implique de gros changements et que j'ai eu le malheur de demander le temps de la réflexion...

— Je n'ai pas dit que tu étais velléitaire, le reprend-elle...

— Ah si, c'est exactement le mot que tu as prononcé.

— J'ai dit que dans ce cas précis, oui, ça commence mal si jamais il faut venir te chercher, normalement c'est toi qui devrais être à l'initiative, bref...

Bref : ils ont des problèmes plus urgents, à savoir la conversion de sa petite sœur au végétarisme, comme par hasard le jour du méchoui. Le sujet va occuper la majeure partie de la discussion commune du festin. Il y a quelques habitants du village autour de la table, des amis de Rachid qui connaissent bien le presbytère pour y avoir passé des soirées, des réveillons. Le boucher a également été invité avec sa nièce, ils ne disent pas grand-chose et sourient en rougissant quand Nesrine essaie de les tirer de leur isolement.

— Chacun ses goûts, tempère le boucher.

— Euh non, en fait, vous, vos goûts ils détruisent la planète, pas les miens...

Mehdi intervient :

— Nesrine, doucement, ça fait dix minutes que tu es végétarienne.

Elle porte le même hijab que la dernière fois, qu'elle réajuste sans cesse, comme si ses cheveux la grattaient en dessous.

— Je préfère être végétarienne depuis dix minutes que bousiller la planète depuis plusieurs générations.

Rachid rit de bon cœur, pour détendre l'atmosphère. C'est la première fois que la redoutable petite sœur de Mehdi reste aussi longtemps au presbytère. L'année dernière elle s'était teint les cheveux en bleu, l'année d'avant elle exhibait un tatouage sur l'avant-bras, pour Rachid ce ne sont que divers épisodes d'une même crise d'adolescence, mais il n'a aucune envie de polémiquer aujourd'hui. Il fait beau, il est entouré de gens qu'il aime. Il envoie le Fennec à la cave pour remonter telle ou telle bouteille de vin qu'il a présélectionnée quelques heures plus tôt. Il les ouvre avec ses gros doigts experts, porte toujours le bouchon à ses narines avant de servir le premier verre.

— Tiens, goûte-moi celui-ci, dit-il à son neveu, si ça ne te fait pas passer l'envie de fumer des cigarettes qui font rire, j'abandonne !

Le Fennec joue le jeu : il fait tourbillonner le verre dans sa paume et le hume avant de le boire, mais il l'avale comme du Coca.

Allia est assise en bout de table, loin des provocations de Nesrine et de l'air blasé du Fennec. Dès qu'un rayon de soleil perce à travers le feuillage du tilleul, Allia rejette la tête en arrière et souffle :

— On est bien là, quand même…

Ce n'est pas le cas d'Ali, qui vient de passer dans le collimateur de Nesrine. Elle veut en savoir plus sur lui, ses origines, et le ramadan qui commence dans quelques jours : va-t-il le faire avec son frère, elle et le Fennec, ou se ranger du côté des mécréants qui picolent et s'enfilent des tranches de lard au petit déjeuner ?

Il doit son salut à Mehdi qui se lève, après avoir fait tinter son verre avec le manche de sa fourchette.

Tout le monde se tourne vers lui, sauf Nesrine qui a chaussé ses lunettes de soleil pour pouvoir tranquillement dévisager Allia de l'autre côté.

— Je ne veux pas parler trop longtemps, juste un mot, d'abord, pour remercier Rachid qui décidément se surpasse d'année en année…

— C'est surtout la qualité du mouton, nuance Rachid en désignant le boucher de ses mains jointes en signe de gratitude.

— Comme vous le savez, le village traverse une période un petit peu mouvementée, entre le drame qui s'est produit au château et les fake news sur le département, et toute l'attention non voulue que ça a pu susciter. Je suppose que vous avez tous entendu parler des rumeurs de dissolution de l'Assemblée, qui montrent bien que c'est tout le pays qui traverse des turbulences, pas seulement notre cher petit coin de bocage. Bon, j'en parle ici en petit comité mais je réunirai la semaine prochaine une session extraordinaire du conseil municipal pour faire savoir mon intention de briguer l'investiture du parti…

Il n'a pas le temps de finir, tout le monde se met déjà à applaudir.

— … et représenter notre circonscription, comme me l'ont demandé les responsables que j'ai longuement pu rencontrer au congrès des maires. Ils cherchent un candidat jeune, avec un fort ancrage local, de préférence issu de la société civile…

Rachid est le premier à se lever et à lever son verre. Il est aussi ému que si son gendre adoré venait de remporter l'élection. Aussi Mehdi s'empresse-t-il de lui rappeler que rien n'est encore fait, le député en place dans leur circonscription a été bien élu, il appartient à la majorité présidentielle, les forces en présence n'ont pas fondamentalement changé dans le département malgré les excès de la présidente, en cas de dissolution le sortant aurait probablement tout le soutien de l'Élysée.

— Ce sera une vraie bataille, conclut Mehdi, mais à vaincre sans péril…

Allia termine la citation :

— … on triomphe sans gloire.

— Mehdi député ! lance un ami.

— Mehdi président ! surenchérit Rachid, provoquant un éclat de rire général.

Un rire dure plus longtemps que les autres : c'est celui de Nesrine, qui finit par mettre tout le monde mal à l'aise. Elle enlève ses lunettes de soleil pour s'essuyer les yeux, elle se prend une volée de regards furieux mais on dirait qu'elle en a l'habitude, qu'elle s'en nourrit et en retire même une jouissance.

— Juste une question : tu vas toujours à la mosquée de Moulins les vendredis ?

— Ça n'a jamais posé problème à personne.

— Eh bien ça ne saurait tarder. Non mais vous vivez sur une autre planète ou quoi ? On est dans la France profonde, réveille-toi. En pleine polémique sur l'invasion imaginaire de l'Allier par les bicots, tu crois qu'ils vont te choisir comme député ? Non mais tu rêves, Mehdi, pour les gens d'ici on est des chimpanzés.

C'est ce dernier mot qui met Allia en colère.

— Pas devant nos invités, s'il te plaît !

Nesrine tire une cigarette extra-fine de son paquet et grommelle en l'allumant avec un air sournois :

— D'accord, j'attendrai qu'on soit entre nous alors. En *famille*.

Elle garde les épaules et la tête droites, rivées à Allia, prête à dégainer à nouveau. Mais au lieu de prendre sa grosse voix de polémiste, elle chuchote :

— Des chimpanzés...

Et se met à imiter un chimpanzé en amenant ses mains sous ses aisselles et en poussant des piaillements. Ça ne fait rire que le Fennec mais ça le fait rire sincèrement.

Mehdi fusille sa petite sœur du regard.

— Tu peux sortir de table, maintenant.

Nesrine obéit en faisant une révérence pleine de sarcasme et elle s'éloigne, accompagnée par le Fennec. Elle a la démarche de quelqu'un qu'on suit mais qui ne suit personne.

Le boucher se rapproche de son édile :

— Moi je voterai pour toi, mon grand. Même si je ne vais pas te cacher que tu vas nous manquer…

— Mais je serai toujours résident de La Brèche ! Bréchois un jour, Bréchois toujours !

— Tout le mal vient de la loi de non-cumul des mandats, comment peut-on refuser que les députés aient un ancrage local ? Il faut n'avoir jamais quitté son petit entre-soi parisien pour concevoir une idée pareille !

— Ça se défend, estime Mehdi en lui donnant une tape amicale dans le dos pour mettre un terme à leur conciliabule à voix basse.

Pendant qu'on prend le café sous le tilleul, Mehdi s'éloigne avec Allia, main dans la main, vers un coin de pelouse ombragé. Ils y déplacent des chaises longues en plastique recouvertes de coussins à bandes noires et blanches. Nesrine et le Fennec les rejoignent. Il n'y a pas assez de sièges pour tout le monde mais le gazon est envahi de mousses, moelleux et agréable. Bientôt, la sieste a englouti toutes les rancunes. Allongée sur le ventre, Allia est lovée contre Mehdi, à la perpendiculaire en travers du gazon, dans une posture recroquevillée, presque fœtale. On dirait deux spécimens d'une espèce disparue dont un glissement de terrain aurait révélé les squelettes fossilisés, d'élégants hominidés hauts de taille, aux membres déliés et graciles et aux sentiments immortels, à en juger par la douceur avec laquelle la main d'Allia tâtonne jusqu'à la joue rasée mais déjà bleue de son amoureux retrouvé, qu'elle frotte de la pulpe du pouce, dans un geste qui vaut tous les baisers.

Allia s'est remise au sport à haute dose, elle court une heure quatre à cinq fois par semaine jusqu'à la commune voisine et retour, quel que soit le temps qu'il fait. Sur la pelouse elle s'étire, enchaîne les séries de pompes. Elle perd rapidement les rondeurs dans ses jambes, sa poitrine, ses joues. Ses pommettes ressortent, sa taille s'affine, son ventre s'endurcit. Un lundi, elle part s'entraîner à l'aube, vêtue en haut d'une simple brassière qui révèle ses bras musclés et ses abdos qui paraissent sculptés en 3D, privilège d'avoir fait du sport adolescente, les bases sont là, les muscles toujours à l'affût. Ali se demande comment elle peut s'astreindre à une telle discipline. Il se le demande mais il ne le lui demande pas à elle, à cause de son nouveau tic, la narine qui tressaute, son visage s'enlaidit brièvement tout en y gagnant un certain charme, celui particulier aux têtes sévères, où chaque égard, même infime, paraît décuplé par contraste avec l'indifférence froide et vaguement agressive qui forme leur état naturel.

Quand il lui rappelle leurs courses au parc de la Tête-d'Or, elle semble n'en avoir aucun souvenir. Il ne lui en veut pas, c'est en tout cas ce dont il l'assure.

— Je me souviens de toi en prépa, dit-elle, prise de remords.

Mais il sent bien qu'aucune anecdote intéressante ne lui revient à l'esprit. Elle triture son pendentif et file à la salle de bains après une banalité pour couper court à leur échange.

La dissolution occupe tous les esprits et toutes les ondes. La présidente ne peut plus gouverner depuis que sa coalition a pris l'eau : un nombre important de parlementaires de centre gauche menace de ne pas voter le budget pour protester contre une réforme constitutionnelle visant à faire passer la grande loi sur l'immigration promise pendant la campagne. Les frondeurs la considèrent contraire aux valeurs républicaines d'égalité des citoyens devant la loi. Ils s'en prennent également aux TikTok incessants de la présidente, à son insolence, à ses provocations qui perpétuent un climat anxiogène dans le pays.

Depuis le QG de 404, Ali est bien placé pour sentir la tension qui monte autour du premier anniversaire de l'élection la plus stupide de l'histoire de la République. Sur la plateforme, on peut entendre ce que les gens en disent quand ils savent que leurs paroles s'envoleront pour toujours, qu'on ne leur tiendra pas rigueur d'une saillie raciste ou misogyne comme sur les réseaux sociaux où tout finit toujours par remonter à la surface. Jusqu'ici 404 n'intéressait que les enfants, maintenant les adultes s'y sont mis, migrant depuis leurs Facebook Live où ils se sentaient surveillés, épiés, policés, même quand leur nombre de vues par direct n'atteignait jamais deux chiffres.

404 n'augmente pas leur audience, du moins pas encore, mais elle délie les langues. Les consignes d'Allia sont aussi élémentaires que l'application elle-même : elle refuse que les modérateurs s'attardent sur la modération des propos, même les plus épouvantables. Elle préfère qu'ils concentrent leur attention sur les *situations* potentiellement dangereuses, afin d'interrompre leur diffusion avant qu'elles ne dégénèrent. À ce jeu-là aucune intelligence artificielle ne peut se substituer à l'élément humain, selon Allia, parce que les logiciels, si sophistiqués soient-ils, ignorent la peur : ils savent interpréter et signaler des contenus existants, mais l'anticipation du moment où les choses vont mal tourner relève de l'instinct animal le plus inexpugnable, de ce sixième ou septième sens nous étant propre, celui de la catastrophe qui ne s'est pas encore produite.

Modérer de jour intéresse peu Ali. C'est un défilé de vanités qui ne diffèrent que superficiellement des autres applications vidéo. Adolescents à l'école, adeptes du street workout dans de sinistres parcs pour enfants, et tous ces nouveaux chevaliers de la liberté d'expression qui tiennent salon depuis leur voiture en se plaignant des travaux ou de l'état du monde.

Ali préfère quand il fait partie de l'équipe de nuit, plus légère, mieux dispersée sur les postes de travail de la chapelle. Modérer la nuit, surtout le week-end, c'est glisser dans un autre monde, ambigu, hypnotique, celui de la fête et des monstruosités éphémères. L'application offre aux noctambules le frisson d'une licence connue mais renouvelée : le plaisir de se montrer sans conséquences. Celles et ceux qui sont attirés par 404 le sont, dans une large mesure, par le fait de ne pas pouvoir y être enregistrés. Des fenêtres apparaissent dans l'obscurité, révèlent une soirée pyjama dans une maison bien chauffée, une beuverie d'appartement où surgissent une paire de seins, des petites fesses qui essaient de twerker. Et la fenêtre se referme pour toujours.

Après être passé au service de nuit, Ali commence à développer les mêmes dispositions que les agents de vidéosurveillance du monde entier : une capacité à voir sans vraiment regarder, au risque de se mettre à regarder sans plus vraiment voir. Attendre et espérer, une vieille question : étant payé pour empêcher la diffusion du pire, il finit, malgré lui, par souhaiter qu'il se produise, en particulier lors des bagarres, qui représentent la moitié de ses activités les soirs de week-end. C'est déjà difficile de se retenir de regarder deux personnes essayant de s'entre-tuer lorsqu'on est présent sur place, à portée de coups de poing, un visage ouvert, un point lumineux sur le radar de leur furie destructrice ; toute résistance devient carrément vaine quand on est à l'abri, derrière son écran.

Dans l'immense majorité des cas, Ali censure la diffusion. Mais quelquefois la tentation de voir monter et culminer le crescendo d'une rixe est plus forte. Une nuit, par exemple, il suit une échauffourée dont l'instigateur est un conseiller commercial en chemise Celio, particulièrement antipathique avec la jeune femme qui l'accompagne. Il se ramasse une correction méritée de la part du videur, dont Ali n'a pas le cœur de priver la trentaine de spectateurs connectés sur le direct.

Une autre nuit, une virée en Clio tourne mal et il lui semble qu'une fille sur la banquette arrière est sur le point de subir une agression sexuelle en direct. Faut-il l'interrompre et prévenir la police ou la laisser aboutir et permettre à d'éventuels autres témoins que lui de reconnaître et de confondre les agresseurs ? Il n'a pas à en décider : la voiture lancée dans la campagne éteinte passe dans le département limitrophe et le flux disparaît, comme si la Terre était redevenue plate et qu'ayant atteint ses confins ils avaient basculé dans le grand trou du cosmos.

Au presbytère, la consternation fait place à la rage lorsqu'une nouvelle vidéo relance les turbines de la machine à scandales. Comme toujours dans ces cas-là, le compte original disparaît, relayé par tant de comptes partisans que toute filiation devient vite impossible à retracer. Intitulée « Chapitre 2 », il s'agit d'une vidéo volée, cette fois-ci, réalisée au téléphone portable dans un restaurant à deux pas de l'Assemblée nationale, une des tables préférées des parlementaires. On y voit Mehdi, le maire de La Brèche, de profil, légèrement en contre-plongée, en train de commenter l'affaire du pourcentage ethnique et d'employer à l'endroit des habitants de la circonscription qu'il convoite une série de termes injurieux :

« De toute façon qu'est-ce que tu veux aller rééduquer ces bouseux ? Ils sont surnuméraires et ils le savent, regarde le taux de suicide. D'ailleurs ce serait bien qu'ils inspirent cette droite de hobereaux dégénérés dans les villes… L'Allier, circo officielle de la lose. »

Son futur attaché parlementaire éclate de rire.

Le soir même, Mehdi envoie un communiqué à l'AFP, annonçant qu'il va porter plainte, que la vidéo est un faux, vraisemblablement un mirage. C'est un faux Mehdi qui tient ces propos abominables. C'est un faux futur attaché parlementaire de Mehdi qui se fend la poire en les écoutant.

— Je ne parle pas du tout comme ça ! Je n'ai jamais dit le mot « circo » de toute ma vie !

Cette fois-ci, la réaction de la plupart des commentateurs est exemplaire. Ils ne laissent passer aucune insinuation quant à une éventuelle véracité des propos tenus dans ce clip en attente d'authentification. La déontologie évolue : aucune vidéo n'est désormais tenue pour vraie tant qu'elle n'a pas été démontrée n'être pas fausse. La présomption de contrefaçon a cours jusqu'à ce que l'authentification ait parlé, afin qu'il n'incombe pas au mis en cause dans une vidéo de faire la démonstration de son irréalité.

— Mais quand même, insiste une tête connue de la majorité présidentielle. On fréquente tous ou on a tous fréquenté ce restaurant… Qui n'a pas reconnu Marius, le maître d'hôtel ?

— Vous n'avez pas le droit de faire ça, essaie de le couper le journaliste, affligé.

— Alors certes la méthode est contestable, certes je réprouve le fait de filmer en cachette et de fabriquer des vidéos de synthèse, mais d'un autre côté ça ne vous paraît pas un peu trop facile de se réfugier systématiquement derrière l'argument : « c'est un faux » ? Non mais vous voyez ce que je veux dire, il ne faudrait pas que ça devienne une arme fatale en un certain sens, dès qu'on est embarrassé par quelque chose qui n'aurait pas dû sortir on prétend avoir été victime d'un *mirage*, comme vous dites ? On peut critiquer les réseaux sociaux et Dieu sait que je ne me prive pas de le faire, mais ils peuvent être utiles aussi, notamment pour révéler des choses qui passaient autrefois dans les bruits de couloir entre gens de bonne compagnie…

Sur un autre plateau, un éditorialiste avec des principes refuse pour sa part carrément d'aborder le sujet, jusqu'à décrocher son micro-cravate et croiser les bras en attendant la suite.

— Je ne commente plus de vidéos, finit-il par dire, hors de portée du micro. Je n'ai pas fait ce métier pour commenter des propos rapportés sur des vidéos. Si c'est les ragots qui vous intéressent, allez chercher madame Michu.

Un quart d'heure plus tard, il virevolte d'analyses brillantes en formules chocs à propos d'un reportage sur le déplacement de la présidente en Chine où elle s'est abstenue de faire des vidéos TikTok. Première semaine sans

TikTok depuis le début de son mandat. A-t-elle enfin décidé d'habiter la fonction présidentielle avec la majesté austère et hiératique que les Français plébiscitent ? Ou s'agit-il d'une bouderie de protestation contre la brutalité du régime de Pékin ?

Les images du voyage officiel défilent derrière le commentateur grisonnant qui donne son avis avec des gesticulations de saltimbanque. Quand on lui rappelle son vœu de ne plus commenter de vidéos, il s'étrangle :

— Non mais on parle des services officiels de l'Élysée ! Vous ne pouvez pas comparer l'incomparable !

Au même moment, des agriculteurs déversent un camion de bouse devant la permanence moulinoise du parti auquel sympathise Mehdi. Le tag sur la vitrine fait la une des journaux : « 40,4 % ». Rien d'autre, ni symboles nazis ni slogans d'extrême droite, ce n'est pas l'acte d'un groupuscule, c'est un grondement du peuple profond, une colère de « bouseux » relayée par l'indéniable savoir-faire « hobereau » en matière d'incarnation de la dignité provinciale outragée et du terroir méprisé par les technocrates et les parachutés issus de l'immigration.

À la place de Mehdi, les responsables locaux du parti choisissent une élue de la « ruralité » blanche et bien de chez eux pour disputer la première circonscription de l'Allier aux prochaines élections législatives, si elles ont lieu, plus rien n'est sûr, en tout cas ce n'est pas le moment de gagner des points de karma, c'est exactement ce qu'ils osent dire au jeune maire de La Brèche quand il roule jusqu'à Moulins pour leur demander des explications.

— Quelle bande de lâches ! s'emporte Rachid avant de suggérer une candidature dissidente.

Allia applaudit à la proposition. Mais Mehdi ne veut pas en entendre parler, il ressasse la réaction des pontes de la gauche locale, certains détails lui reviennent à contretemps, une fois passé l'hébétude :

— Ils m'ont conseillé d'arrêter d'aller à la mosquée le vendredi si j'avais l'intention de continuer la politique d'une façon ou d'une autre...

Allia hausse les épaules, ce qu'elle trouve surprenant c'est surtout qu'il soit surpris.

— Non, non, s'entête Mehdi en pressant ses tempes dans l'étau de ses pouces, ce n'est pas normal, on ne peut pas hausser les épaules et dire : « C'est comme ça, ça a toujours été comme ça... » Qu'est-ce qu'ils sous-entendent, que les gens ne vont pas voter pour moi à cause de ma religion ?

— Non, pas seulement ta religion, répond Allia.

— Quoi, alors ?

— Pas ta religion, répète-t-elle, sibylline.

Ils sont quatre à table ce soir-là, les informaticiens sont rentrés à Paris. C'est déjà la fin du repas mais Ali attend le dernier moment pour débarrasser, car il sait que Mehdi ou Allia vont se lever pour l'aider, et mettre un terme à la conversation. Or cette conversation l'intéresse, surtout les réactions de Mehdi. Il a les joues creuses hérissées de poils noirs, les yeux fatigués, il a à peine touché à son assiette. Il réfléchit à voix haute :

— En fait derrière toute cette polémique, ce qu'on me reproche c'est de ne pas *faire rural*, c'est-à-dire ne pas pouvoir représenter cette France-là parce que je n'en fais pas partie, alors que je suis né à côté de Clermont, dans un village à peine plus grand que La Brèche.

— Ce qu'on t'a reproché, c'est d'être arabe, dit enfin Allia d'une voix tranquille, presque douce. Pour le coup, je suis plutôt d'accord avec ta sœur…

— Arrête, ça ne m'étonnerait pas que je paie aussi les balivernes qu'elle balance sur Twitter à longueur de journée…

— Les « balivernes » ? Et pourquoi pas les calembredaines pendant que tu y es ?

Mehdi peine à sourire, il est trop vivement affecté. On a mis dans sa bouche des mots qu'il peut répéter afin de s'en offusquer, mais aussi des mots trop violents qui lui coupent le souffle à la manière d'un uppercut dans le ventre.

— « Bouseux », quiconque me connaît sait que je ne dirais jamais une chose aussi blessante.

Les jours suivants, Ali remarque un changement dans le comportement de Mehdi à table, à commencer par la place qu'il y occupe, tout au bout, en chef de famille, sur la seule chaise à accoudoirs de la salle à manger. Il préside et disserte à voix haute, prenant souvent Ali à témoin, moins parce que son édification l'intéresse qu'en sa qualité de nouveau venu qui ignore tout des subtilités du département. Son département, il le connaît par cœur après l'avoir sillonné en tant que médecin remplaçant. On aurait tort d'y voir une simple zone rurale et uniforme, il y a plusieurs pays dans ce pays coincé au centre de la mosaïque française. Les éleveurs du bocage n'ont rien de commun avec les céréaliers de la plaine de la Limagne bourbonnaise, qui n'ont rien de commun avec les Moulinois à qui appartiennent les terres qu'ils exploitent, et qui ont eux-mêmes encore moins en commun avec les habitants des hameaux désœuvrés de la montagne bourbonnaise. Les trois villes de l'Allier, quoique de taille équivalente, représentent également trois mondes distincts : Moulins abrite la petite-bourgeoisie et la notabilité administrative, Vichy les thermes et la vieillesse dorée, tandis que l'ouvrière Montluçon, tout à l'ouest, survit tant bien que mal au traumatisme de son déclin industriel et de sa dégringolade démographique, ayant perdu la moitié de ses soixante mille habitants en quelques décennies.

— La moitié, tu imagines ce que c'est de perdre la moitié de ses habitants pour une ville ? En si peu de temps, on croirait que c'est la peste qui a ravagé Montluçon.

Mehdi essaie surtout de comprendre l'incompréhensible. Il réfléchit à publier une lettre ouverte, pour établir une bonne fois pour toutes que ce n'était pas lui dans cette vidéo que tout le département semble avoir vue, même dans les anciennes zones blanches qui viennent d'être reliées à la 5G de Wilaya. Par cette communication aux gens de bonne volonté, le maire de La Brèche espère nourrir le débat, rien de pire que le silence et les non-dits, c'est sur leur terreau que s'enracinent les pensées vénéneuses.

Allia hausse les sourcils, pas convaincue. Une lettre ouverte sera lue par quelques milliers de citoyens éclairés, c'est bien de regonfler le moral des troupes mais il faut *reach out*. Elle a passé trop de temps aux États-Unis, elle ne trouve pas la traduction exacte.

Pendant qu'elle la cherche, Mehdi met son beau-père à contribution. Il va chercher un carnet, attrape un stylo dans la poche intérieure de sa veste. La tablée frémit, s'excite. Ali pense, comme Allia, que c'est trop peu, trop tard. Rachid, pour sa part, ne croit carrément pas au sondage.

— Et puis ça veut dire quoi, 40,4 % *d'Arabes* ? On compte qui, les Algériens, les Marocains, les Tunisiens, et après ? Les Libanais chrétiens, ça compte ? Les Turcs, ils ne sont pas arabes mais musulmans, on les met quand même dans le pourcentage ? Et les métis, les enfants de mariages mixtes, on en fait quoi d'eux ? Tu vois bien que ça n'a aucun sens.

Allia paraît fatiguée ce soir, elle secoue la tête d'une façon désobligeante, soupire comme elle n'oserait jamais le faire devant quelqu'un d'autre que son père :

— Papa, on sait tous très bien ce que ça veut dire, les Arabes.

— Et qu'est-ce que ça veut dire ? C'est une couleur de peau, arabe ? Mehdi avec ses yeux verts, il a l'air arabe ? De toute façon, nous on est bèrbères. Et moi tu m'as dit ce matin que j'étais trop pâle, il faudrait savoir.

Les fameux yeux verts de Mehdi se ferment lourdement, quand il les rouvre il reprend les rênes et parle en termes généraux d'une crise de la représentation qui vient d'atteindre son point d'incandescence, c'est ça, on n'attend plus des élus qu'ils portent la parole et les revendications du peuple mais qu'ils s'identifient sectoriellement à lui. Le pays est morcelé, divisé, et les rigoles s'approfondissent entre les diverses parcelles.

— Il faut réagir à la mesure des enjeux.

Allia se tait et le regarde avec un air inquisiteur :

— Qu'est-ce que tu veux faire ?

Mehdi reprend son souffle :

— Pourquoi pas une sorte de pèlerinage, aller à la rencontre des gens du coin, ceux qui me connaissent et qui savent qu'on m'a piégé, et ceux qui ne me connaissent pas encore et qui peuvent avoir des doutes, des interrogations ? À moi d'y répondre !

— Prévois des gardes du corps, raille Allia.

Elle se fait rabrouer par son père.

Mehdi rapproche sa chaise de celle d'Allia :

— Je les connais, les gens d'ici, dit-il avec passion, en la regardant droit dans les yeux, je ne peux pas me résoudre à ce qu'on les fasse passer pour ce qu'ils ne sont pas…

L'horloge du salon fait durer et crisser les silences depuis le début de la soirée, mais jamais le tic-tac de la pendule n'a paru aussi assourdissant que lorsque Allia se lève de table.

— Ça va ? lui demande Mehdi en la rattrapant au pied de l'escalier.

Elle lui adresse une réponse non verbale, une grimace, un haussement d'épaules, impossible à savoir, depuis son siège en face de celui du Fennec, Ali ne voit que la main d'Allia crispée sur la boule de l'escalier, il sent que quelque chose de sérieux la trouble et il passe une nuit épouvantable, comme si elle lui avait communiqué sa peur, comme si ce n'était pas Mehdi mais lui que sa mauvaise humeur visait.

Quelques jours plus tard, toute la famille s'installe dans le petit salon, sous la chambre d'Allia, pour regarder les infos. Le petit salon reçoit la plus belle lumière de la maison, à la fois tamisée et enrichie par la frondaison du tilleul, surtout au crépuscule, quand des filaments obliques hachurent la pelouse en franchissant de justesse les pointes des cèdres et des sapins. Ce spectacle, Ali le voit tous les soirs en terminant le repas, depuis la fenêtre de la cuisine. Il rejoint Allia et ses hommes au petit salon. Le décrochage local parle d'une rixe dans un collège de Montluçon, au cours de laquelle deux élèves ont été blessés assez gravement pour être conduits à l'hôpital.

Allia monte le son. Un parent d'élève est interviewé, il se dit d'origine tunisienne et très préoccupé pour la sécurité de ses gosses :

— Vous voyez 40 % d'Arabes, vous ? On est plus proche des 4 %, oui ! Mais qu'est-ce que vous voulez faire, ils se sont mis dans la tête que c'était une invasion, Ali Baba et ses 40 %...

Ils n'ont pas tous envie de rire, fût-ce d'un rire jaune. Une mère seule fond en larmes en ayant pour la première fois l'occasion de raconter les vexations racistes que subit son fils de sept ans à l'école :

— Les enfants, c'est des éponges, tout ce qui se dit à la maison ils le répètent dans la cour. « Sale Arabe », « ta mère on va lui arracher son voile et la violer comme la pute qu'elle est », « rentre dans ton pays », vous entendez ça, « rentre dans ton pays », j'ai l'impression d'entendre mon pépé, *Allah y rahmou*... Vous trouvez ça normal, vous, il y a soixante-dix ans qu'on vit en France, mon petit Rayanne, c'est la quatrième génération, il va falloir combien de générations pour que vous nous foutiez la paix ? Combien ?

Allia lève les mains pour applaudir sans bruit mais haut et très en évidence, presque au-dessus de sa tête.

— On marche sur la tête, soupire Rachid, deux gosses envoyés à l'hôpital, on est chez les fous...

— Quatrième génération, murmure Allia en citant la mère en colère.

Un peu avant la fin du JT, Mehdi reçoit un message sur WhatsApp, qui lui met le sourire aux lèvres. Il montre son téléphone à Allia, elle hausse les sourcils avec un air circonspect.

Il s'agit d'un lien vers la tirade de la mère de Montluçon, posté par Nesrine sur son compte Twitter, avec pour seul commentaire l'expression « quatrième génération » entre guillemets. Le post de Nesrine récolte des milliers de retweets les jours suivants. La jeune femme semble tout connaître de la vie secrète des hashtags et des contenus viraux : sous son action #quatrièmegénération se métamorphose insensiblement en #génération404, souvent accompagné d'un lien de téléchargement vers son compte sur 404, un des plus suivis de l'application. Nesrine y pousse des coups de gueule en direct, zéro filtre zéro limite, comme elle dit, puisque rien ne peut être enregistré on peut tout dire.

— Qu'est-ce qu'elle mijote ? s'interroge Allia à voix haute, en travaillant sur la table en bois massif de la salle à manger, sa pièce préférée.

Mehdi termine son café en vérifiant qu'il n'a rien oublié dans sa trousse pour sa tournée du matin.

— Tu deviens parano, elle t'admire, elle t'a toujours admirée malgré vos différends et elle veut utiliser sa popularité pour t'aider à faire décoller 404, c'est tout.

— De quoi est-ce que tu parles, elle ne me pardonnera jamais de t'avoir abandonné…

— Oh mais non, elle était jeune, elle évolue, il faut faire confiance aux gens.

Mehdi se rapproche de sa chaise et lui prend le visage entre ses mains, par-derrière, en le relevant vers lui pour l'embrasser à l'envers.

Ali entre à ce moment-là dans la pièce, depuis la cuisine, interrompant l'étreinte.

— Pardon…

— Non, non, t'inquiète, on peut y aller !

Ali joue les chauffeurs privés depuis que Mehdi s'est fait flasher à trente kilomètres au-dessus de la vitesse autorisée sur la nationale 7. Il a refusé de jouer la carte du médecin de campagne, d'inventer un patient en urgence vitale, il était simplement pressé de rentrer. On lui a retiré son permis sur-le-champ. Allia trouve cette diligence policière suspecte, elle pense qu'on lui envoie un signal.

Mehdi refuse de s'encombrer avec des pensées complotistes, il a des journées éprouvantes en ce moment et il va lui falloir attendre six mois avant de pouvoir repasser le permis. Après l'avoir conduit auprès de deux patients diabétiques, Ali le dépose au pied de la mairie afin qu'il y récupère le dossier du prochain patient, qu'il ne trouvait pas au presbytère. Ils repartent au bout de quelques minutes, et roulent en direction de Moulins en bavardant. Autour d'eux, les champs s'étendent mais jamais à perte de vue, il y a toujours un coteau, une rangée d'arbres, une ondulation pour crêpeler le tapis de verdure. Au détour de la route communale à une seule voie que Mehdi a recommandé d'emprunter, un tracteur leur bloque le passage. Ali commence à perdre patience à cause de l'apparente indifférence de son conducteur. Il pourrait le doubler en mordant sur le talus mais il craint de provoquer un accident. Mehdi vient de lui raconter une nuit qu'il a passée aux urgences avec un de ses administrés dont le tracteur s'était renversé sur la jambe.

Il en a des dizaines, des anecdotes de ce genre. Le matin, il fait ses visites. L'après-midi, il gère les affaires courantes depuis son bureau de la mairie, un vilain manoir en pierre de taille rose dont les fenêtres donnent sur les tours du château, au flanc de la colline rivale. Après la mort du bébé, quand Allia est partie, Mehdi avait du mal à rester au presbytère, trop de souvenirs, trop de fantômes. Il a loué un des appartements de fonction du manoir, avant même d'y avoir droit en tant que maire. Depuis le retour d'Allia et le lancement de 404, il est revenu au presbytère, et les appartements de fonction sont occupés par les développeurs, qui préfèrent l'intimité d'un studio séparé à une chambre dans une maison de famille.

Ça lui fait tout drôle, le soir, de quitter son bureau avec le portrait de la présidente et la grande salle où il célèbre les mariages (trois en trois ans), et de descendre jusqu'au presbytère tandis que des inconnus font la cuisine et regardent la télé dans l'enfilade de pièces où il a vécu pendant presque une décennie. Il a reçu des visites féminines un temps, avant de se caser avec une jeune veuve, une kiné qui vivait à Vichy, ça n'a pas fonctionné au long cours, elle voyait bien qu'il n'en avait pas fini avec Allia, qu'il rendait visite au père d'Allia au moins un jour sur deux, qu'il n'attendait que son retour, sans même le savoir, sans paraître se rendre compte qu'il était devenu le maire du village où elle avait grandi, une façon peut-être inconsciente de lui envoyer un message de fidélité, comme un chien demeurant dix ans au seuil de la porte que vient de franchir son maître, et qui jappe et remue la queue à son retour dix ans plus tard.

La vérité, c'est que Mehdi n'a pas la rancune facile, la religion lui a appris à accepter les sentences du destin. Il n'en a pas voulu à Allia, il adorait leur petite Sarah plus que tout au monde mais il ne l'avait pas portée dans son ventre pendant neuf mois, il comprenait que le déchirement était intolérable pour une mère, même s'il était également intolérable pour lui.

Après le dernier patient de la matinée, ils rentrent à la mairie. Mehdi salue le cantonnier qui jardine, une cigarette roulée au coin du bec. Il aime bien être maire, il se plaint souvent du jargon des collectivités locales qu'il lui a fallu assimiler et qui lui fait encore mal aux oreilles, mais ça lui plaît de régler les problèmes des gens, les conflits de voisinage, les foires agricoles, les projets d'animation, les petites mémés qui s'ennuient et meurent de solitude, il leur parle, les fait rire, il a l'impression de servir à quelque chose.

La seule partie du travail dont il se passerait bien, c'est la politique politicienne, promettre de refaire le toit d'une salle des fêtes en échange de quelques voix pour peser davantage lors des réunions de la communauté de communes. Avec la « com'com' » les petits maires ont de moins en moins de pouvoir, les règles changent tout le temps.

— L'intercommunalité m'a tué, plaisante-t-il en invitant Ali dans son bureau.

Ils partagent une salade de pâtes répartie dans deux tupperwares. Suspendue au mur, la photo de la présidente les contemple avec son sourire de Joconde et ce léger décolleté qui a tant fait couler d'encre à cause du sillon de ses gros seins, si clair, si net qu'il en paraît retouché, et à cause du message subliminal qu'on y a deviné et destiné à ceux qui veulent voiler les femmes et renverser la République. Des maires de gauche qui avaient retiré la photo en croyant accomplir un geste politique fort se sont sentis obligés de l'accrocher à nouveau, pour ne pas être soupçonnés de pudibonderie islamique.

La secrétaire de mairie entre sans frapper. C'est une dame imposante, parfumée. Elle a reçu plusieurs coups de fil du bureau de la préfète.

— Manquait plus que ça, soupire Mehdi. C'est pour l'indemnisation ou le concert ?

Le désastre des forages géothermiques plane comme un oiseau de malheur au-dessus du village et de son mandat. Jusqu'ici Mehdi a pu compter sur le soutien de la préfète, mais celle-ci vient d'apprendre la tenue d'un concert prévu sur sa commune le 14 Juillet, c'est le concert promis par DJ Dinar à Allia, elle compte dessus pour propulser 404, et Mehdi était d'accord pour qu'il se tienne sur le champ de foire, où ont lieu les comices agricoles et où s'installent parfois des cirques itinérants. Sauf que la préfète est formelle : hors de question d'accueillir dans son département un concert de ce rappeur, quel que soit son statut dans la jet-set. DJ Dinar vient de créer la polémique avec son nouveau titre, *Salopes de souche*, le tube de l'été incontestable de cette année-là, malgré ses paroles clivantes, tout le monde se laisse entraîner par l'hybridation d'ambiance latine et d'instru algériennes, il y a des darbourkas et même une cornemuse berbère tandis que DJ Dinar fantasme sur *les plouquettes, les coiffeuses, les esthéticiennes, les Sandrine, les Maud, les Christelle… Ouvrez la bouche, salopes de souche !*

La veille du concert, en allant admirer le feu d'artifice sur les hauteurs, derrière la mairie, Ali remarque trois longs camions de la gendarmerie stationnés devant le centre médical.

Le lendemain, 14 juillet, le village se réveille au son inhabituel d'une course-poursuite entre un scooter et une voiture de la gendarmerie. La gendarmerie de La Brèche, c'est cinq effectifs et un seul véhicule. Les camions qu'il a vus la veille ont été envoyés par la préfecture, en renfort, pour installer des barrages filtrants à l'entrée et à la sortie de la commune. Le concert semble sur le point de se dérouler bien qu'il n'ait pas reçu les autorisations nécessaires. Depuis deux semaines, DJ Dinar tease habilement cet événement gratuit qui serait retransmis en direct sur 404. Ceux qui souhaitent y assister physiquement ne reçoivent aucune autre information sur le lieu que le numéro du département, 03, Allier. La veille au soir, un pin de géolocalisation au détour d'une story

Instagram de la star désigne enfin le château de La Brèche.

Depuis qu'il a révélé le nom du département, des meutes entières de fans s'y sont lancés dans une gigantesque chasse au trésor. La petite vingtaine de gendarmes aux sourires autosatisfaits qu'Ali aperçoit en début de journée est complètement débordée sur les coups de midi. Les heures qui suivent sont à l'avenant avec leur cortège incessant de voitures immatriculées dans le 93, le 69, le 42, le 34 ou le 13. Les portails sont fermés à double tour, les chiens méchants aux aguets. Des riverains téméraires glissent parfois une tête par les fenêtres des étages. C'est la saison des festivals. De nombreux estivants arrivent à pied, en short et claquettes, serviette par-dessus l'épaule comme s'ils revenaient de la mer.

Les précieux renforts de gendarmerie ont fini par s'asseoir sur le talus au bord de la route, pour regarder passer le défilé. Certains jeunes roulent des joints à quelques mètres d'eux. D'autres sirotent des canettes de Desperado et trinquent dans leur direction. DJ Dinar figure en bonne place dans le panthéon de rappeurs du Fennec. On dirait que l'enthousiasme l'a réveillé d'une sieste de six mois. Il estime qu'un envahisseur sur trois porte comme lui le maillot de l'Algérie.

Mehdi est sur le pied de guerre mais il ne peut rien faire. Allia prétend n'avoir été mise au courant de la tenue du concert que la veille au soir et n'être l'organisatrice de rien du tout.

Ce que démentent les colonnes de bénévoles en T-shirts imprimés du logo 404, en caractères noirs sur fond blanc. Une première rangée filtre l'accès au château et distribue des étuis verrouillés, pour y enfermer leurs téléphones pendant le temps du concert et garantir que celui-ci ne sera diffusé que sur 404. C'est le procédé, courant aux États-Unis, qu'avait mentionné Allia lors du dîner avec DJ Dinar.

D'autres bénévoles ont monté un podium métallique autour de baffles qui jouxtent la scène, plantée dans la courtine du château et orientée vers le pré qui s'ouvre dans la muraille éventrée, entre deux des quatre tours. Si personne ne revendique l'organisation de l'événement, tout le monde s'accorde à la trouver remarquable. Il y a même des distributeurs de bouteilles d'eau ambulants, des bénévoles 404 équipés de CamelBak à trompe géante, pour arroser les spectateurs parqués sous une température qui dépasse les trente degrés en milieu d'après-midi.

La foule contourne les murs d'enceinte du presbytère afin de s'acheminer vers le château. À la tombée du soir, Ali se mêle à cet absurde exode. Des joueurs de tam-tam côtoient des breakdancers, on forme des cercles pour les laisser se produire. Les portables, tous ensachés, sont inutilisables, et dans la poussière dorée du crépuscule on se croirait parfois de retour au monde d'avant, avant Internet, avant l'omniprésence des écrans et l'interconnexion de tous et de chacun. Ali n'a presque pas connu cette époque, ce qui ne l'empêche pas, ce soir-là, de la regretter.

Le charme dure jusqu'à ce qu'il repère les silhouettes des filmeurs bénévoles qui diffusent l'attente et le préconcert en direct sur 404. Ils serpentent dans la foule, se faufilent entre les torses nus. Leurs smartphones saisissent des baisers, des acrobaties, des fesses de filles trônant sur des épaules, des briquets qui s'allument en prévision du concert imminent. Une rumeur continue s'exhale de la foule. Puis, dans la chaleur suffocante, son volume diminue, de manière soudaine. Un frisson court le long de cette souple et mobile échine horizontale que forme le public. Les oiseaux du soir hurlent avec une intensité redoublée, les feuilles des arbres vibrent et se secouent comme si une bête énorme allait en émerger.

C'est un hélicoptère. Ses phares et la rotation de ses pales font s'élever une clameur infernale. Au moment où l'appareil se pose, dans la courtine, les enceintes jusqu'ici muettes diffusent le beat irrésistible de *Salopes de souche*. En se hissant sur la pointe des pieds, Ali parvient à distinguer la silhouette du rappeur qui descend de l'appareil en hurlant déjà dans son micro :

— Wesh le 0-3 faites du bruuiiiiit ! 0-3 ?

— *Dan-ger !* répond la foule comme un seul homme.

— 0-3 ?

— *Dan-ger !*

Il y a deux autres hommes autour de lui, qui avancent pliés pour échapper à la décapitation.

Ali reconnaît son binôme à sa stature mais pas le deuxième larron, un homme svelte en costume noir et chemise blanche ouverte de deux boutons. Avant de rejoindre le podium, DJ Dinar se tourne vers cet inconnu avec une déférence dont il ne l'aurait pas cru capable, comme s'il le remerciait pour tout et même davantage.

Le set commence mais Ali n'a d'yeux que pour le porteur de la chemise échancrée. Il reste en retrait, les bras croisés. Un larbin pendu au téléphone vient parfois lui dire quelque chose à l'oreille. Les traits de son visage ne sont pas visibles de si loin, mais sa posture suffit à dire l'importance du personnage.

Soudain, Allia le rejoint dans l'entrée de la salle de banquet, transformée en backstage. Ils ne se saluent pas, ils doivent s'être déjà rencontrés plus tôt dans la journée, même si Ali ne voit pas trop quand puisque l'hélicoptère vient d'atterrir à La Brèche.

À la fin du deuxième morceau de DJ Dinar, Ali en a déjà assez mais il lui faut près d'une demi-heure pour se frayer un chemin à travers la masse de fans surexcités.

C'est une tout autre agitation qui règne aux points d'entrée gardés par les bénévoles. Des gyrophares bleus clignotent au pied de la colline. En la descendant pour rentrer, Ali s'attarde parmi les riverains excédés. Une mère de famille hurle dans l'oreille des gendarmes tandis que son bébé de quelques mois lui hurle dans la sienne. Le propriétaire d'un malinois muselé, en pantacourt et claquettes de piscine, supplie pour qu'on le retienne de faire un malheur.

Un peu plus bas encore, juste au-delà de la barrière de bénévoles, Ali tend l'oreille et comprend qu'une équipe de journalistes de France Bleu a essayé de forcer le passage.

— On est sur la voie publique ! répète un reporter avec la voix désagréable qu'ont les gens qui connaissent parfaitement leurs droits.

C'est un fait que les bénévoles 404 ne sont pas ceux des Journées mondiales de la jeunesse. Quand ils disent : « On ne passe pas », on ne passe pas. Et quand on les traite de « fascistes » ou de « brutes », au lieu d'argumenter ils se comportent comme de parfaites brutes fascistes. Mais qu'attend-on d'un service d'ordre en territoire hostile ?

De retour au presbytère, Ali se met en quête de Rachid, qui ronfle dans le salon, devant la télé allumée. Il éteint la télé et monte se coucher, lui aussi.

Il n'aurait pas dû boire de la bière pendant le concert, son corps réagit mal à l'alcool. Pendant toute la nuit il est pris de fièvre. Il entend des voix, dont une, si forte, qu'il croit d'abord qu'on est entré dans sa chambre par effraction. Il y a une voix de femme et une voix d'homme. Leur conversation se fait sur le mode du flirt et révèle une intimité ancienne. La voix de l'homme prononce des phrases étranges :

« J'ai toujours eu la certitude qu'un jour je viendrais te chercher en hélicoptère pour te sauver de la fin du monde. Une éruption volcanique, un tremblement de terre, un déluge. Je t'enverrais une petite échelle de cordage et on s'échapperait tous les deux in extremis. »

La voix de la femme est celle d'Allia.

Ali s'assoit sur son lit. Comme par enchantement, les voix se taisent.

Il a le front brûlant, le torse recouvert d'une pellicule de sueur. En se rallongeant, il cherche la joue la plus fraîche de son oreiller. Puis les voix reprennent :

« Tu as peur de quoi ? demande la voix masculine.

— J'ai peur de mourir d'ennui si tu continues à me saouler avec tes fantasmes de héros de blockbuster. La demoiselle en détresse, franchement tu n'as pas honte ? En fait plus tu deviens riche, plus tu deviens beauf. »

Ce ne sont pas des fantômes, ce sont les voix d'êtres réels. L'homme est évidemment Kader, comment ne l'a-t-il pas identifié plus tôt, dans l'enceinte du château, à la descente de l'hélicoptère ? Il connaît par cœur chacune de ses photos publiques, certaines privées, et tout ce que l'onglet vidéo de Google recèle d'apparitions filmées et d'interviews de lui.

Ali se lève, marche sur la pointe des pieds jusqu'à la lucarne qu'il ouvre d'un geste sec, pour les surprendre. Il n'y a personne. Le parc est figé dans l'obscurité. Sur la table au pied du tilleul on devine la lampe à citronnelle contre les moustiques qui tournoient un peu plus loin, dans le faisceau d'un réverbère, à l'extérieur de la propriété. Les voix reprennent dès qu'Ali est de retour sur sa couche, à croire qu'elles le font exprès, pour le faire tourner en bourrique, pour le punir. Il a le front moite, il sue des perles brûlantes. Chaque fois qu'il s'assoit sur son lit et fait craquer le parquet de sa chambre, les voix se taisent. Et résonnent à nouveau quand le silence revient :

« J'ai bien compris que tu préférais les hommes féministes, dit la voix de Kader, le problème, c'est que tu les préfères mais que tu ne les aimes pas.

— Tu ne sais pas ce que j'aime.

— Il va bien, sinon, monsieur le maire ? Il va toujours à la mosquée ?

— Chuuuuut. Tu vas réveiller tout le village !

— Alors, un petit tour en hélico ? propose la voix de Kader.

— Et qu'est-ce qu'on ferait tout seuls après la fin du monde ? Si tout le monde doit périr autant périr avec ceux qu'on aime… »

Ali saute de son lit, cette fois-ci, bien décidé à les confondre. Il ouvre la lucarne, passe la tête à travers, se penche autant que possible. Il lui semble entendre la fin d'un grincement, celui que fait le volet de la porte-fenêtre de la cuisine quand on le ferme. Puis, tout près de lui, il entend la planche maudite du parquet, celle qui trahit toujours, la nuit, quand on traverse l'étage pour se sauver. Il passe la tête dans le couloir, sent tout de suite l'eau de rose qu'Allia utilise comme lotion tonifiante et comme démaquillant, un parfum à la fois noble et simple qu'elle transporte partout avec elle.

Un quart d'heure plus tard, le passage d'un hélicoptère déchiquette le sommeil d'Ali et le silence de la campagne au-dessus du village. Puis village et campagne se rendorment, comme au sortir d'un vilain rêve.

Le concert a eu lieu sur une propriété privée mais de nombreuses dégradations ont été observées au-delà, dans la commune.

— Concert sauvage ? Concert *de* sauvages, oui ! tempête la première adjointe lors du conseil municipal que Mehdi a dû réunir en urgence au lendemain de la Fête nationale.

Quand il lui demande de modérer ses propos, elle explose, elle s'en prend à sa femme, à Allia qui a tout organisé en cachette, qu'est-ce qu'elle a cru, qu'elle allait apaiser la colère des riverains en faisant ramasser les détritus par ses équipes de bénévoles ? Mais la pollution sonore ? La pollution morale ? La pollution politique ?

— J'en ai encore les oreilles qui bourdonnent, même avec un casque antibruit on entendait leur musique… enfin si on peut parler de musique. *Salopes de souche*, non mais on croit rêver. Et le jour du 14 Juillet, en plus ! Ces gens-là n'ont vraiment honte de rien !

Mehdi raconte la séance exceptionnelle au dîner, d'une voix sans énergie, il s'est fait rabrouer par la préfète, houspiller par le président de la com'com', il a besoin de repos mais les vacances lui filent entre les doigts depuis qu'il est maire. Allia voudrait l'embarquer de force dans un périple, ils avaient un rituel pour les vacances d'été quand ils vivaient au presbytère : ils allaient chercher une carte de France au grenier, une de ces vieilles cartes en relief où l'on peut descendre la vallée du Rhône du bout du doigt, caresser les sommets des Alpes et des Pyrénées, sentir les aspérités de la France, les fleuves et les collines, les plateaux et les contreforts. Allia fermait les yeux et tendait son index tandis que Mehdi faisait tournoyer la carte. La destination qu'elle avait pointée serait celle de leurs vacances, même si c'était la Picardie ou Roubaix.

Malheureusement, il n'y aura pas de repos pour eux dans l'immédiat : comme Allia l'avait espéré et prévu, la popularité de 404 connaît un bond significatif après le concert événement de DJ Dinar. Il y a interprété trois morceaux inédits de son prochain album. De nombreux fans ont échoué à les enregistrer à partir des directs diffusés sur 404. Certains se sont filmés en train d'essayer, comme ce youtubeur à sept millions d'abonnés réputé pour avoir flairé les tendances précurseuses dès les balbutiements de l'Internet 2.0. L'écran noir qui renvoie une erreur 404 saisit l'imagination, un peu comme le « game over » à la fin d'un jeu vidéo. L'extrême simplicité de l'application exerce une séduction à la fois immédiate et durable sur ses utilisateurs. Quant à la restriction des contenus à cet obscur département du centre de la France, au lieu d'agir comme un frein à la propagation du buzz, elle la facilite. On se pique parfois, dans les sphères supérieures de la vie médiatique, de promouvoir le goût du bizarre, du singulier, de l'idiosyncrasique. Il y a cet été-là un « moment 404 » dans la presse spécialisée et parmi les influenceurs, en particulier ceux dont les communautés de fans s'érodent et qui cherchent de nouveaux terrains de jeu pour laisser s'exprimer leur narcissisme. L'âge moyen des utilisateurs les attire comme l'odeur du sang attire les charognards. Les préadolescents d'aujourd'hui sont les prescripteurs de demain. On suppose qu'Allia a prévu de monétiser son application gratuite en commençant par accroître sa base d'utilisateurs, mais on voit mal comment : toute publicité y est proscrite, des réclames ne risquent pas d'entrecouper les flux en direct. Aura-t-elle recours à une souscription ? A-t-elle prévu, au cas où l'application décolle, un 404 premium à côté d'un 404 basique infesté de pubs ? Aux journalistes qui lui posent la question, Allia répond toujours la même chose : le but de 404 n'est pas de devenir rentable mais de redonner goût au réel, à la vérité des faits, quitte à en passer par une certaine crudité.

La crudité, c'est pour Nesrine, l'utilisatrice la plus populaire de l'application. Il y a clairement un problème Nesrine, maintenant, même si la « patronne », comme on l'appelle au QG, refuse de prendre la moindre mesure disciplinaire à son encontre. Nesrine fait un voyage hebdomadaire dans l'Allier, à Moulins, où elle a créé un véritable talk-show diffusé sur 404 depuis l'intérieur d'un des bars à chicha de la petite ville. L'émission s'appelle *Mauvaise ambiance*, elle est produite et réalisée avec les moyens du bord, ses invités ne sont que des faire-valoir à la notoriété négligeable, mais à chaque diffusion les serveurs de 404 menacent d'exploser. Toute la jeunesse des environs se connecte pour voir Nesrine humilier ses contradicteurs, les écraser sous son redoutable rire de hyène. Elle prend parfois des appels de spectateurs, son téléphone bloqué entre sa joue et le bandeau de son voile. C'est une surdouée de l'argumentation de mauvaise foi, sans sa rencontre avec la technologie de 404 elle aurait continué à se retenir, à ronger son frein sur les réseaux sociaux existants, mais les trolls et les haters se retrouvent démunis devant ces directs qui leur filent entre les doigts comme du sable au moment où ils essaient mesquinement de les enregistrer pour les retenir contre elle.

Un des sujets favoris de Nesrine, c'est le sionisme. Chaque fois qu'un Palestinien tombe sous les balles de Tsahal elle décrète une édition spéciale. Les juifs français qui n'ont rien à voir avec Israël ne sont pas épargnés par « Ness », c'est comme ça qu'on s'adresse à elle dans les vapeurs roses du narguilé, sur les banquettes où elle pérore devant des milliers de spectateurs en direct. Elle s'en prend aux intellectuels médiatiques juifs qui ont trahi la gauche où ils avaient fait leurs armes pour soutenir la présidente. Elle répète à chaque émission que la présidente, à l'instar de toute la grande bourgeoisie catholique qui contrôle le pays, a choisi les juifs contre les musulmans, mais qu'en vérité elle s'en fout pas mal des juifs, il suffit de regarder son histoire familiale, ce que faisaient ses arrière-grands-parents pendant l'Occupation, sauf que les juifs c'est l'arme fatale pour taper sur les musulmans, or qu'on ne s'y trompe pas, c'est bien sur ce programme informulé que la présidente a remporté l'élection, continuer de taper au gourdin sur les muzes, jusqu'à ce qu'ils soient collectivement réduits au silence et à l'invisibilité dont ils n'auraient jamais dû sortir.

À la fin de l'été, avec ce sens de la mise en scène que nul ne peut lui dénier, Nesrine revient de ses vacances aux Émirats arabes unis avec un léopard domestique. L'édition de *Mauvaise ambiance* où le magnifique félin muselé apparaît pour la première fois double son chiffre d'audience. Dès que l'un des interlocuteurs de Nesrine fait preuve d'un peu trop de modération, au moindre soupçon de langue de bois ou de collusion avec la pensée officielle elle menace :

— Je te jure, j'enlève la muselière.

C'est le Fennec qui a la charge de l'animal. Il raccourcit sa bride quand les débats s'échauffent. Il a l'air continuellement épouvanté.

Un jour, à la rentrée, le léopard se défait tout seul de sa muselière et s'enfuit du bar où a lieu l'émission. Les pompiers le retrouvent le lendemain, à dix kilomètres de là, dans une ferme d'élevage. Bilan : trois lapins morts, un dépôt de plainte et, pour Allia, un recommandé du CSA lui adressant une « ferme mise en garde » à cause des nombreux signalements reçus à la suite de propos entendus lors de l'émission de Nesrine et qui pourraient tomber sous le coup de la loi.

L'autorité de surveillance de l'audiovisuel s'intéresse aussi aux chaînes non linéaires et aux contenus numériques. Allia connaît très bien le directeur de cabinet du patron du CSA, il était là à son dîner place des Victoires, il la déteste au moins autant qu'elle le déteste, ce salopard de rouquin, impossible de ne pas voir sa patte dans la volonté affichée du conseil de sauver la face en s'attaquant aux petits acteurs numériques locaux.

Le courrier du CSA se concentre sur les obligations législatives des plateformes de streaming domiciliées dans l'Union européenne, et vise surtout à rappeler à Allia qu'elle n'est pas indétectable aux radars, qu'elle a plutôt intérêt à se tenir à carreau et à faire le ménage dans les contenus et les prises de parole qu'elle promeut en les autorisant sur son site.

Allia ne décolère pas contre sa petite belle-sœur :

— La vraie question, c'est où elle trouve l'argent pour aller aux Émirats, pour acheter un léopard, pour passer son temps à foutre la merde ? C'est un petit copain ? C'est qui ? Je ne comprends pas.

Mehdi non plus ne comprend pas, il demande à son oncle d'intervenir puisqu'elle refuse de prendre ses appels. Son oncle habite un grand appartement dans le 19e arrondissement, Nesrine réside chez lui quand elle est à Paris. Il essaie de lui parler, de lui conseiller d'arrêter de faire des vagues et de reprendre ses études de journalisme, mais rien ne semble pouvoir calmer sa fureur depuis qu'on lui a confisqué son fauve.

— Elle lui a dit que faire des études de journalisme ça servait à apprendre à parler comme un robot débile, rapporte Mehdi, et qu'elle préférait dire le fond de sa pensée sans détour…

— Comme si à vingt ans elle connaissait le fond de sa pensée...

— Cela étant, c'était un peu ton cas, risque Mehdi. Quand on s'est connus tu avais des idées, comment dire, affirmées. Sur l'Algérie, par exemple...

Allia fait « mouais » du bout des lèvres. Elle avait sa grand-mère pour la cadrer, lui faire des listes de livres à lire, lui apprendre à devenir maîtresse de sa rage.

— C'est une chose de lire plusieurs pavés de cinq cents pages sur un sujet, c'en est une autre de passer ses journées à éplucher des banques de GIF pour ridiculiser ses ennemis sur Twitter. Ou alors c'est moi qui ai vieilli...

— C'est toi qui as vieilli. On vieillit de plus en plus vite, conclut sagement Mehdi.

Allia réfléchit à un moyen de résoudre le problème Nesrine sans avoir à prononcer de sanction arbitraire contre elle. Son règlement ne prévoit rien contre les opinions politiques et les propos controversés. Il lui vient alors l'idée de supprimer purement et simplement le compteur de vues, pour couper l'herbe sous le pied de ceux qui détournent l'application à des fins de promotion personnelle. C'est en réalité une idée qui date du tout début de l'application, dans la version 1.0 de 404, elle ne l'avait pas implémentée par simple pusillanimité, elle n'a aucun problème à le reconnaître.

404 2.0 est lancé en septembre, garanti sans concours de popularité. Afficher le nombre de vues aurait un sens si Allia avait l'intention

de faire venir des annonceurs, mais elle cherche à inventer un autre business model, et même si ce n'était pas le cas, elle a toujours dit qu'elle préférait encore renoncer plutôt que de voir la technologie qu'il lui a fallu tant d'années à mettre au point servir à vendre du temps d'attention au plus offrant. Les émissions de Nesrine se poursuivent sur cette nouvelle version de 404, selon un rythme inchangé. Au presbytère, on en est réduit à espérer que sans mesure d'audience le phénomène va s'essouffler.

Rachid part quelques jours à Paris, chez un couple d'anciens collègues, retraités. Allia annonce alors à son compagnon qu'elle a eu Kader au téléphone.

— Et alors ? réplique immédiatement Mehdi. Il va venir nous présenter ses excuses pour le concert ?

Allia se tourne vers lui, un sourire crispé au bord des lèvres :

— Eh bien figure-toi que oui. Il voulait nous inviter au restaurant, je lui ai dit qu'il n'y avait pas de restaurant dans un rayon de vingt-cinq kilomètres mais qu'on avait mieux qu'un restaurant au presbytère…

Ali sursaute en comprenant qu'elle parle de lui.

— Si ça ne te pose pas de problèmes, bien sûr…

— Au contraire, balbutie Ali.

Mehdi quitte la table, visiblement fâché, en oubliant son téléphone portable. Il s'en aperçoit au pied de l'escalier et fait demi-tour.

— Juste pour comprendre, c'est nous qui l'invitons pour qu'il s'excuse ? Il faut aussi réunir tous les habitants pour lui faire une haie d'honneur ? Non mais que j'aie le temps de m'organiser…

En allant se promener pour les laisser tranquilles, Ali essaie d'imaginer les arguments qu'elle peut avancer. Kader a investi quelques millions dans 404, il n'y a sans doute pas beaucoup plus à dire.

Quoi qu'il en soit, Ali est flatté qu'elle ait pensé à lui. Il se répète la phrase exacte d'Allia, « on a mieux qu'un restaurant ici au presbytère ». Il s'en veut d'avoir douté, Allia est parfois si concentrée qu'elle en devient sèche, cassante. Mais ses compliments sont sans équivoque, en avoir la confirmation lui regonfle le moral et le fait marcher d'un pas guilleret dans le soir rose et crémeux.

Il n'a que deux jours pour préparer le dîner auquel Kader a prévenu qu'il viendrait accompagné, sans préciser de qui il s'agissait mais en demandant pour eux un repas halal et végétarien si possible. Pendant toute une journée, Ali écume les meilleurs marchés et potagers du département. La sécheresse fait des ravages, pour la quatrième ou cinquième année consécutive. Installé en lisière de la forêt de Tronçais, un maraîcher prétend même que le paysage change à vue d'œil et présente déjà des caractéristiques normalement réservées aux garrigues.

— Bientôt on va se promener à dos de chameau, plaisante-t-il avant de comprendre qu'il a affaire à un client arabe.

En début de soirée, le lendemain, Ali termine ses rouleaux d'aubergine en regardant Allia et Mehdi par la fenêtre de la cuisine au-dessus de l'évier. Ils boivent du thé à la menthe sous le tilleul touffu et frémissant. C'est un soir d'orage, ils ont revêtu des tenues habillées. Allia porte des talons hauts et une robe sans manches en jersey léger. Mehdi a retrouvé son costume le plus cher, qu'il ne met pas assez souvent, il a maigri et ne se sent pas bien dedans, et son attitude corporelle s'en ressent : il tire sans cesse sur ses manches pour les accuser d'être trop longues, ou lui d'être devenu trop fin.

Des éclairs zèbrent le ciel. Il fait chaud et lourd, on dirait que le ciel va crever et se vider comme une panse.

Le capot d'une vieille voiture se matérialise enfin au détour de l'allée. Ali pousse une exclamation de surprise en reconnaissant une Peugeot 404 bâchée. Elle se gare devant la grange, Kader sort côté conducteur et s'immobilise. Il lève les bras comme un prophète et les garde suspendus dans les airs sans rien dire.

Le tonnerre ne retentit que dix secondes plus tard.

— Moi je dis que ça compte.

Allia éclate de rire. C'est rare de l'entendre éclater de rire, elle n'éclate jamais de rire avec Mehdi ou avec son père.

— T'es con, dit-elle en avançant vers lui.

Il porte le même costume sombre et sans cravate que l'inconnu du concert du 14 Juillet, Ali se mange les ongles en réévaluant sa nuit de fièvre et de cauchemars. Et s'il n'avait pas déliré, en fait ? Et si une discussion clandestine avait réellement eu lieu quelques semaines plus tôt, ici même, entre Allia et son milliardaire ?

Kader fait enfin le tour de sa voiture. Mais au lieu d'ouvrir la porte à la femme qui l'accompagne et dont le visage demeure encore caché par les reflets du pare-brise, il marche jusqu'au coffre pour en retirer un fauteuil roulant pliable. Il porte à demi sa passagère pour l'aider à s'y installer et la présenter à ses hôtes comme la statuette paraplégique d'un trophée :

— Ma fiancée.

Il ne l'appellera jamais par son prénom pendant le dîner, il dira : « ma fiancée », parfois « ma petite fiancée ». Les autres éviteront ainsi de s'adresser à elle trop souvent, pour ne pas avoir à l'interpeller et devoir lui redemander son prénom, au bout d'une demi-heure c'est impossible de redemander le prénom de la personne avec qui on est en train de parler.

La fiancée est une jeune New-Yorkaise, brune à la peau très blanche et d'une beauté époustouflante. Elle a le visage régulier, le grain de peau et le port de tête d'un top-modèle. Son sourire, asymétrique, l'humanise et donne du charme à sa perfection. C'est une *trust fund baby,* comme elle l'avoue d'emblée avec la décontraction sincère des gens trop bien nés pour avoir jamais eu à envisager un autre sort. À l'exception de ce terme la définissant et qu'elle ne parvient pas à traduire, la « riche héritière » parle un français impeccable, à peine trop accentué sur les *r* en milieu de mot mais sans aucune des fautes de genre qui font trébucher, d'ordinaire, les étrangers bilingues.

Avant de passer à table, les convives visitent le petit salon. La femme de ménage qui vient au presbytère toutes les deux semaines a passé une matinée entière à épousseter les meubles et à rendre aux boiseries leur brillance d'origine. La fiancée promène un regard attendri sur cet intérieur simple et rustique qui doit lui paraître infiniment dépaysant.

Kader ne la quitte pas des yeux. Régulièrement, il lui prend la main, la baise, passe son doigt le long de sa mâchoire, de son épaule, de l'accoudoir de son fauteuil. Elle répond à ses gestes d'affection par des miaulements silencieux, des tendresses parfaitement proportionnées pour ne pas mettre mal à l'aise leurs amphitryons visiblement plus distants l'un envers l'autre.

En reconnaissant Ali sur le seuil de la maison, Kader a poussé une chaleureuse exclamation de surprise, et puis plus rien. Pas un mot, pas un regard, à peine quelques « mercis » quand il apporte son assiette ou remplit son verre d'eau minérale, soufflés avec une politesse excessive, indifférente. Ali veille à ne pas en prendre ombrage : l'amnésie de Kader n'a rien de personnel. Il a probablement des transactions stratosphériques en tête. Comment imaginer la vie qu'il mène, sur plusieurs continents, passant d'une suite présidentielle à l'autre ? Sa richesse semble provenir des coffres sans fond d'un conte arabe, d'ailleurs comme un prince de conte arabe il lui arrive de se déguiser en gueux pour se mêler à la plèbe.

— Surtout quand je suis à New York, précise-t-il en réponse à Allia qui remue la tête en souriant, dubitative. Si, si, je t'assure, je mets mes pires baskets, un jean tout pourri, une casquette de base-ball et je descends me balader dans Manhattan, en vrai, à l'œil averti j'ai l'air d'un type tout fier d'avoir fait son premier million avant trente ans, mais passons. Je me mêle au troupeau, à tous ces corps qui marchent, inlassablement, la nuit, le jour, dans une espèce de transhumance infinie. Parfois on a besoin d'appartenir, de sentir la chaleur de l'étable, la présence du troupeau, tu vois ce que je veux dire ?

Il s'adresse à Mehdi, c'est lui sa cible ce soir, ce n'est pas pour lui présenter des excuses mais pour le séduire qu'il a eu l'idée de ce dîner chez l'habitant.

L'habitant en question passe un mauvais moment et peine à ne pas le montrer :

— Pour être franc, j'ai un peu de mal à voir, en fait. Vu qu'ici en Bourbonnais on a de vrais troupeaux…

— Ah ben j'en sais quelque chose, reprend Kader, je viens d'acheter un ranch de bisons, ici même dans l'Allier. Je survolais la campagne en hélico, et d'un coup au milieu du bocage je vois des bisons, j'ai regardé Jalil, mon pilote, on se serait cru dans le Montana. Des bisons… Je ne veux pas faire de la peine à ma petite fiancée mais ça fait une viande…

Il joint le bout de ses doigts et les embrasse bruyamment. La petite fiancée lui jette un sourire mauvais.

Mehdi repose sa fourchette et cite le nom d'un éleveur qu'il connaît bien.

— C'est lui ! s'exclame Kader. Quand je dis que j'ai acheté son ranch, c'est pour lui permettre de survivre, bien sûr, jamais il ne me viendrait à l'idée d'intervenir dans sa production, dans la façon dont il gère ses bêtes ou que sais-je encore...

— Comme avec 404, glisse Allia en tirant la langue et en portant son verre à ses lèvres.

— Comme avec 404, répond Kader en adoptant soudain un air grave, même s'il y perce, comme toujours, cet air de dérision qui ne mérite pas tout à fait d'être appelé un sourire.

La fiancée saute sur le moment de connivence que font durer Allia et Kader pour poser une question qui la taraude depuis quelque temps : d'où vient le nom de l'application ? de l'erreur 404 ou de la Peugeot qu'ils ont miraculeusement réussi à conduire depuis Vichy sans tomber en panne ?

— On était suivis par des mecs à moi, répond Kader en penchant vers sa dulcinée un visage acéré, prédateur. Mais pardon, pardon, siffle-t-il soudain, j'accapare la parole. Allia ?

— Quoi, tu veux que je dise que ça vient de toi, c'est ça ? Mais qu'est-ce qui ne vient pas de toi, Kader ? Y a-t-il une seule bonne idée que tu n'aies pas eue avant tout le monde ?

— L'Internet, répond-il, sérieux comme un pape.

Allia roule les yeux au ciel et les amène sur la fiancée :

— Oui, Kader a financé ma recherche, comme tu dois le savoir, et quand la technologie s'est mise à fonctionner et que j'ai commencé à devoir l'expliquer aux profanes…

— C'est nous les profanes, murmure Kader en aparté.

— … je me suis aperçue que la seule chose que tout le monde comprenait c'était la page d'erreur qui est renvoyée quand on essaie de capturer un flux et que la page est déjà obsolète.

— Je te l'ai dit tout de suite, que ça déchirait, 404.

— Moi j'ai toujours trouvé que ça avait une connotation négative, que ça mettait l'accent sur une interdiction, une impossibilité… C'était un nom provisoire, jusqu'à ce que j'arrête d'en chercher un autre.

Kader se tourne vers Mehdi pour reprendre le contrôle de la discussion :

— En tout cas, je tiens à vous remercier encore, tous les deux, de nous accueillir ici, et je veux redire à quel point je suis désolé pour les événements du 14 Juillet, non vraiment. Ce concert aurait dû être un moment de fête, une inauguration populaire de l'application, son vrai lancement… Malheureusement comme c'est souvent le cas, on a été victimes de notre succès. Abdelkrim me le répétait l'autre jour, il n'avait jamais fait de concert sauvage où le public était autant à fond. La poussière, il disait, c'est à la poussière qu'on voit si les gens ont kiffé pour de vrai. Et là...

— Oui, il y avait beaucoup de poussière, confirme Mehdi en prenant un air pincé.

Kader reçoit de nombreux messages et appels sur son téléphone en mute depuis le début du dîner, mais le nom qui vient de s'afficher sur son écran jette une ombre sur son visage. Il prend l'appel sans se lever de table. Il ne dit pas un mot, écoute cette voix anxieuse qui lui annonce une mauvaise nouvelle, et raccroche après avoir émis un grognement pouvant vouloir dire tout et son contraire. De retour auprès de ses commensaux, il semble n'avoir plus envie de plaisanter.

— Parlons un peu de choses sérieuses, on est là pour ça aussi et le temps file. 404. Dites-moi comment vous voyez 404 dans un futur proche ?

Mehdi reçoit un coup de téléphone à ce moment-là. Il s'absente sans réussir à dissimuler la satisfaction qu'il éprouve à pouvoir ainsi rendre la pareille à son détestable invité. Dans le passage entre la cuisine et la salle à manger, il croise Ali, immobile, attentif. Les desserts sont terminés, il attend le moment propice pour les apporter.

À table, Allia commence à évoquer ses plans pour le futur proche : quelques embauches, une extension du domaine de diffusion à Clermont-Ferrand et à la Nièvre limitrophe au nord.

— Mais qu'est-ce que tu veux vraiment pour 404 ? Qu'est-ce que tu voudrais y voir ? On ne va pas rester dans les cours d'école jusqu'à la fin des temps…

Allia lui envoie son sourire le plus large, toutes gencives dehors :

— Tu sais très bien que ce n'est pas mon rôle, moi je délimite et j'arrose le terrain, mais je ne dis pas aux fleurs comment pousser.

— D'autres vont s'en charger, alors. Sérieusement, fais gaffe.

— Gaffe à quoi ?

— À ceux qui pourraient vouloir profiter des caractéristiques de la plateforme pour, je ne sais pas, foutre le *dawa* par exemple.

— On a des modérateurs, raisonnablement payés grâce à toi, merci.

— Mais qui te modère, toi ?

Allia fronce les sourcils, elle ne comprend pas l'allusion.

— Qu'est-ce que tu veux dire, Kader ?

— Pas de ça entre nous, ma chérie.

— Pas de quoi entre nous ?

— Lancer 404 ici, dans l'Allier, tandis que ton mec décide de devenir député… de l'Allier ? C'est quoi, c'est une coïncidence, peut-être ?

Allia ne voit pas en quoi 404 pourrait aider la candidature de Mehdi :

— Il a été écarté par le parti, et si ça se trouve la dissolution n'aura jamais lieu ! Tu es fou, Kader. Oui, j'ai imaginé à un moment que 404 servirait à authentifier les communications pendant les campagnes électorales, mais *that ship has sailed*, je ne vais pas travailler pour la Place Beauvau et ils ne voudront jamais travailler avec moi.

Mehdi revient sur ces entrefaites. Il va devoir les quitter dans cinq minutes, dix minutes maximum. Une urgence médicale sur le secteur, il n'était pas d'astreinte mais on l'a appelé quand même.

Kader dévisage Mehdi, toujours debout.

— Et toi, Mehdi, qu'est-ce que tu veux ? Plus de poids, plus d'influence ? Il faut se salir les mains pour jouer à ce petit jeu de l'influence, mais ça tu le sais déjà. Tu as déjà accepté de faire de la politique. Tu t'es déjà sali les mains.

Mehdi respire lourdement, il ne veut pas tomber dans le piège, mais c'est plus fort que lui, il se rassoit et répond qu'être maire d'une commune de moins de deux mille habitants, c'est se salir les mains, oui, pour remplacer des chaînes de vélo, arrêter les conflits de voisinage.

— J'ai aussi enterré des chiens et nettoyé la merde de vieux Alzheimer, si tu veux tout savoir.

— Sauf que tu ne veux plus être maire d'un village, poursuit Kader en balayant son assiette et ses couverts d'un geste de l'avant-bras, pour pouvoir s'avancer sur la table. Tu veux compter, tu veux représenter ces gens que tu connais et que tu aimes, tu veux défendre leurs intérêts à Paris.

— Non, pas du tout. Je ne voulais pas être député pour être député, mon but, c'était, *c'est* de lutter contre leur agenda islamophobe, à tous ces gens qui sont aux affaires.

— *Starfallah,* le complimente Kader.

— Je ne sais pas quelle marge de manœuvre j'aurai, mais je ne veux pas devoir avouer à mes enfants dans vingt ans que je n'ai rien fait alors que j'en avais les moyens, aussi maigres soient-ils. Nous sommes à l'aube de changements importants, si la révision constitutionnelle passe, qui peut imaginer les réactions, la violence ? Il y a ceux qui se rangeront du côté du manche et ceux qui résisteront, eh bien moi je sais où je serai.

Allia approuve et pince la main de son compagnon, sous la table.

— Malgré tout j'ai du mal à comprendre, riposte Kader. Tu veux résister, mais tu pars déjà vaincu. On dirait que tu ne connais pas la France.

Mehdi éclate de rire.

— *Moi* je ne connais pas la France ?

— Non, tu ne connais pas la France. Tu en parles comme d'un pays exceptionnel, différent du reste du monde, la patrie de je ne sais quelle grande idée, la liberté dans son liquide amniotique. Mais, frérot, la France, c'est comme partout ailleurs : une poignée de seigneurs et les masses qui obéissent, qui adorent obéir, qui ne demandent que ça. La plupart des gens détestent la liberté. Alors oui, il y en a qui veulent sincèrement décider de leur propre sort. Mais s'en donnent-ils les moyens ? Je pose la question. Pour ne s'appartenir qu'à soi-même on n'a pas d'autre choix que de posséder les autres, pour grossir, tu comprends, occuper toujours plus d'espace dans la vie des autres. Et tant qu'on n'est pas devenu soi-même un seigneur on obéit toujours à un seigneur, on le voit rarement, c'est toujours une purge de le voir, mais c'est lui qui passe des coups de fil de temps en temps, un seul coup de fil, cinq minutes, comment va la famille, tu te souviens du prénom de leurs gosses, ils adorent ça, et puis tu leur demandes un service en une phrase, pas plus, « ce serait bien si on l'entendait un peu plus à la télé celui-ci », et puis tu conclus, tu te souviens du prénom de leur nana ou de leur mec, et tu raccroches.

Mehdi soupire :

— Je ne comprends pas un traître mot à ce que tu racontes.

— La dissolution va avoir lieu, Mehdi, je le sais, c'est imminent, mais je sais aussi que tu ne vas jamais être député. Ce n'est pas qu'une séquence malencontreuse, c'est le *Zeitgeist* en personne qui s'oppose à ta candidature. Le Mouradiagate, d'abord, et puis le mirage où tu traites les bouseux de bouseux et les appelles au suicide, et pour couronner le tout le faux pourcentage ethnique... Si par miracle tu arrives malgré tout à créer une dynamique, il y a l'arme nucléaire que tes ennemis ont déjà commencé à pointer vers cette charmante bourgade que tu administres. Oui, je parle du forage géothermique, ajoute-t-il. Un grand projet, cela dit. Respect.

— Je dois y aller, dit Mehdi en reculant sa chaise.

— Attends, lui intime Allia avant de se tourner vers Kader : Qu'est-ce que tu proposes ? À qui tu passerais un coup de fil ?

— Allia...

Mehdi ne veut pas savoir ce qu'il propose ni à qui il passerait son coup de fil :

— Ce n'est pas comme ça que je procède, moi. Je crois en la démocratie, au peuple souverain. La seule alternative à la démocratie, c'est malheureusement la violence.

Kader prend un air philosophique :

— Moi, je crois que l'homme est un chien pour l'homme, un chien fidèle ou bien un chien méchant, c'est à nous de choisir, à nous de dresser l'homme pour qu'il devienne le chien qui nous arrange. Un chien de guerre ou un *puppy*.

Il se tourne vers sa fiancée pour récolter la moue d'attendrissement que l'évocation des chiots suscite immanquablement chez les Américaines. Le visage de la fiancée reste de marbre.

— Eh bien voilà, on est différents, conclut Mehdi en se levant enfin. Moi je suis du côté du troupeau, je protège le troupeau des fauves qui rôdent, quels qu'ils soient, d'où qu'ils viennent.

Kader a son sourire le plus large, et celui qui ressemble le plus à un foutage de gueule.

— Quelle fougue ! commente-t-il une fois son adversaire du soir parti. Je ne m'attendais pas à…

Il ne termine pas sa phrase. Sa fiancée lui adresse un discret signe de tête. Il s'excuse en leur nom et la conduit vers la cuisine.

Il y a deux portes à la cuisine : la grande mène aux toilettes, la petite à la remise. Après que sa fiancée a disparu derrière la grande, Kader se demande à voix haute où va la petite porte.

— La remise, répond la voix d'Ali, à peine audible. Pardon, c'est la remise.

— Je peux ? demande Kader en ouvrant.

Il s'engouffre dans la petite pièce au plafond bas. On y circule entre deux rangées d'étagères remplies de vaisselle et de provisions. Kader s'arrête devant le soupirail au fond de la remise, comme s'il se demandait si un corps adulte pouvait y passer, pour s'échapper, sait-on jamais.

— Alors comment ça va, prince Ali ?

Il chantonne l'air du dessin animé de Disney, « *prince Ali, oui, c'est bien lui…* »

Ali s'apprête à répondre, mais Kader est déjà passé à sa prochaine question :

— Et toi, à ton avis, pourquoi j'ai investi dans 404 ?

C'est une façon de faire comprendre au cuisinier qu'il sait, qu'il a bien vu qu'il ne perdait pas une miette de leur conversation. Ali bafouille. La fiancée essaie d'ouvrir le loquet depuis les toilettes. Kader le voit mais ne fait rien pour l'aider. Sans regarder Ali, il dit à voix basse :

— Entre Wilaya et 404, je ne fais que perdre de l'argent, ces derniers temps.

— C'est le prix à payer pour pouvoir passer des coups de fil.

La fiancée continue d'échouer à ouvrir la porte toute seule. Kader esquisse un sourire :

— C'est toi qu'Allia devrait encourager à faire de la politique, au moins toi tu comprends les règles.

Cinq minutes plus tard, Allia vient proposer à son « chef » de prendre le café et le dessert avec eux.

— J'aurais dû te dire de venir avant, je suis désolée.

Ali retire son tablier, s'assoit à la place de Mehdi.

— Et tu as toujours été en fauteuil roulant ? demande Allia, en anglais, à la fiancée qui a assumé son rôle de pot de fleurs et de faire-valoir avec grâce, sans bâiller une seule fois pendant le dîner.

Pendant qu'elle répond, à l'américaine, en tirant de sa besace à anecdotes un choix de celles qu'elle a déjà servies mille fois sur le sujet, Kader se concentre sur Ali et lui pose des questions, sur son pensionnat au presbytère et ses choix d'orientation, il trouve ça bizarre de passer d'une prépa littéraire à la cuisine.

— Pas plus que de passer d'une prépa HEC à la haute finance américaine.

— Touché, sourit Kader. Tu m'excuses.

Il prend un nouvel appel, et comme tout à l'heure ne prononce pas une parole.

— C'est bon, vous avez fait connaissance ? demande-t-il à Allia quand il a raccroché.

— Incapable de ne pas être au centre de l'attention, lui répond-elle. Un vrai gosse.

— Elle t'a raconté ce qu'elle faisait pendant sa crise d'adolescence ?

— Kader, l'arrête sa fiancée d'une voix dure, assortie d'un regard qui le supplie de ne pas continuer sur cette voie.

— Mais Allia n'est pas du genre à juger, tu n'as rien à craindre.

— Je t'avertis, si...

— Elle a été *camgirl*, tu sais, ces filles qui font des shows érotiques par webcam.

— Si elle ne veut pas en parler…

— Non mais c'est intéressant pour nous, tu vas comprendre. Donc elle faisait ça pour embêter ses parents, je suppose, continue-t-il en maintenant son regard sur la jeune femme, tout en parlant d'elle à la troisième personne, comme si elle n'était pas là. Elle se déshabillait, et en fonction des pourboires qu'elle recevait elle montrait telle ou telle partie de son anatomie, en prononçant des paroles excitantes. Et bien sûr, les crises d'adolescence passent, mais les images restent. Je ne te dis même pas le fric et les efforts que ça a coûtés, quand son père l'a découvert, pour faire disparaître toutes les traces. Les clients enregistraient secrètement toutes ses prestations, à mon avis il en reste encore dans quelques vieux disques durs, ou au fin fond d'obscurs forums spécialisés dans les teenageuses délurées.

— Ça suffit, le coupe Allia, tu mets tout le monde mal à l'aise.

— Très bien, j'arrête alors. Il me semblait simplement que 404 pourrait offrir une certaine sécurité aux jeunes exhibitionnistes, et aux moins jeunes…

— C'est ça, ton idée, transformer l'application en lupanar virtuel ?

Ali voit une veine saillir à la base du cou d'Allia.

La fiancée ne dit plus rien, elle a les joues qui tremblotent tandis qu'elle sourit, faiblement, pour essayer de garder la face.

— Oh, ce que vous pouvez être rabat-joie...

Quelques instants plus tard, un SUV aux vitres noires se gare devant la grange. Trois hommes en sortent. Pendant que Kader et sa fiancée remercient Allia pour cette formidable soirée, un des hommes monte à bord de la 404 pour la ramener à bon port. Son collègue prend prétexte de devoir aller aux toilettes pour parler discrètement à Ali, déjà occupé à remplir le lave-vaisselle. C'est un quinquagénaire chauve au visage étrangement lisse, avec des yeux vifs et une grosse voix. Il tend au cuisinier une carte en ne le quittant pas du regard. Ali veut prendre la carte mais l'autre la garde pincée entre ses doigts. Il ne la lâche que lorsque Ali baisse les yeux sur ses mains, envahies jusqu'aux phalanges de toutes les rides qu'il n'a pas sur le visage.

— Je suis l'associé de Kader, nous voudrions vous confier une mission.

— Une mission ?

L'associé rive sur lui un regard d'une intensité désagréable.

— Restons en contact, dit-il en s'éloignant vers la porte-fenêtre qui donne sur le parc.

Sur le verso de la carte Ali voit son numéro, sur le recto son nom. Google lui apprend qu'il s'agit d'un ancien des renseignements généraux algériens, chassé du pays et reconverti dans le conseil en sécurité privée. Il avait effectivement un accent, se rappelle Ali en attendant de découvrir la mission qu'en ne la refusant pas expressément il craint de venir, malgré lui, d'accepter.

Il s'agit de « garder un œil » sur Allia.

Ali appelle immédiatement l'associé pour lui faire comprendre qu'il y a erreur sur la personne, qu'il ne va pas pouvoir espionner Allia : il lui doit tout, il est hors de question de la trahir. L'associé s'étonne que ce soit ça, son premier réflexe : s'il devait tout à quelqu'un, lui, son premier réflexe aurait été de la mettre au courant, elle. Ali ne trouve rien à répondre.

— On ne vous demande pas de la trahir, le rassure l'associé qui roule les *r* avec une volupté tout algérienne, mais de nous renseigner sur son état d'esprit, de manière ponctuelle. Allia fait partie de la famille, et vous aussi maintenant.

La famille ? Quelle famille ?

Et pourquoi lui ? Il se le demande tous les jours. Kader avait à peine l'air de se souvenir de lui lorsqu'ils se sont vus au presbytère. Une sensation certes familière pour Ali. Pendant ses études secondaires, il était celui dont on avait le prénom sur le bout de la langue. Sur les photos de classe, il y avait toujours l'épaule ou les cheveux d'une fille pour cacher son visage. Il était le dernier auquel on pensait pour composer une équipe ou préparer un exposé, il n'était pas spécialement mauvais en sport ou en documentation, mais il se fondait dans le décor, il a passé sa vie à se fondre dans le décor, jusqu'à ce que le décor le rejette comme une pièce étrangère.

Bien des années plus tard, au presbytère, il a semblablement fini par s'intégrer au mobilier de la cuisine, et puis de la chapelle, un modérateur à peine distinct des autres et que l'on continue à héberger par habitude, par inertie, parce que c'est un vague ami personnel d'Allia, un ancien camarade de classe dont elle n'avait jamais certes mentionné l'existence en famille avant qu'il ne s'y incruste, mais qui est là maintenant, et qui sait se rendre utile.

Personne ne se souvient d'Ali, c'est tout son drame, mais c'est peut-être en passe de devenir un atout. S'agit-il du message que Kader essaie de lui faire passer ? Il ne peut soupçonner Kader de vouloir nuire à leur ancienne camarade de prépa. Veut-il l'espionner pour son bien, pour la protéger, comme le sous-entendait l'associé ? Mais la protéger de quoi ?

La rentrée n'apporte aucune réponse aux questions d'Ali. D'autres sources d'inquiétude empoisonnent la vie du presbytère depuis le retour du Fennec, après quelques mois de vagabondage entre le domicile de sa mère dans la banlieue lyonnaise et une saison dans le Sud, qui s'est évidemment mal passée. Le jeune homme vient d'obtenir un mystérieux contrat à durée déterminée ici même à La Brèche, rien à voir avec les quelques demi-journées où il donnait des coups de main dans des fermes du coin, il s'agit là d'un chantier à la sortie du village, où il travaille en tant qu'« agent de sécurité privée ».

Rachid est allé voir par lui-même. Entouré de quelques caïds des environs, son neveu passe la journée à fumer et à jouer aux jeux vidéo dans un préfabriqué à l'entrée du chantier. Une des sociétés de Kader finance le projet, consistant à raser cinq propriétés qu'il a rachetées dans le même lotissement et à y construire des logements écologiques. La compagnie chargée des travaux s'engage à n'employer que de la main-d'œuvre locale, ce que ni Mehdi ni aucun des acteurs ayant eu à se prononcer sur la validation du projet n'ont pu ignorer. Le terrain et les maisons choisies se trouvent en dehors de la zone menacée d'effondrement. Rachid le conteste, il passe des semaines à réunir des études fouillées de cas similaires d'accidents liés à la perforation d'une poche d'eau souterraine. Mehdi finit par lui faire cette réponse :

— Et alors, même si c'était dans la zone menacée, qu'est-ce qu'on est censé faire ? Laisser les propriétaires croupir dans des maisons invendables ? Ils croyaient que leurs biens avaient perdu 75 % de leur valeur et maintenant on vient leur proposer un pont d'or pour quitter le village… On leur dit quoi à eux ?

Vendre le village au plus offrant paraît à Rachid une solution plus suicidaire que les autres. Il a des paroles prophétiques contre Kader. Il le déteste, lui et ses « mauvaises manières de riche ». L'idée qu'il ait dîné chez lui en son absence le rend fou de rage. Il lui a suffi de quelques photos sur Internet pour comprendre l'homme, saisir ou inventer ce qu'il y avait de dérangeant dans son visage de play-boy international. Il en a connu, par le passé, des hommes de pouvoir. Il est persuadé que Kader les surpasse en infamie. Sa volonté de domination est une volonté d'écrasement. Sa beauté même est repoussante. Toujours se méfier des visages taillés à la serpe, aux angles trop parfaits, trop bien tracés. Et puis cette façon de rire à gorge déployée mais sans les yeux, en gardant le regard fixe…

— C'est un psychopathe, au sens clinique du terme, croit savoir Rachid.

Il exhorte sa fille à se méfier de son ancien camarade, ou au moins à en tenir éloigné le Fennec.

— Ce sont de mauvaises fréquentations pour le gamin, c'est pire que de la graine de voyou, c'est un malade, un grand pervers, ça se voit comme le nez au milieu de la figure.

Allia lui répond calmement, en lui caressant le coin du front. Le Fennec a proposé de payer un loyer pour sa chambre, plutôt que de devoir quitter son nouveau travail qu'il adore. Pour une fois qu'il adore un travail…

— Mais ce n'est pas un travail ! Au mieux c'est une prébende, au pire un emploi fictif. Quand je pense à ma pauvre sœur, je lui ai promis qu'avec moi il allait filer droit, et voilà le résultat.

Rachid porte une chemise trop échancrée qui laisse voir, quand il croise les bras, les replis de sa poitrine hérissée de poils blancs.

— Avant tu te plaignais que les gens du coin n'aient que les mots « ça se vide » à la bouche. Maintenant ils disent « ça construit »…

— Oui mais à quel prix, Allia ? Et selon quelles méthodes ? Protéger le chantier, d'accord, mais le protéger de quoi ? De qui ? C'est comme s'ils voulaient créer la menace ! C'est eux la menace ! s'étouffe-t-il.

Un jour, en rentrant au presbytère, Rachid aperçoit, dans la grange, le métal luisant d'une moto flambant neuve. Elle appartient au Fennec. Personne ne peut raisonnablement croire qu'il se l'est achetée avec son premier salaire, comme il le répète à qui veut l'entendre. De même, un agent de sécurité sur un chantier ne peut pas gagner assez d'argent pour s'offrir le genre d'accessoires hors de prix que le Fennec vient promener sous leur nez, après s'être allongé comme un caïd au milieu du grand canapé pour regarder les infos en famille. Il ne met pas ses baskets « à 200 roros » sur la table basse, c'est pire : il moque les lancements de la présentatrice, il critique les médias menteurs et leur version déformée de tout mais en riant, d'un rire cynique dont il aurait été incapable quelques mois plus tôt.

Le Fennec prend de l'assurance tandis que celle d'Ali décline. La modération pour 404 n'a certes rien de commun avec ce que subissent les pauvres hères chargés de nettoyer les écuries de Facebook : eux doivent se prononcer sur des contenus présignalés à une échelle globale, eux, c'est toute l'horreur du monde qu'ils filtrent, et qui les pousse souvent à embrasser les thèses conspirationnistes qu'ils sont censés modérer et à développer des syndromes de stress post-traumatique secondaire, comme des traumatismes par procuration à cause des vidéos d'assassinats postées sur le réseau et qu'ils ont dû visionner jusqu'au premier sang pour s'assurer qu'elles contrevenaient bien aux « standards de la communauté ». Certes, Ali ne surveille guère que les excès de la jeunesse bourbonnaise, il commence néanmoins à présenter des signes de dépression caractéristiques, un sentiment d'isolation, une anxiété croissante, l'impression que son sens de la réalité s'émousse et qu'il parvient de plus en plus difficilement à distinguer ce qu'il voit de ce qu'il veut voir.

Il y a une nouvelle mode dans les bas-fonds de 404, qui implique une vigilance de tous les instants. Des voyeurs se sont emparés de l'application pour diffuser des plans fixes dans les vestiaires féminins d'une salle de sport. Une minicaméra couplée avec un téléphone, astucieusement placée derrière l'insoupçonnable fente d'un casier métallique : quand des femmes passent et se dévêtent, le direct commence, quand le vestiaire redevient vide, le direct s'interrompt. C'est très difficile de punir le diffuseur d'un streaming intermittent, surtout quand il y a tant de situations potentiellement plus dangereuses à surveiller. Le voyeurisme, après tout, lui semble constituer un crime sans victime. Si aucune image ne peut être extraite du flux en direct, les femmes victimes ne peuvent pas être harcelées après coup. Elles risquent tout au plus d'être reconnues au cours des jours suivants, la mémoire humaine reste un placard à archives contre quoi la technologie de 404 ne peut rien.

Un soir de pluie, Ali reconnaît La Brèche sur son écran de contrôle : la réclame défraîchie sur la façade aveugle de l'hôtel, le château dans la ligne de mire d'une voiture, conduite par un homme qui filme la route depuis son téléphone fixé à l'avant du pare-brise. Il franchit le ruisseau qui se jette dans l'Allier plus loin vers l'est. Les épaisses tours crénelées du château sont déjà visibles en hauteur, mais la route communale qui y mène est barrée par des plots, sans explications.

L'utilisateur gare sa voiture sur le bas-côté, longe un remblai hérissé de peupliers, à travers lesquels surgissent, par intermittence, les tours de la forteresse assise sur son rocher. On y accède par une voie escarpée, il pleut si dru que la chaussée noire et luisante paraît s'enrouler sur elle-même comme une couleuvre. Les tours du château sont cernées de douves où flottent des lentilles d'eau. Par une gargouille creusée au pied de la muraille, un torrent d'eau boueuse se déverse dans les fossés. L'utilisateur traverse le pont-levis et la courtine. On entend les bruits d'une conversation dans une des rares salles à peu près bien conservées de la ruine, il marche à pas de loup, se réfugie derrière un mur, tend son téléphone à bout de bras pour capturer au moins une image des gens qui discutent, Allia et Kader, assis sur des moellons, main dans la main.

Le direct s'interrompt avant qu'Ali n'ait pu le censurer. Mais il doute. Étaient-ce vraiment Allia et Kader ? Les a-t-il vus ou a-t-il rêvé qu'il les voyait ? Et qui, surtout, les espionnait ? L'ancien des services secrets algériens ? Savait-il qu'Ali serait devant son poste de surveillance à ce moment-là ? Essaie-t-il de lui faire passer un message qu'il est trop balourd, trop confus pour recevoir ? Il suffirait de décrocher son téléphone et de l'appeler pour en avoir le cœur net, mais le souvenir des yeux de l'associé le hante, la fixité de son regard, en particulier, Ali s'est mis dans la tête qu'elle était due à toutes les horreurs dont il a été le témoin et, probablement, aussi, l'instigateur quand il s'occupait de « renseignement » dans l'Algérie des années noires.

Un samedi, au milieu du mois d'octobre, Ali assiste à la plus étrange des scènes sur 404. Tous les soirs ou presque, il prend son service à peu près au moment où le Fennec quitte sa chambre, enfourche son bolide et franchit ce portail sans portes censé symboliser l'esprit des lieux. Quelques heures après l'avoir vu quitter l'enceinte de la propriété, il entend sa voix dans un direct 404 depuis une boîte de nuit qu'il a déjà vue sur la plateforme, mais qu'il ne saurait pas situer dans le département. Le Fennec et ses amis ont loué le carré VIP. Les tables sont cernées de néons bleus, la musique assourdissante. Les amis, qu'il suppose être ceux du chantier, refusent d'être filmés et redirigent systématiquement le téléphone tenu par le Fennec vers les cinq ou six jeunes filles qui les accompagnent. Saucissonnées dans des robes trop courtes, elles se tiennent en rang serré sur le rectangle étroit d'une seule banquette. Elles ont l'air terrorisées, malgré les cigarettes à volonté, l'alcool coulant à flots pour les aider à se détendre et les plaisanteries des voyous qui s'agitent sur l'autre banquette, hors champ.

Soudain, il est minuit, le Fennec prévient les spectateurs de son direct que le show va commencer. À l'abri des regards du reste de la boîte, une fille se met à danser autour d'une barre de pole dressée sur la table basse, en fixant la caméra du Fennec et en dévoilant pour elle et lui ses fesses, ses hanches, ses jambes, ses seins, sa nuque. Les filles défilent les unes après les autres sur le catwalk improvisé de cette table basse. Après chaque numéro, le Fennec demande à la performeuse de rappeler son Snapchat en épelant bien et de terminer par un mot doux à l'intention de ceux qui voudraient passer un moment avec elle.

Ces dernières semaines, Ali a souvent suspecté le Fennec de s'adonner à d'inavouables activités de prostitution pour se payer tous ses gadgets et sa nouvelle garde-robe. Il imaginait alors un protecteur à cheveux blancs dans une maison bourgeoise, en périphérie d'une des villes du coin, Vichy, Moulins peut-être. Il s'est trompé sur toute la ligne : le Fennec n'est pas un gigolo, mais un proxénète. À la sortie de la discothèque, le jeune cousin d'Allia filme les filles entrant dans les voitures de clients qui les ont repérées sur cette plateforme où tout disparaît. Les paiements ont lieu sur Venmo, une application de virement d'argent entre particuliers. Le patron de l'établissement est-il au courant du business du Fennec et de ses sbires ? Touche-t-il une commission en échange de son silence ?

Prouver qu'il y a eu racolage et achat d'actes sexuels paraît impossible au vu des précautions prises par ces souteneurs en herbe. Après tout, les mêmes danses torrides dans un salon privé pourraient parfaitement être interprétées comme des parades amoureuses délibérées et consenties de la part de filles qui n'auraient aucune difficulté à avouer venir en boîte pour s'amuser et repartir en bonne compagnie. Le fait que cette compagnie les attende à l'extérieur de la boîte et qu'elles aient été sélectionnées à partir d'un sordide téléachat vivant impliquerait, pour être pris en compte, d'exhumer les traces des vidéos en question, or 404 ne le permet pas.

Après avoir vu la scène se répéter trois fois, Ali décide d'en informer la patronne. Mais il tombe mal, au milieu d'une crise familiale provoquée justement, quoique de manière indirecte, par le Fennec. Rachid a eu confirmation que l'entreprise qui le salarie gravite en réalité dans le satellite infernal de Kader, et est maintenant dans le collimateur de tout le conseil municipal depuis qu'ils se sont attaqués à trois autres propriétés du village, dont une ferme d'agriculture biologique en faillite.

Sans rien dire à personne, Rachid a rédigé un courrier à la préfète. Il y reprochait aux pouvoirs publics de tout mettre en œuvre pour accorder les permis de construire à Kader.

À demi-mot, il y accusait même de corruption l'agence de l'État qui analyse les projets. Le courrier n'a reçu aucune réponse officielle. Mais le président de la communauté de communes à laquelle est rattachée La Brèche a décroché son téléphone pour conseiller à Mehdi et à son beau-père de se faire discrets. Personne n'a oublié le « fiasco géothermique », les dotations futures de la commune en pâtiront encore davantage s'ils continuent de s'agiter et de crier au complot à chaque nouvel investissement dans le secteur.

Les projets immobiliers de Kader sont-ils aussi opaques que le prétend Rachid ? Allia refuse de l'admettre et trouve les insinuations de son père infondées et désagréables, « pour ne pas dire plus ».

— Reconnais que tu ne disais pas la même chose il y a dix ans quand ce promoteur lyonnais est venu construire ses affreux lotissements rose pâle dans la commune. Enfin, tu ne peux pas continuer de te plaindre de la désertification et finasser sur le moindre projet qui crée des emplois dans la région.

— Tu sais très bien que ça n'a rien à voir, tente Rachid mais du bout des lèvres, parce qu'il continue parfois, après toutes ces années, d'avoir peur de l'intelligence et des reparties de sa fille. Et puis même, reprend-il, on a été échaudés, ce n'est pas une question d'origine des fonds, mais de méthode. Il aurait pu chercher à nous parler au lieu de débarquer en hélico et de ruiner le 14 Juillet pour tout le village.

— Je ne parlais pas d'origine des fonds, papa, et tu le sais bien. Ouvre les yeux. Ce qui gêne ces braves villageois, c'est l'origine des travailleurs, des contremaîtres et des agents de sécurité. Et ce qu'ils craignent, c'est que la commune ne se remplisse de gens comme eux. De gens comme *nous*.

Rachid en a le souffle coupé.

— « Nous »...

Sa voix se brise, il ne peut pas continuer.

— Papa...

— Non, pas de papa qui tienne. Pense à Mehdi, pense à l'humiliation que ça représente pour lui... que tu relaies les inepties de...

Allia ne répond rien, elle n'insiste pas mais son réservoir de fureur n'a pas désempli d'un pouce lorsque Ali l'aborde quelques instants plus tard, dans le vestibule, pour lui parler de cette filière de prostitution qu'il croit avoir débusquée sur 404.

— Eh bien censure ! crie-t-elle presque. Ce n'est quand même pas de l'astrophysique ce que je vous demande. Si c'est chelou, tu coupes, conclut-elle en le bousculant pour passer.

Comme il en avait formé le vœu, Mehdi s'est mis à arpenter les sentiers de son canton, tous les dimanches, pour partir à la rencontre de ses habitants et leur dire de vive voix qu'il n'a prononcé aucune des paroles attentatoires que le mirage du printemps lui prêtait. L'idée d'un pèlerinage avait suscité les moqueries d'Allia, mais il lui faut bien reconnaître que tout se passe à peu près convenablement, malgré son choix de ne médiatiser ses rencontres qu'au moyen des infalsifiables directs 404. Allia supervise l'opération à distance. Elle a équipé Mehdi d'un harnais pour fixer son téléphone portable au niveau de l'épaule et filmer ses interactions avec les Bourbonnais qui daignent lui ouvrir leur porte : le dispositif est assez visible pour ne prendre personne par surprise, tout en étant assez discret pour ne pas parasiter la conversation. Une des forces de l'application d'Allia est sa très faible consommation en données cellulaires, le logiciel ne retenant aucune autre information sur les utilisateurs que leur position géographique au moment où ils diffusent un direct vidéo. Mehdi peut ainsi filmer l'intégralité de ses conversations sans se soucier de la batterie de son téléphone.

Il discute avec tout le monde, même ceux qui ne le reconnaissent pas ou qui le prennent pour un VRP ou un fâcheux.

— Je suis le maire de La Brèche, vous m'invitez à boire un coup ?

Il a gardé son sourire qui lui plisse les yeux, il y a quelque chose dans son attitude, dans sa voix, son absence d'accent identifiable, qui fait s'ouvrir les portes, se creuser les fossettes dans les joues récalcitrantes et céder les résistances. On voit bien que sa tristesse n'est pas feinte, qu'il est vraiment mortifié qu'on lui ait mis ces mots méprisants dans la bouche. Il raconte mille fois la légende de sa découverte du Bourbonnais, sa grande épiphanie agreste.

— Le bocage, on pleure deux fois, quand on y arrive et quand on en repart.

L'Allier est un haut lieu du communisme rural, ça lui parle, la solidarité, les petits qui se serrent les coudes pour peser contre les puissants. Mehdi a grandi à la campagne, mais il passait tous ses étés chez ses cousins à Vitry-sur-Seine, dans la banlieue rouge où vivait la famille de sa mère. Il est devenu médecin mais il n'a pas oublié d'où il vient.

Fin septembre, une mamie vivant seule, toute gentille en apparence, oppose au jeune maire de La Brèche l'argument sans cesse sous-entendu par les nervis de la présidente, à savoir que les fameux quartiers populaires sont des havres de privilèges peuplés de nababs gavés de subventions publiques.

— Ce n'est pas vrai, madame.

Elle insiste, c'est une petite dame pointue, cultivée, elle articule intelligemment ses griefs : on se met en quatre pour venir en aide à ces Français de papier tandis que les vrais Français, ceux des entrailles charnelles du pays qui n'ont pas d'autre nationalité où trouver refuge en cas de coup dur, ceux-ci crèvent en silence.

Au lieu de se mettre en colère, Mehdi l'écoute et s'interroge sur le sens de la concurrence victimaire et l'inexorable progression des passions tristes dans son pays. Mais « inexorable » est un mot qu'on ne trouve jamais dans sa bouche. Entre deux rencontres, Mehdi répond aux questions d'Allia, qui n'apparaît jamais à l'écran mais dont on entend la voix sur les directs 404. Mehdi réfléchit à voix haute, dresse des bilans provisoires. Rien n'est irréversible selon lui, les idées changent le monde, les abstractions peuvent libérer les masses, des enfants travaillaient au fond des mines avant que le Progrès avec un grand P ne déferle dans les pages des livres, les colonnes des journaux et les pensées des gens.

Ce que Mehdi a compris en débarquant dans l'Allier bien des années plus tôt, c'est que les petits patelins se perçoivent aussi comme des ghettos de la République. Les services publics disparaissent, les opportunités s'envolent, avec elles la jeunesse et les maternités. C'est après qu'il a pratiqué un accouchement d'urgence sur le bord d'une départementale qu'on s'est mis à lui demander de rester. Ces gens avaient besoin de lui, on l'appelait et il entendait l'appel, il se sentait responsable. Une fois qu'on s'est senti responsable on le devient, c'est comme ça, on ne peut plus faire comme avant.

Allia suit ses pérégrinations sabbatiques avec d'autant plus d'attention qu'elles changent bientôt de nature. Le rayon de son pèlerinage augmente, il finit par rencontrer, dans une banlieue de Montluçon, la mère du petit Rayanne, sept ans, victime d'une ratonnade dans la cour de son école, et qui avait inspiré les hashtags #quatrièmegénération et #génération404.

Des reporters et même une documentariste se rendent dans l'Allier pour filmer et essayer d'interviewer le jeune maire qui marche de maison en maison, muni de son harnais et de ses chaussures montantes. Devant chaque micro qu'on lui tend, Mehdi sort son téléphone pour filmer son refus de répondre ailleurs que sur 404. Ce n'est pas contre les journalistes, il respecte leur métier, mais les mirages se disséminent partout dans les médias, la crise atteint sa phase aiguë, il se doit d'être vigilant, qu'on lui pardonne.

Toutes sortes d'experts sont appelés en renfort dans les rédactions pour récupérer les archives de 404, et retrouver au moins l'entretien avec cette mère célibataire à qui l'on attribue spécieusement l'invention de l'expression « génération 404 ». Bien sûr les experts ne parviennent pas à récupérer quoi que ce soit. Ils n'ont jamais vu une technologie telle que celle de 404. Il n'y a tout simplement pas d'archives à ressusciter, pas de mémoire à ranimer. C'est un pur écran, tout en étant un écran pur.

Un journaliste spécialisé dans le journalisme se gausse de la démarche en rappelant qu'il n'y a pas de réalité pure, qu'un cadre, c'est déjà un choix, une coupure opérée dans le réel. Un autre journaliste lui répond dans ses propres colonnes qu'à l'heure de l'intelligence artificielle montrer le coin du réel qu'on montre sans possibilité de l'altérer constitue déjà un progrès appréciable.

Le débat est lancé, Allia se frotte les mains.

La rencontre entre Mehdi et la Montluçonnaise aurait remporté un succès plus spectaculaire encore si un clip avait pu être extrait du direct 404, mais peut-être aurait-il été moins durable. C'est l'argument principal d'Allia contre la viralité : les vidéos virales projettent une lumière vive mais qui s'éteint d'un coup, nous obligeant à appeler en renfort des lumières artificielles de plus en plus éblouissantes pour supporter la nuit de nos solitudes juxtaposées sur les réseaux. Au contraire, Allia veut faire naître des lueurs, à l'éclat modeste et à la dimension humaine. Ainsi de Mehdi promenant sa lanterne sur les routes du bocage bourbonnais : seuls ceux que sa démarche intéresse vraiment le rejoignent, font l'effort de le rejoindre, en fouillant dans l'embrouillamini de l'application qui ne classe plus ses contenus en direct par le nombre de vues ou la popularité du diffuseur. Pour s'y orienter, il faut connaître le pseudo du diffuseur ou feuilleter au hasard les vignettes émiettées de page en page.

Les rencontres positives se multiplient au fil de l'automne, jusqu'à celle qui va tout changer, dans un lotissement périurbain à une dizaine de kilomètres de Moulins et avec une famille d'origine algérienne, qui rameute tout le voisinage et improvise un barbecue : un gril, quelques merguez et des baguettes de pain d'Intermarché décongelées pour l'occasion. La discussion s'engage autour du hashtag #génération404 qui résume parfaitement le sentiment des habitants les plus jeunes : génération sans idéaux, sans perspective, se lamentent-ils, l'avenir comme une page introuvable.

— Et le passé aussi d'ailleurs, se désespère le jeune père de famille qui assume la responsabilité du gril.

Le fait d'être filmé commence par agir comme un frein : il y a des choses qui ne peuvent pas être dites en dehors d'une réunion de famille à huis clos.

Mehdi rappelle alors le concept de 404, il en parle comme d'un havre de paix et d'oubli. Internet n'oublie rien, sauf sur 404. Après une rapide démonstration ludique avec plusieurs téléphones incapables d'effectuer la moindre capture d'écran, les digues sautent et le frein se change en propulseur. Être filmé sans pouvoir être enregistré permet de ne pas se censurer tout en s'adressant à une audience plus large que l'enceinte du jardinet où grillent les merguez. De combien plus large, nul ne peut le dire, quoique l'imagination des débatteurs tendant vers l'optimisme, ils se persuadent toujours que des milliers de spectateurs les écoutent exposer leurs précieuses doléances.

Le samedi suivant, Mehdi se fait prêter une salle polyvalente par le maire de la commune qu'il visite. Une vingtaine de personnes passent l'après-midi à y discuter des conséquences qu'ont eues, dans leurs vies, les récents mirages islamophobes. Le samedi d'après, dans le village suivant, ils sont une quarantaine. Tout appareil enregistreur doit être abandonné au seuil du bâtiment qui les abrite, c'est la seule règle de ces débats qui n'en ont d'ailleurs pas d'autres puisqu'ils se déroulent sans modérateurs ni ordre du jour. Mehdi écoute plus qu'il ne parle. 404 est un simple mégaphone, un amplificateur, un porte-image, comme on parle d'un porte-voix, destiné à ceux qui ne peuvent pas se rendre sur place et que ces rencontres intéressent.

— Ce n'est pas rien ce qui vient de se passer, commente Allia, à table, quand elle et son pèlerin sont de retour au presbytère. On devrait essayer d'en faire un rendez-vous. Les débats 404… Temple de la liberté d'expression. Censure interdite, interdit de censurer, un truc dans le genre.

Le père d'Allia grommelle :

— Ce n'est pas forcément une mauvaise chose, la censure. On n'a pas *forcément* besoin d'entendre *tout* ce que les gens pensent *tout le temps*.

— Sur des sujets aussi graves que ceux que les gens veulent aborder, je crois au contraire que c'est urgent d'entendre une parole libre. On n'a rien à craindre de la vérité, ajoute-t-elle en battant des cils, comme si elle n'était pas sûre d'être d'accord avec elle-même.

— Si tu le dis.

Allia ne voit pas trop comment composer avec les accès de mauvaise humeur de son père depuis la rentrée. Outre sa méfiance vis-à-vis de Kader, qui vire à la monomanie, elle le soupçonne de souffrir de l'éloignement de Mehdi. C'en est fini, des longues promenades à travers bois, des dîners en tête à tête où le jeune maire ne se lassait pas d'entendre son sage aîné disserter sur de difficiles questions morales et politiques et lui prodiguer les conseils dont tout prince a besoin, fût-il à la tête d'une principauté de deux mille âmes.

Pour éviter que Rachid ne se sente exclu de leur aventure, Allia lui suggère de venir le samedi suivant, s'il ne veut pas participer il pourra au moins juger sur pièces, voir par ses propres yeux.

— Il en est *hors-de-ques-tion*, articule-t-il méchamment. Et pourquoi pas aller à la mosquée tant qu'on y est ?

Mehdi encaisse en secouant la tête, cette fois-ci il trouve que son beau-père exagère. C'est aussi l'avis intime de Rachid, qui essaie d'adoucir sa voix pour préciser sa pensée :

— Ce n'est pas contre toi, Mehdi, j'ai toujours respecté ton droit de croire, comme tu respectais mon droit de ne pas croire, mais ça ne sent pas bon, ces réunions communautaires, ça ne sent pas bon du tout.

— Ce sont des espaces d'expression libre, se justifie Mehdi, les gens ont besoin de dire ce qu'ils ont sur le cœur, c'est une violence inouïe pour des gens comme eux, comme moi ou toi aussi, d'ailleurs, d'habiter ici depuis des décennies et de se voir décrits comme des envahisseurs.

Rachid ne se laissera pas convaincre : il ne s'est pas senti concerné par le mirage des 40,4 %, il ne se vit pas comme un envahisseur et refuse de participer à cette farce en se victimisant lors de prétendues agoras citoyennes, puisque c'est ainsi que les ont spontanément baptisées ceux qui s'y rendent : les agoras 404, diffusées en direct sur 404 et seulement sur 404.

Ni Allia ni personne ne sait combien de spectateurs se connectent sur la plateforme, mais il faut se procurer de nouvelles baies de serveurs. Quelque chose est en train de naître, Allia s'en aperçoit lorsqu'elle voit fleurir sur les réseaux sociaux, à côté des noms ou pseudonymes d'utilisateurs, le nombre 404, souligné pour renvoyer au lien sur son application et la plupart du temps suivi ou précédé d'un drapeau algérien. Nesrine avait été pionnière de ce point de vue. 404 devient un signe de ralliement de la jeunesse maghrébine, une patte blanche, un blason virtuel, à l'instar de ces chapitres de l'Évangile que les jeunes chrétiens américains inscrivent au frontispice de leurs comptes Instagram pour proclamer leur amour de Jésus et la citation du Nouveau Testament qui les inspire et les motive au quotidien.

Le mois de décembre approche et les agoras 404 attirent de plus en plus de monde, grâce, entre autres, à une organisation fluidifiée. Des bénévoles filtrent l'entrée des salles en fournissant aux participants les étuis pour smartphones, de la même marque que ceux qui ont servi au concert de DJ Dinar. Quel rôle joue la diffusion des débats sur la plateforme ? C'est une des grandes inconnues d'un phénomène par ailleurs incommensurable. De combien d'utilisateurs journaliers se prévaut 404 ? Combien dans l'Allier et combien au-delà ? Seule Allia a accès à ces informations mais elle ne les partage avec personne, pas même ses plus proches collaborateurs.

Depuis la chapelle, Ali voit apparaître les ferments d'une mutinerie. Un des ingénieurs d'Allia, le Cambodgien, parle de démissionner au cours de l'automne, officiellement pour rejoindre une start-up plus « conventionnelle » à Paris. En vérité, il travaille déjà à mi-temps pour cette start-up et ne passe qu'un ou deux jours par semaine au presbytère. Son envie de départ a d'autres causes, qu'un de ses collègues résume d'une formule : « Tromperie sur la marchandise. » Il s'assure qu'Allia n'est pas dans les parages pour la dénigrer, lui reprocher de les avoir attirés avec le miel de fausses promesses : promouvoir une éthique de la vérité à l'heure des mirages, sauver la démocratie, rien de moins. Or s'ils regardent les choses un peu honnêtement, que font-ils depuis le lancement, à part superviser des conciliabules interminables pour lubrifier l'entrée en politique du chéri de la patronne ?

Ali voudrait en parler à table, mais c'est impossible ces temps-ci. Rachid reçoit les amis qui l'avaient invité à Paris, des Français pour qui il prépare sa pompe aux grattons, une brioche locale à base de déchets de graisse de porc fondue. L'après-midi, ils vont cueillir des champignons, ramasser des châtaignes.

Mehdi et Allia assurent le service minimum et montent se coucher vers dix heures du soir. Un de ces soirs, Ali les imite. Seul dans la glacière, il tourne en rond et finit par marcher, en chaussettes, jusqu'à la pièce contiguë à la chambre du couple, une espèce de cagibi laissé à l'abandon, avec pour tout mobilier un lit de camp et une table à repassage, mais qui dispose d'un conduit d'aération permettant d'entendre ce qui se dit à côté avec une netteté presque parfaite. Ali fait mine, d'abord, de plier des vêtements, au cas où quelqu'un entrerait brusquement dans la pièce. Puis il s'enhardit et déplace la table de repassage afin de s'immobiliser, debout, l'oreille contre la grille, pensant à l'associé de Kader, se disant qu'il lui a confié cette tâche honteuse pour la plus simple des raisons : parce qu'il s'y attelait déjà tout seul en suivant Allia partout depuis son retour en France, de la place des Victoires à La Brèche, des cuisines au QG de 404 pour finir là, au seuil de la chambre conjugale. Après un rapide échange sur les invités de son père qu'Allia juge ennuyeux comme la pluie, le silence se fait. Et puis Ali n'entend aucune parole, mais des froissements, des halètements, les bruits que font les gens qui s'aiment.

Le 1er décembre, la présidente annonce qu'elle dissout l'Assemblée nationale et convoque des élections législatives anticipées. « C'est l'acte II de mon quinquennat », claironne-t-elle, abritée derrière un tailleur qui la vieillit et l'embourgeoise à dessein. Le pays est chauffé à blanc par toutes ces polémiques, tous ces mirages, elle est persuadée que l'instabilité profite aux braves, et qu'elle en fait partie, à l'inverse des modérés de la coalition dont elle entend se débarrasser.

Les agoras 404 figurent en bonne place parmi les « sujets », les « inquiétudes » qui remontent du « terrain » et que l'Élysée a choisi de mettre en avant. Dans son allocution officielle, la présidente évoque « certaines tentations » chez « certains de nos compatriotes ». Sans les nommer, elle parle des réunions politiques du Bourbonnais. On dit de plus en plus qu'elles sentent le soufre, à cause des femmes qui portent le hijab et qu'on croise en grand nombre aux abords et à l'intérieur des salles municipales ayant autorisé les rassemblements. Si les agoras continuent de se tenir exclusivement dans des communes de l'Allier, un nombre croissant de participants affluent d'autres départements, et pas nécessairement limitrophes.

Les rumeurs les plus fantasques circulent sur les rassemblements. Des dessinateurs sont envoyés pour faire des esquisses, comme dans les prétoires. Tout n'est pas sombre dans l'âge de bronze où nous ont ramenés l'intelligence artificielle et ses mirages : il serait exagéré de célébrer la revanche de l'écrit sur l'écran, mais la presse papier et les finesses qu'elle autorise rencontrent un indéniable regain d'intérêt. Le cas des agoras 404 est emblématique : on les dit infestées de Frères musulmans, de francs-maçons, de féministes intersectionnelles et, fatalement, de juifs. Le nom en « -ski » de la grand-mère d'Allia circule dans les forums et au détour de certains threads sur Twitter.

Dans ce contexte de paranoïa raciste, le meilleur moyen de se faire une idée de la vérité redevient le bon vieux témoignage écrit, la relation d'événements par un humain doué de raison s'adressant à ses pairs et leur demandant, humblement, de lui accorder leur confiance. Ainsi le papier de Florence Aubenas sur le mouvement 404 aura-t-il davantage d'écho dans l'opinion que les images sensationnelles du service d'ordre expulsant des reporters ayant essayé de se substituer aux cameramen officiels des rencontres. La grande plume du *Monde* semble jouir d'une estime inversement proportionnelle à celle du reste de sa profession. Grâce à son reportage, une collection de descriptions si minutieuses qu'elles ne peuvent pas ne pas être authentiques, un profil type du débatteur 404 se dessine : celui d'un musulman non pratiquant ayant fait des études supérieures et appartenant aux catégories socioprofessionnelles dites + ou ++, ce qui permet à certains de parler d'un « mouvement de *beurgeois* » ou des « assises de la *beurgeoisie* ».

Dans son papier, la journaliste relève quelques cas d'autoproclamés « mâles blancs » prenant la parole pour dénoncer la « non-mixité raciale » des AG, à laquelle leur présence même offre un démenti si cinglant qu'il en devient comique. Toutefois, l'absence de possibilité d'enregistrement tend à neutraliser les phénomènes de buzz, et les interventions de ces occasionnelles grandes gueules paraissent moins provocatrices qu'impertinentes dans le silence glacial qui les accueille au lieu des huées escomptées. Pour qui se branche au hasard sur 404 un jour d'agora, le risque est grand de tomber sur une de ces conversations sans échange, où chacun greffe ses argumentaires sur ceux des autres, dans une parodie de pugilat où l'on se déteste sans jamais s'empoigner. Les intervenants sérieux, en déclinant leur état, le font dans une langue qui n'a rien de commun avec les vociférations et la gouaille agressive de l'émission de Nesrine. Celle-ci passe néanmoins une tête, lors de l'agora de Moulins, une des plus populaires de la jeune histoire du mouvement. Elle n'a pas de léopard et ses provocations tombent à l'eau devant ce parterre d'entrepreneurs, d'architectes, de professeurs, de médecins, d'ingénieurs, d'avocats, d'informaticiens, de profs et de banquiers. D'après Florence Aubenas, trois cinquièmes des participants sont des femmes. Certains se déclarent en couple avec des personnes de même sexe. Il y a des libéraux et des conservateurs, des communautaristes et des républicains, et comme dans tous les milieux, les tempéraments n'épousent pas strictement les sensibilités morales et politiques, quand ils ne les contre-indiquent pas carrément, c'est souvent derrière les proclamations d'amour et de générosité universels qu'on débusque les natures les plus autocratiques.

Le trait d'union le plus évident de tous ces gens est leur position sociale : ils ont réussi professionnellement, et pourtant ils se considèrent comme des anomalies plutôt que comme des exemples, leurs succès fleurissant comme des accidents heureux dans une plaine jonchée d'échecs, de carrières avortées prématurément, de tragédies. Leurs frères, leurs cousins, tous des mal partis qui vivotent, stagnent, déclinent et sombrent dans les eaux troubles de la piété la plus étroite et dogmatique, à moins que ce ne soit dans une misère athée, tout aussi poisseuse et dépourvue, celle-ci, du réconfort d'un horizon post mortem. Pour eux c'est trop tard, mais on peut encore sauver la génération suivante, la quatrième génération, celle de leurs enfants, du pays dans lequel ils vont naître ou grandissent déjà, et où être basané et musulman constitue un handicap dans la compétition sociale. Du point de vue de celle-ci, une seule chose sépare un Français arabe d'un Français blanc : les opportunités. Ceux qui ne partagent pas ce constat cessent bientôt de se rendre aux réunions et de subir des témoignages documentés qui ne les intéressent pas parce que la réalité qu'ils décrivent n'est pas celle qu'ils vivent ou que vivent leurs enfants.

Le flot des fâcheux s'étant tari, la presse sérieuse reprend l'expression de Florence Aubenas pour qui les agoras 404 s'apparentent à des « états généraux » de l'immigration ou de la diaspora algérienne en France, les Algériens de France parlant aux Algériens de France des Algériens de France et des préjudices concrets, sonnants et trébuchants, que les discriminations à l'embauche et au logement leur occasionnent, à eux et à leur progéniture. Doléances et états généraux sur fond d'instabilité politique : faut-il y voir les prodromes d'une révolution ou la manifestation d'un simple mécontentement catégoriel ? Mais alors de quelle catégorie, précisément ? L'usage veut qu'après avoir mentionné sa profession et sa situation familiale l'intervenant dise le nom du bled d'où ses grands-parents sont originaires, et c'est une constatation qui frappe, qu'on compte somme toute fort peu de Marocains et de Tunisiens parmi les participants aux agoras. Les Algériens sont-ils plus politisés que leurs cousins du Maghreb ? Ont-ils été mobilisés par les élections de l'autre côté de la Méditerranée ? Par l'humiliation du Mouradiagate ?

D'aucuns se risquent à justifier l'omniprésence algérienne dans les agoras par quelque éternel ressentiment algérien vis-à-vis de l'ancienne puissance coloniale. Il est remarquable, à cet égard, que le sujet du colonialisme soit si peu abordé pendant ces réunions : on ne s'appesantit pas sur le passé car c'est du présent qu'on vient discuter, des folies du moment, de ces remous telluriques qui, par exemple, ont coûté sa réputation à quelqu'un d'aussi responsable et irréprochablement civique que le jeune maire de La Brèche. Mehdi a avoué qu'on lui avait conseillé de cesser de faire le ramadan, même s'il n'en parlait jamais en public, c'est comme si son identité de musulman relevait d'une forme de racolage spirituel passif. Cette persécution a suscité de l'émoi, et d'interminables analyses. On est là pour comprendre, au fond, mais avec un appétit réel de le faire, un désir motivé par la nécessité et par l'urgence. On ne traverse pas la moitié du pays depuis Dunkerque ou Nice pour donner son opinion, mais pour qu'elle serve enfin à quelque chose.

Soucieux de laisser s'exprimer toutes ces voix qui ne sont pas la sienne – et qui formulent des « propositions concrètes » qu'il désapprouve plus souvent qu'il ne veut bien l'admettre –, Mehdi donne l'impression d'avoir été submergé par le mouvement qu'il a impulsé. C'est en tout cas ce que croit Allia. Elle en parle sur la route du retour du pays d'Huriel, tout à l'ouest du département, où a eu lieu une agora particulièrement bruyante et improductive. C'est Ali qui y a emmené le couple, c'est lui qui les en ramène. Mehdi ne peut toujours pas conduire et Allia déteste le faire. Sur le siège passager, Mehdi textote en respirant de manière excessivement sonore. À côté de lui, Ali lorgne le rétroviseur central et voit la masse de cheveux d'Allia passer d'un côté à l'autre de la boule du soleil mourant dans le pare-brise arrière. Elle a sa voix des mauvais jours, où l'éraillement se double d'un sifflement désagréable, presque nasillard :

— Tu ne peux pas ne pas réagir, répète-t-elle à de nombreuses reprises quand elle est à court d'arguments.

Discuter avec Mehdi peut être éreintant : il ne s'énerve jamais et semble considérer aussi sérieusement les objections qu'on soumet à sa position que sa position elle-même.

Il s'agit, selon Allia, de ne pas faire le dos rond devant les attaques répétées de la gauche locale, qui s'en prend encore et toujours à la non-mixité des réunions politiques diffusées sur 404. Mehdi souhaite y répondre par une tribune pédagogique. Expliquer sa démarche, « tout remettre à plat » et rassurer. Pour Allia, cela revient à baisser son pantalon.

— Rassurer ? Mais ils visent la jugulaire ! Ils grognent, ils aboient, ils montrent les crocs, qu'est-ce qu'il te faut de plus pour comprendre qu'on a dépassé le stade des mots et de la conciliation ?

— On doit proposer une voie de sortie, c'est tout ce que je dis. Leurs attaques prouvent surtout que je leur fais peur, que depuis l'annonce des élections ils paniquent, et qu'il va falloir compter avec moi, enfin contre, enfin, tu m'as compris.

— Il faut que tu apprennes à te défendre, souffle-t-elle.

Elle a l'habileté de ne rien ajouter à cette injonction, lourde des conséquences qu'ont eues, dans un passé récent, la magnanimité, les bonnes intentions et le tempérament œcuménique de Mehdi. Il voulait être investi par un parti qui l'utilise comme un punching-ball après lui avoir conseillé de changer de religion pour avoir une chance d'être élu.

— Et puis tout n'est pas faux dans leurs critiques, dit soudain Mehdi. C'est vrai qu'on aurait pu espérer autre chose…

— Autre chose ?

La voiture traverse un village désert, mal éclairé.

— Pourquoi il n'y a que des Arabes qui se sentent concernés par ce qui se passe ? Pourquoi on ne voit qu'eux dans les agoras ?

— Parce que c'est eux les premiers concernés, mais enfin qu'est-ce que c'est que cette question ? C'est nous qui sommes visés, nommément maintenant, les masques sont tombés, la République est aussi nue que le roi, et tout aussi hideuse.

— Tu exagères.

— Si des femmes se réunissent entre elles pour lutter contre les féminicides, qui leur reprochera de ne pas prévoir un quota de paires de couilles ?

— Allia...

— Ce n'est pas sur une invasion de Portugais ou de Berrichons qu'ils font des mirages.

— Qui ça, « ils » ?

— Les Français, la majorité silencieuse qui hurle à l'invasion, appelle-les comme tu veux, tu me saoules.

— Très bien, j'arrête de poser des questions alors, se vexe Mehdi.

— C'est comme si je te demandais...

— C'est bon, j'ai compris ! Stop !

C'est la première fois que Mehdi perd ses nerfs. On aurait dit la voix d'un autre quand il a crié « stop ».

Le silence se répand comme un gaz inodore dans le véhicule. Lorsqu'ils approchent enfin de La Brèche, la lumière a quitté les cimes des arbres qui pivotent dans le rétroviseur. Ali a la gorge sèche et les phalanges exsangues quand il les détache enfin du volant.

Que l'orage ait pu sourdre et éclater en présence d'Ali peut signifier deux choses : qu'il fait maintenant partie de la famille, ou qu'il y est aussi insignifiant qu'un valet dont on ne prend plus la peine de se cacher.

Factotum, Ali l'est sans doute, et sans scrupule : on l'héberge gracieusement, il faut aider alors il aide. Personne ne le regarde comme un larbin, personne d'autre que lui-même dans ces rares moments de cauchemar éveillé qui entrelardent parfois la vie de leur communauté, quand il pose une question d'intendance à Allia, par exemple, et qu'elle ne fait aucun effort pour dissimuler son agacement d'être détournée d'une tâche supérieure.

À moins d'un mois des législatives anticipées, quelques jours avant le Nouvel An, un sondage place Mehdi, candidat sans étiquette, en troisième position derrière le député sortant et la candidate investie par la gauche.

Allia saute de joie. Elle demande à Ali s'il a une idée de repas pour la Saint-Sylvestre, un gros truc pour marquer le coup. Il suggère une dinde farcie à la truffe.

— Allez... dit-elle en hochant la tête pour se convaincre que c'est une bonne idée. Pas très halal mais bon, ça ne te dérange pas de faire un repas de substitution pour Mehdi ?

— Bien sûr que non.

Elle l'envoie auprès d'un producteur du coin à qui il achète pour 300 grammes de truffes noires d'une variété qui se vend à près de mille euros le kilo. Le boucher de La Brèche lui déniche une belle dindonne de quatre kilos. Deux jours avant la Saint-Sylvestre, il réquisitionne Allia comme commis et lui montre la manière dont les anciennes familles de la région lyonnaise préparaient la dinde aux truffes. Ils commencent par la farce, hachent ensemble de la gorge de porc, du lard, un oignon, du pain de mie ayant trempé dans du lait, une échalote, du sel et du poivre en généreuses quantités, et un verre d'armagnac. Après avoir rempli la bête de cette farce et des fameuses truffes, ils vont l'enterrer au fond du jardin et la laissent reposer deux jours.

Chose rare dans la région : il neige cette semaine-là trois nuits de suite et presque sans interruption. On s'enfonce jusqu'aux genoux dans les allées du parc. Les buis alourdis par le poids de la neige et les branches des chênes et des noyers forment des charmilles, des ponts suspendus. Dans les multiples nuances de blanc scintille parfois un flocon en forme de diamant, une boule de neige, une sculpture spontanée qu'on dirait faite de nuages ou de ouate. Au jour du déterrement, les nuages quittent le ciel, un grand soleil se met à brûler au-dessus du village. Allia fait partie de ces gens que la neige rend euphoriques : elle court, hilare, entre les arbres et les chutes de poudreuse, dans ce paysage qui s'effondre au son de ses rires.

Ali a choisi l'emplacement au pied de son arbre préféré du parc, un puissant séquoia au tronc rouge. Des poussières de neige flottent autour d'eux quand ils commencent à creuser. Les mains d'Allia se recroquevillent pour gratter la terre froide et en exhumer la précieuse volaille. Retrouvant son élément, la truffe a eu le temps d'y redéployer ses saveurs et de la parfumer en terre.

Elle a les joues rouges de bonheur en apportant la dindonne à la cuisine où ils la cuisent pochée dans un consommé au lieu de la rôtir.

Les températures sont remontées, il se met à pleuvoir dès qu'ils commencent à manger. Peu après les remerciements de rigueur au chef et à son assistante du jour, Allia prend appui sur le dossier de sa chaise et se lève, en gardant les épaules en arrière et en frottant son ventre des mains avec un sourire au ralenti.

— Je suis enceinte.

Rachid tend les bras vers son gendre et sa fille et s'exclame :

— Mes enfants !

Allia fait le tour de la table pour l'embrasser. Elle lui murmure à l'oreille :

— On fait la paix ?

Le martèlement de la pluie couvre les reniflements et les sanglots. L'émotion paraît redoublée par toute cette aventure des agoras 404, l'impression que la famille reprend le dessus après une année à enchaîner les déconvenues. Ce quinquennat n'est décidément pas comme les autres, d'habitude on peut décrocher, s'en désintéresser à un moment, surtout quand on est à l'aise financièrement, c'est le cas de la famille d'Allia, qui a toujours appartenu aux classes moyennes supérieures sans problèmes de fin de mois. Le démon politique s'empare de tout le monde, maintenant, il y a un danger de moins en moins diffus, de plus en plus précis, on le voit dans les regards des Français, dans leur repli hargneux, Rachid a perdu la moitié de ses amis du village depuis les agoras, ils lui tournent le dos quand il les croise au Proximarché.

Le boucher ne sait pas quoi lui dire, c'est vrai que les gens deviennent méfiants, se réfugient dans leurs tribus…

— Mais me tourner le dos ? insiste Rachid. Moi ? Mehdi ? Enfin, les gens nous connaissent !

— Allez, ça suffit ! s'écrie Allia. Pas ce soir, ce soir on fait la fête !

Elle débouche le champagne. Elle a ce trait de personnalité qui bouleverse Ali : elle ne montre jamais qu'elle a de la peine, mais ses moments de joie sont contagieux.

À table, on finit par parler de la blitz-campagne des législatives et du sondage. Derrière le score inattendu de Mehdi, c'est la stratégie d'Allia qu'on applaudit. Utiliser 404 comme média de confiance, pour une démarche visant précisément à demander aux citoyens de la renouveler.

Rachid ne veut pas jouer les mauvais coucheurs, mais il trouve quand même ça « un peu limite » :

— Déontologiquement parlant. Avec tout ce qu'on lit sur les patrons de Facebook et de Twitter et leur rôle dans les campagnes électorales...

Allia a sa réponse toute trouvée, celle qu'elle a sans doute faite aussi aux mutins de la chapelle : elle a proposé 404 à tous les candidats aux législatives, et elle continuera de proposer l'application à tous ceux qui ont à cœur de voir l'authenticité de leurs prises de parole garantie.

— Soit, soit, s'incline Rachid avant de la prendre dans ses bras, sa grande fille qui va lui donner un petit-enfant, son grand bébé qu'il aime tellement.

Le lendemain matin, premier jour de la nouvelle année, Ali la voit assoupie dans un fauteuil à accoudoirs sculptés. Son regard s'attarde sur la silhouette de son amie d'hypokhâgne. La forme de son ventre n'indique pas encore qu'elle attend un enfant, seule sa poitrine a grossi, pour l'instant, elle se soulève comme la houle à chaque inspiration et soumet son chemisier à une pression intense, qui révèle d'affolants éclats de chair dans l'intervalle entre les boutons. Le soleil d'hiver déferle dans le salon, baigne ses beaux cheveux frisés, ses joues, son front, ses ongles, tout en elle paraît lumineux, phosphorescent.

Tout à coup elle ouvre les yeux, elle le voit tout de suite.

— Qu'est-ce que tu fais ? demande-t-elle, la bouche pâteuse, avec une poussière dans la voix.

Les secondes passent et il ne sait pas quoi répondre. Elle a les mains crispées sur les accoudoirs et les pupilles qui tremblotent, comme si la panique les avait transformées en billes de cristal prêtes à éclater au moindre choc, c'est terrible, pour elle comme pour lui, elle effrayée de l'être, lui de pouvoir l'effrayer.

Il déguerpit comme un cafard.

À la rentrée de janvier, une grue apparaît à côté de la tour maîtresse du château de La Brèche, relançant les spéculations sur les véritables intentions de Kader dans le secteur. Des ouvriers installent des préfabriqués dans la courtine et d'immenses bâches jaunes qui défigurent le paysage. Le château borde un sentier de randonnée, il s'agit de décourager les promeneurs qui seraient tentés par un brin d'espionnage industriel dominical.

Un matin, Rachid rameute le boucher, la gérante du Proximarché et l'adjointe de Mehdi au conseil municipal pour aller frapper à la porte du château. On ne voit rien à travers les bâches, et l'agent de sécurité qui les reçoit se contente de leur rappeler qu'ils sont sur une propriété privée, sans agressivité, sans courtoisie non plus. Le Fennec est en déplacement, Rachid repart bredouille en fulminant.

Rien n'indique que les activités de Kader soient secrètes ou plus ou moins néfastes que celles des autres investisseurs du même genre. Mais la méfiance de Rachid s'adosse à une réalité difficilement contestable, rapportée en détail et en chiffres par un trio de journalistes de *Mediapart* au terme d'une enquête de plusieurs mois : des milliers d'hectares de terres agricoles dans l'Allier ont effectivement fait l'objet, ces dernières années, d'une prédation intensive de la part du conglomérat franco-américain que préside Kader. Ils ont également acquis des immeubles entiers, en particulier à Vichy, dans le sud-est du département. Le quartier général de Wilaya y a déménagé depuis l'Ouest parisien. On note une forte augmentation des créations d'emplois, à Vichy et dans les environs. Un célèbre hôtel de la ville d'eau a été transformé en un cinq-étoiles conforme aux standards internationaux. Il n'est pas rare, apparemment, d'y croiser des visiteurs du Golfe. Il n'est sans doute pas moins rare d'y croiser des Américains, des Chinois ou des Russes, mais il faut croire que ceux-ci se fondent harmonieusement dans le paysage car ils ne sont jamais cités à la rubrique des témoignages de Vichyssois inquiets.

Cet hiver-là, le fantôme de Kader devient visible pour qui cherche à le voir. Les suppléments week-end des journaux lui consacrent des portraits laudateurs, centrés sur sa mère femme de ménage et sa boulimie de projets mais en taisant la raison de son expatriation et en gommant tout de la violence de son parcours. Plus étonnant, tout en étant moins surprenant : Kader se met à apparaître dans la presse people, souvent accompagné de sa fiancée en fauteuil. On le voit posant à la soirée d'anniversaire d'un célèbre footballeur. Une story Instagram le montre même en train de déverser un magnum de champagne sur la tête de DJ Dinar, à bord d'un yacht.

Dans les groupes Facebook de défenseurs du patrimoine bourbonnais et les commentaires au bas des articles de la presse locale, on dénonce les activités du flamboyant financier dans le département, qui ne parviennent pas encore à intéresser au-delà. Depuis New York, Genève ou Londres, une armée d'avocats veille à la légalité des opérations. Le fonds ne se limite d'ailleurs pas à l'Allier. Le fléau de la spéculation sur les terres agricoles menace de nombreuses régions françaises. La spécificité des rachats de terres bourbonnaises tient plutôt à l'extrême célérité des projets immobiliers qui voient le jour sur les parcelles en question. Pour les Bourbonnais de souche, Kader bénéficie de la criminelle complicité des pouvoirs publics locaux, depuis les conseillers régionaux jusqu'au président de la chambre de commerce et d'industrie, en passant par l'association des maires du département. La réjuvénation du tissu économique d'un département que d'aucuns disent sinistré justifie-t-elle de se compromettre avec des investisseurs étrangers aussi louches ?

Seule la préfète de l'Allier trouve grâce aux yeux des détracteurs de Kader. Elle tire la sonnette d'alarme, selon l'expression consacrée, au moyen d'un courrier qui est opportunément rendu public une semaine avant le premier tour des élections législatives. Dans une langue alambiquée au point d'être souvent illisible, la préfète s'inquiète d'une « préférence communautaire » lors de la revente des terrains acquis par le fonds de Kader. De son propre aveu, aucune enquête précise ne peut corroborer ses craintes : ce sont des « échos », du « ressenti », des « observations informelles » de la part de fonctionnaires ou d'anonymes qui croient voir la population changer depuis quelques années, coïncidant à peu près avec les premiers investissements fonciers du conglomérat, en particulier dans les communes rurales les plus touchées par la désertification.

La partie de la lettre fuitée qui fait le plus de bruit a, cependant, la beauté de l'épure et se passe de preuves, d'études ou de commentaires : c'est une liste de noms correspondant aux candidats d'une liste sans étiquette présente sur les trois circonscriptions de l'Allier. Tous les noms sont à consonance maghrébine. À quelques jours des législatives, on ne parle plus, dans l'Allier, que de cette liste mystérieuse. Au presbytère, elle fait souffler un vent de panique : les noms sonnent familièrement car ils sont tous issus des agoras 404. La « liste 404 », comme elle est bientôt baptisée, tombe au pire moment pour Mehdi. Les agoras, c'est lui, il ne pourra pas s'en désolidariser.

Les électeurs qui auraient pu le choisir vont confondre sa liste, œcuménique et diverse, et celle issue des agoras, qui provoque les bouffées d'angoisse qu'on devine dans un pays où la représentativité ethnique des élus et des représentants de l'État n'a jamais fait l'objet du moindre commencement de discussion. Pendant quelques jours, la liste 404 déchaîne les passions sur Facebook et Twitter, jusqu'à s'imposer dans l'arène nationale, les matinales radio, les plateaux des chaînes d'info continue qui mentionnent Mehdi, les agoras et la liste 404, dans cet ordre immuable et meurtrier, du moins pour les ambitions du maire de La Brèche, candidat dans la première circonscription de l'Allier.

— C'est fichu, se désespère Mehdi.

Pendant ce temps-là, Allia rencontre les têtes de liste et leur demande pourquoi elles se sont déclarées au dernier moment et sans les avoir avertis. Elle n'obtient aucune réponse satisfaisante et finit par se ranger à l'hypothèse de son père, qui voit la main de Kader derrière chaque nouvelle calamité qui s'abat sur le département. Selon Rachid, la liste 404 peut gagner, à la faveur d'une fatigue démocratique mais pas seulement, les néopropriétaires terriens ayant bénéficié des avantageuses conditions offertes par Kader, tous d'origine algérienne, « comme par hasard », se seraient massivement inscrits sur les listes électorales afin de faire triompher ceux qui ne sont, en réalité, que des thuriféraires du financier.

Impossible, pour Allia, de le joindre, lui ou un de ses associés avec qui elle échange au sujet de 404.

Mehdi l'accuse :

— Ce pervers, comme je n'ai pas voulu devenir son boy, il a décidé de noyer ma candidature dans une liste épouvantail, une liste fantoche.

Le jeudi qui précède le premier tour, Mehdi est invité au journal de France 3 Auvergne-Rhône-Alpes. Il n'en avait rien dit à personne au presbytère. D'une voix ferme et claire, il condamne cette « liste 404 », composée de « citoyens respectables mais égarés ».

Lorsque le nom de Kader est enfin prononcé, ce n'est pas par la journaliste qui conduit l'interview mais par l'interviewé lui-même. Après une pause délibérée et solennelle, Mehdi poursuit en fixant la journaliste comme si l'objectif de la caméra se répartissait entre ses deux yeux :

— Ceux qui ont fait fortune à l'étranger et qui disent vouloir revivifier la vie économique de notre département sont les bienvenus, mais il faut qu'ils jouent cartes sur table. Nous ne pouvons pas laisser notre destin aux mains d'aventuriers et de croisés dont les croisades sont… ambiguës, pour ne pas dire plus.

Allia est dépitée par son choix de mots. Cette accusation d'ambiguïté, on l'a toujours faite à Kader. Ses yeux s'affolent, un air d'horreur y passe. Elle se raidit, se contorsionne, comme si elle sentait autour de sa taille les mains froides d'un agresseur.

— Moi, je crois que tu peux être fière, lui dit Rachid qui n'a pas vu que son visage s'était vidé de toutes ses couleurs.

Elle sort en vacillant, s'arrête, respire. Ali s'aperçoit qu'elle tient en équilibre grâce à la canalisation du radiateur et que ses yeux regardent dans le vague. Elle paraît au bord de l'évanouissement. Il s'empresse d'aller lui remplir un verre d'eau, mais lorsqu'il revient de la cuisine elle monte déjà l'escalier, la main sur la rampe, comme une petite dame fatiguée.

Le retour de Mehdi, tard dans la nuit, la fait redescendre. Elle a une fringale, mais la dispute repart de plus belle. Ali est en train de faire du rangement dans la remise adjacente à la cuisine lorsque le ton monte, il devrait sortir, se montrer, mais le temps qu'il délibère c'est déjà trop tard, il aura l'air de les avoir espionnés volontairement, alors il reste dans son coin, tapi dans l'ombre, il retient son souffle, écoute le couple se déchirer.

— Des croisades ambiguës ? Ambiguës ? Qu'est-ce qui te prouve que c'est Kader qui tire les ficelles ? Tu te rends compte que tu es devenu complètement parano ?

Mehdi se défend en racontant l'affaire qui l'accapare depuis la rentrée de janvier et justifie sa rareté aux agoras. Il soutient une association qui se démène pour empêcher l'installation d'une ferme d'élevage sur une zone naturelle d'intérêt écologique, faunistique et floristique. La décision du tribunal administratif est attendue de manière imminente et son passage au journal régional aurait dû lui permettre de relayer ce combat qu'il juge essentiel.

— Sauf que les conditions d'élevage sur caillebotis, ça intéresse visiblement moins les gens que les troubles de la personnalité et les pulsions autodestructrices de ton ancien camarade de classe.

— Autodestructrices ? Le problème de Kader, ce serait plutôt le contraire, une pulsion d'autocréation, ce qui n'est pas forcément moins grave, d'ailleurs...

— Tu vois, il te fascine.

— Mais non, j'ai passé l'âge d'être fascinée. Écoute, je comprends, je comprends que tu sois amer, répond Allia d'une voix qui n'a rien de compréhensif.

— Il y a de vrais problèmes dans ce territoire, des problèmes *réels*.

— Et ceux soulevés pendant les agoras, s'indigne Allia, tout ce que ça fait remonter, tu considères que c'est du virtuel, peut-être ? C'est quoi ton critère pour déterminer la réalité des problèmes ? Ce qu'en pensent les électeurs de souche ?

— Allia, ce n'est pas honnête, si c'est pour se faire des procès d'intention, mieux vaut arrêter là.

— Ton déni permanent devient gênant, je te le dis comme je le pense, Mehdi. Il faut quoi pour ramener la paix dans la société ? Que les minorités acceptent de la fermer et de continuer à servir de boucs émissaires ?

— Je n'ai jamais dit une chose pareille.

— Il y a un rapport de force qui est défavorable aux Arabes partout en France, et ce depuis toujours, sauf ici, pour la première fois. Et ne me dis pas « c'est qui les Arabes » s'il te plaît. Je m'en fous, c'est comme ça qu'on est perçus ! Moi, toi, tes parents, mon père, notre petite fille si elle avait survécu et l'enfant qu'on attend... Je sais que cette liste nous fait du mal, dit-elle en s'adoucissant, mais il y a des gens derrière ces noms, et tu les connais tous personnellement, tu as entendu leurs prises de parole lors des agoras, tu sais pertinemment que ce sont des gens honnêtes, civiques, qui méritent autant que n'importe qui d'être élus.

— Mais je n'ai jamais dit le contraire ! Je dis simplement que ce n'est pas une façon de faire, d'arriver en force, 100 % d'Arabes sur la liste ! 100 % !

— Tu sais de quoi tu avais l'air tout à l'heure à la télé ?

— 100 % ! Tu entends, 100 % !

— Mais qu'est-ce qui te fait peur ? Kader ?

— Tu le défendras toujours quoi qu'il fasse, en fait. Tu savais, pour la liste ? Dis la vérité : tu savais, il t'avait prévenue ?

L'indignation réduit Allia au silence, cette fois-ci.

— Je ne savais pas, non, répond-elle enfin, dans un souffle. Ce que je sais, c'est que tu vas perdre l'élection, Mehdi, et redevenir un maire et un médecin aimé de tous, à commencer par moi. Mais pas Kader, non. Mais puisque tu es obsédé, allons-y, faisons des prévisions. Moi je pense que ça va mal finir, qu'il n'y a pas loin du Capitole à la roche Tarpéienne et qu'on va faire payer à Kader la somme de ce qu'on fantasme autour de ses projets.

— *Son* projet, au singulier, rectifie Mehdi. On sait tous les deux qu'il n'a qu'un seul projet : toi.

Depuis la remise, Ali entend un soupir, un autre soupir et puis plus rien. Ne pouvant se fier qu'à son ouïe, il manque sans doute les moues et les regards qui prennent le relais de la conversation quand les paroles ne suffisent plus. En effet, après une pause si longue et si parfaite qu'il croit le couple endormi, la voix de Mehdi le fait sursauter :

— Il ne se passe pas dix minutes sans que je me pince pour m'assurer qu'on est à nouveau ensemble tous les deux. Parfois j'en ai les larmes aux yeux. Mais on ne sera jamais heureux si on le laisse répandre la désolation autour de nous. Il peut tout acheter sauf toi, il est prêt à acheter tout le département tellement ça le rend fou de ne pas pouvoir te posséder toi… Il faut l'arrêter avant qu'il ne soit trop tard.

Comme souvent quand il s'agit de son Méphistophélès, Allia ne trouve rien à répondre, ou préfère ne pas le faire. Ils montent enfin à l'étage. Une demi-heure plus tard, tout le monde dort à poings fermés dans la maison.

Mehdi arrive en avant-dernière position au premier tour des législatives, réalisant un score inférieur à 5 %. Seules consolations : la liste 404 ne parvient pas non plus à s'implanter dans l'Allier, tandis qu'au niveau national la présidente perd également son pari, échouant à obtenir la large majorité qu'elle réclamait pour réviser la Constitution. Tout le monde répète sur tous les tons qu'on entre dans une zone de grandes turbulences. Il reste deux ans et demi avant la prochaine présidentielle. La frange la plus islamophobe de l'électorat enrage d'être passée si près du but et de devoir à nouveau composer avec des modérés qui ne souhaitent que des interdictions marginales, comme celle du voile sur la tête des mères accompagnatrices lors des sorties scolaires. Ce n'est pas assez, ce ne sera jamais assez. On entend de plus en plus nettement l'écho d'une revendication folle mais partagée par trop de Français pour continuer d'être ignorée :

arrêtons de tourner autour du pot, la République ne sera jamais compatible avec l'islam, il faut donc l'interdire, comme on interdit les sectes eschatologiques, la polygamie et les mutilations rituelles sur les petites filles.

Rachid paraît plus affecté que le reste du presbytère par le chaos institutionnel et cette vapeur de chiottes qui a envahi tout le pays.

— Il y a une bête féroce dans les sous-sols de la République, analyse-t-il. Tous les présidents le savent, il faut la nourrir de temps en temps, sinon elle va défoncer les verrous de la cave et tout détruire. Eh bien, mes amis, nous y sommes. La bête est là, déchaînée, on n'a plus d'autre choix que de l'adorer ou d'être dévoré par elle.

Un vendredi de février, en rentrant de la mosquée de Moulins, Mehdi repère une voiture suspecte dans le rétroviseur, qui les suit jusque dans les chemins de traverse que son chauffeur emprunte pour lui échapper. Ali se met à trembler lorsque la voiture, une Kangoo blanche, leur bloque le passage à la sortie d'une route de ferme. Des chiens aboient dans le pare-brise arrière. Ils sont deux dans la Kangoo, deux Français. Le conducteur sort du véhicule et se dirige vers eux, armé d'une batte de base-ball. Le tableau paraît irréel à Ali, il l'a si souvent vu dans des films américains qu'il lui faut passer par un ajustement optique, comme s'il venait d'être plongé dans l'obscurité et tardait à reconfigurer son œil. Il voit soudain la main de Mehdi qui actionne le levier de vitesse pour reculer. Ali se ressaisit et prend le relais pour accélérer vers l'arrière. Un énorme bruit lui fait pousser un cri : c'est la batte de base-ball qui s'écrase sur le capot et rebondit, manquant le pare-brise de justesse.

La Kangoo les poursuit jusqu'à l'embranchement avec la départementale, où une voiture de gendarmerie surgit miraculeusement, encadrant un convoi exceptionnel et dissuadant les agresseurs. Ali roule au pas, derrière le convoi, un camion qui traîne une statue de Bouddha géant, sans doute destinée à la pagode de Noyant-d'Allier, à quelques kilomètres.

Une fois remis de ses émotions, Mehdi toussote et se racle la gorge :

— Je ne suis pas pour les secrets en règle générale, mais j'aimerais mieux qu'on ne parle pas à Allia de ce qui vient de se passer. Avec la grossesse, tu comprends…

— Je comprends.

Ils entrent dans La Brèche par le sud-est, l'entrée au château, comme on l'appelait jadis. Désormais, les bâches jaunes font penser à une structure gonflable ou à une installation d'art contemporain, comme la corolle d'une tulipe protégeant jalousement son étamine.

Quand Ali livre ses impressions au dîner du soir, Allia part d'un rire sardonique :

— Tu sais à quoi ça leur fait penser, ces bâches jaunes, dans la fachosphère ? À un château voilé.

Personne ne sourit, personne n'en a la force.

Le dévoilement du château est prévu pour la fin du printemps. Les travaux continuent de mobiliser des dizaines d'ouvriers, dans l'opacité la plus totale. Le chantier s'est étendu au terrain où s'était déroulé le concert sauvage du 14 Juillet. Des bâtiments surgissent du sommet de la colline, dissimulés par de nouvelles bâches géantes. Le site est surveillé vingt-quatre heures sur vingt-quatre. Rien ne filtre. Mehdi enrage de ne recevoir aucune réponse de la part des hommes de Kader qui s'occupent du chantier. Il en parle à ses contacts de la gendarmerie, qui ont reçu l'ordre de ne pas s'en occuper, un ordre venant d'en haut, de très en haut, précisent-ils avec un air désabusé.

La petite sœur de Mehdi revient à La Brèche, un matin, avec sa valise à roulettes, déposée par un type en costume qui conduit une grosse berline avec une plaque étrangère.

— Surprise !

Elle demande à Rachid si elle peut dormir au presbytère, pour quelque temps.

— Bien sûr ! répond-il. Il faudra voir les détails avec ton frère quand il rentrera.

Nesrine ne l'attend pas pour s'installer dans la suite qu'occupaient son frère et sa belle-sœur quand ils vivaient ici dix ans plus tôt : une enfilade de deux petites pièces carrées avec du papier peint délavé aux murs, une ottomane rose en demi-lune placée au bout du lit conjugal et une porte coulissante, d'ajout ultérieur, pour isoler le coin du bébé.

Au dîner du soir, Nesrine a revêtu un vieux pull d'homme tout bouloché et un hijab coloré qui lui couvre le front et les oreilles. Ses dents semblent avoir blanchi depuis la dernière fois où elle a honoré le presbytère de sa présence, elle a l'air encore plus carnassière, brillante et redoutable qu'avant. Pourtant son comportement vis-à-vis d'Allia a changé. Elle multiplie les attentions, pose des questions sur le bébé, rêve déjà aux cadeaux qu'elle va lui faire.

— Quand est-ce qu'on saura si c'est un garçon ou une fille ? demande-t-elle enfin avec gourmandise, en se penchant vers Allia comme pour l'interviewer.

Tout le monde est là : Rachid, le Fennec, Allia, Mehdi et Ali.

— On préfère le découvrir au moment de la naissance, répond Allia.

— En tout cas dès que vous avez besoin de la grande chambre, vous me dites et je me casse, hein.

Après un regard circulaire, Mehdi pose enfin la question qui trotte dans toutes les têtes :

— Qu'est-ce que tu fais là, Ness ?

Elle a déjà terminé son assiette, et se lèche littéralement les babines.

— Vous vous souvenez du hashtag #génération404 que j'avais lancé ? J'ai eu une idée, une émission de télé qui s'appellerait *Génération 404*. Qui n'aurait rien à voir avec *Mauvaise ambiance, Mauvaise ambiance*, c'était un coup d'essai, je reconnais plein d'erreurs, mais on grandit, on avance…

Elle regarde le Fennec, le désignant par la même occasion comme son complice. Le jeune neveu de Rachid baisse les yeux en anticipation de l'inévitable avoinée qu'ils vont se prendre.

— Ça fait quelques mois que je travaille dessus, mais personne ne voulait prendre le risque, financièrement je veux dire. C'est très ambitieux, c'est une grosse production. Et puis j'ai rencontré Kader.

— Quoi ? crie Mehdi.

— Attends… Écoute-moi jusqu'au bout. Je lui ai parlé de mon projet…

— C'est lui qui t'a envoyé à Doha ?

— Déjà ce n'était pas Doha, mais Dubai. Et ensuite je vais où je veux, je suis majeure, j'ai un passeport, casier judiciaire vierge, ça va, on se calme.

Rachid se redresse pour libérer ses voies respiratoires, assouplir son échine et supporter la tension qui monte.

— Pardon, dit soudain Nesrine, surprenant tout le monde par la sincérité de son ton. Je ne veux pas venir ici et provoquer à tort et à travers, c'est juste qu'il se passe quelque chose d'incroyable dans le pays en ce moment. Un grand mouvement de liberté, vous ne vous en rendez pas compte mais la jeunesse se révolte, on a envie de dire : enfin. On va avoir notre *hirak* nous aussi, poursuit-elle, les yeux humides, pleins de passion. La différence, c'est que, nous, on ne va pas envahir les rues d'Alger, on ne peut pas, pas en France, pas avec nos gueules, on se ferait réprimer, on se ferait massacrer, alors il faut passer en contrebande.

Tous les adultes de la table ont compris qu'elle répétait les mots d'un autre, les mots d'un adulte, justement, et d'un homme, forcément, un homme avec le genre de voix qui impressionne les jeunes femmes comme Nesrine, les fortes têtes qui ne se laissent pas impressionner en temps normal.

— C'est maintenant qu'il faut agir, on ne va pas rester là dans nos jolies maisons bien chauffées à vivre comme des bons Français, à faire semblant qu'on peut vivre avec eux alors qu'ils ont mis au pouvoir une présidente dont la seule mission est de nous humilier. Ça va bientôt devenir illégal d'être arabe et de faire de la politique dans ce pays.

Mehdi s'impatiente :

— Et c'est quoi, le rapport avec Kader ?

— Mais on s'en fout de Kader ! Kader, un autre, peu importe, le principal, c'est qu'on me donne des sous et qu'on me laisse faire, qu'on laisse la jeunesse s'exprimer, la vraie jeunesse qu'on voit ici, à Moulins, par exemple, à Vichy, dans les petits patelins. L'Allier, c'est le centre de la France en ce moment. Tout le monde peut placer l'Allier sur une carte maintenant, tout le monde sait où se trouve le centre de la France. Et c'est de là que va venir la réponse de la jeunesse à *za'ma* madame la présidente. Rien que ça c'est insupportable. La présidente. Désolée, mais ce n'est pas ma présidente, ce n'est pas la nôtre.

Ses propos ne soulèvent aucune ferveur, pire : aucune opposition.

Elle s'énerve :

— Ou alors on peut faire comme vous, manger des bons produits du terroir et regarder la catastrophe qui arrive au lieu d'essayer de l'empêcher. Allia, tu as créé quelque chose, que tu le veuilles ou non, maintenant tu es avec le mouvement ou contre le mouvement, mais tu ne peux pas flotter entre les deux.

Elle s'arrête de parler, pour laisser s'exprimer Allia qu'elle a convoquée au centre de l'arène. Mais Allia ne va pas se lancer dans un one-woman-show, elle a des brûlures d'estomac et son dos commence à lui faire mal. Elle pose ses mains sur son ventre, se lève en poussant un gémissement exagéré et tourne les épaules vers la sortie de la salle à manger :

— Tu peux rester ici, en ce qui me concerne, il faut surtout voir avec mon père, on est chez lui, c'est lui qui décide. Quant au reste, je ne veux pas savoir ce que tu fais sur 404, mais à la première saloperie contre les juifs, petite sœur de mon mec ou pas, tu disparais. D'accord ? Ma grand-mère était juive, au cas où tu ne le saurais pas.

— Mais je n'ai rien contre les juifs !

— Je ne veux rien savoir. Tes opinions ne m'intéressent pas.

Nesrine en reste sans voix.

Mehdi n'a plus remis les pieds dans une agora depuis le début de l'année. Il a entrepris de se désintéresser activement de l'actualité et de la politique, qui lui inspirent des grommellements bougons. Seuls lui importent la mairie, ses patients et la grossesse d'Allia. Il entend vivre dans un monde réduit à ce qu'il peut toucher du doigt et embrasser du regard. Il a repassé son permis, il peut à nouveau faire ses tournées tout seul. Mais il n'écoute plus de podcast, ne regarde plus la télé, ferme les yeux et les oreilles quand il entend parler de 404, ce nombre palindrome qui rend fou et qu'on refusera de prononcer un jour, Mehdi en est persuadé, 404 rejoindra le cimetière des sons interdits à cause de la menace qu'ils faisaient peser sur la paix nationale.

Pour Kader, au contraire, il n'y a pas de sons interdits et 404 relève d'une question de vie et de mort médiatiques. Un mirage circule dont il est le héros malgré lui. Déguisé en commandant SS, il déambule dans Vichy en aboyant des ordres et en traitant une de ses collaboratrices de sale juive. La vidéo est, comme toujours, parfaitement réaliste, d'un réalisme qui dispense les auteurs de mirages de se soucier de vraisemblance. Ils auraient pu ajouter une queue de singe dépassant de son costume ou lui faire un aileron de requin dans le dos, on y aurait encore cru. Tout se laisse désormais consommer comme une fiction, l'illustration plus ou moins divertissante d'une réalité qu'on partage vaguement. Le P-DG de Wilaya est un antisémite qui se déguise en nazi à Vichy. La collaboratrice insultée dément, mais soit. C'est plus efficace qu'un message écrit, c'est une scène qu'on semble avoir vécue, à laquelle on croit comme si on en avait été directement témoin.

À Paris, on se préoccupe de plus en plus ouvertement de l'Allier et des mouvements démographiques qu'on y observe, en particulier depuis la Seine-Saint-Denis. Du 93 au 03, c'est même une parole d'un morceau de DJ Dinar. Pour l'occasion, le plus gros vendeur du rap francophone abandonne son bouc en forme de dollar pour une barbiche plus classique, mais en apparence seulement : de nombreux observateurs croient voir un A se dessiner du coin des narines aux mâchoires. Le A d'« Anarchie » ou le A d'« Allier » ? Son nouveau tube, *Alyah,* semble répondre qu'il s'agit un peu des deux : *Je fais mon alyah, du 9-3 au 0-3, je fous le dawa dans l'Allier.*

Combien de familles quittent le département le plus pauvre de France pour bénéficier des facilités d'accès à la propriété imaginées par les promoteurs immobiliers de Kader ? Aucun chiffre ne circule, mais des rapports sont pondus, des notes sont rédigées. Un nouveau préfet vient d'être nommé dans le 03, en urgence, quelques semaines avant l'élection. C'est un proche de la présidente, qui a fait ses armes sur l'île de la Réunion et en Seine-Saint-Denis, le genre de profil sécuritaire que la République envoie dans les territoires où son autorité est contestée.

La première agora de Vichy fournit l'occasion d'une nouvelle dispute au presbytère : Kader a confirmé qu'il en sera, tout en demandant à Allia une faveur, celle de réduire, de façon exceptionnelle, la diffusion de 404 aux seuls spectateurs présents dans les limites du département de l'Allier.

— Et on peut savoir pourquoi tu as accepté ? lui demande Mehdi au petit déjeuner.

— Parce que c'est la première fois qu'il me demande une faveur, et qu'il a accepté solennellement que ce soit également la dernière.

— Et tu le crois ?

Elle soupire. Comme si elle avait le choix.

Ali les écoute depuis la cuisine. Allia trouve « dégueulasse » qu'on accuse Kader sur la base d'un mirage, elle trouve tout aussi dégueulasse que le fumet de l'antisémitisme se soit déplacé sur les noms de la fameuse liste 404. Elle est en contact avec nombre d'entre eux, ils ne marchent pas du tout comme un seul homme, contrairement à ce qui se raconte, ils se disent épouvantés et démunis, les courriers d'insultes et de menaces qu'ils reçoivent quotidiennement les accusent non seulement de fomenter des projets d'occupation mais aussi de détester les juifs.

— Les admirateurs du régime de Vichy qui font semblant de se préoccuper des menaces qui pèsent sur les juifs… Je crois qu'on peut dire que la boucle est bouclée.

Mehdi sirote son café sans réagir.

— Attends, l'interpelle soudain Allia, tu ne vas pas me dire que tu crois à la vidéo de Kader déguisé en nazi quand même ?

— C'est évidemment un mirage, mais quand même.

— Quand même quoi ?

— Quand même il n'y a pas de pire aveugle que celui qui ne veut pas voir.

— Et pas de fumée sans feu, ça va, je connais la chanson. Mehdi, c'est toi l'aveugle. Ta haine t'aveugle. Tu le détestes tellement que tu ne vois même plus à quel point cette cabale contre lui est une resucée de tous les clichés possibles et imaginables sur l'homme arabe. Violeur, envahisseur, voleur et maintenant antisémite.

— Ah bon, parce qu'il n'y a pas d'antisémites chez les Arabes ?

— Quand un Blanc est antisémite, on parle de ses idées politiques nauséabondes, réplique Allia, quand un Arabe l'est, c'est parce qu'il est arabe, comme si c'était son arabité qui était nauséabonde, comme si la violence et la haine putride étaient inscrites dans ses gènes.

À cela, Mehdi ne trouve rien à répondre. Il souffle un « bonne nuit » plein d'amertume et monte se coucher.

Si Kader a prévu d'intervenir lors de l'agora de Vichy, c'est pour réserver sa première prise de parole à l'infalsifiable canal de 404. Ses attachés de presse justifient cette option par les mirages qui n'en finissent pas de pulluler, toujours plus indétectables et insidieux, et qui semblent trouver leur place dans le paysage médiatique, malgré les frictions. Le syndicat des professionnels du maquillage a appelé à manifester contre le remplacement généralisé des coiffeuses et maquilleuses de studio par un logiciel de mirages qui filtre l'image en temps réel et présente les personnes à l'écran sous leur meilleur jour et pour un coût défiant toute concurrence.

Apprenant qu'Allia doit se rendre à Vichy et qu'Ali s'est proposé pour jouer les taxis, Rachid le convoque à son chevet et l'implore de veiller sur sa fille, en levant sur lui des yeux écarquillés et noircis par la peur.

Le lendemain, au petit jour, Ali emprunte la départementale en direction du sud-est. Le ciel dégagé permet d'admirer le liseré bleu-violet des sommets de la chaîne des Puys, qu'il a, un jour, entendu Allia nommer l'un après l'autre en les avisant depuis le pare-brise arrière.

— Il s'est passé quelque chose quand vous êtes revenus de la mosquée, il y a quelques semaines ?

— Quand ça ? demande Ali pour gagner du temps et inventer un mensonge.

— J'ai demandé à Mehdi pourquoi la tôle était froissée sur le capot de la bagnole, il a eu un air bizarre…

— Zut, j'ai peur que ce soit de ma faute, en la garant dans la grange j'ai fait tomber une étagère de l'établi, mais je n'avais pas vu que ça avait laissé une marque sur le capot.

— Pas une marque, c'est profond, on dirait que quelqu'un est tombé dessus…

— Je ne sais pas, alors.

Allia n'insiste pas.

Ils entrent dans Vichy en franchissant l'Allier par un large pont flanqué de drapeaux de pays européens. Allia s'interroge sur l'artificialité du département censé coïncider avec le pays bourbon, mais qui ramasse également la ville thermale et la montagne bourbonnaise qui selon elle n'a de bourbonnais que le nom. Elle fait des commentaires sur la « taudification » de la ville derrière ses jolies façades aux portillons sculptés. Il faut demander une autorisation aux Architectes de France pour modifier un balconnet ou un balustre, en revanche tout le monde semble se désintéresser de ce qui se passe derrière, dans ces appartements vétustes aux loyers en chute libre, comme si l'habitude d'offrir une vitrine agréable aux curistes avait survécu à l'effondrement du thermalisme ces dernières décennies. Pendant quelque temps, la clientèle russe a entretenu l'illusion, on avait pris l'habitude de tout traduire pour eux, et il reste de nombreuses inscriptions en cyrillique dans les hôtels. Mais depuis deux ans, une autre influence étrangère nourrit les terreurs diurnes des riverains du centre-ville. Une heure dans Vichy suffit pour s'apercevoir que les chantiers se multiplient, des berges aux quartiers périphériques et jusque dans le moindre lot vacant. Interdits au public, ils sont surveillés par la même société de Kader qui a installé ses préfabriqués autour de La Brèche. Et comme au village, de jeunes Arabes y dévisagent les passants en ricanant, des cousins lointains du Fennec formant des bandes de cinq ou six vigiles en uniforme blanc ligné de vert.

En marchant vers le centre, Allia et son vieux camarade traversent la grande place des Sources dont les arcades couvertes ceinturent quelques hectares de pelouse, de kiosques et le palais abritant les fameuses sources. On peut les voir bouillonner et acheter un gobelet en plastique pour goûter leur eau fortement minéralisée. Allia paraît perturbée par le nombre inhabituel de corbeaux sur la place. Elle remarque soudain que la couleur dominante du mobilier urbain a changé. Le bleu des croisillons, des persiennes, du fer forgé des balcons et des armatures de métal a partout été repeint en vert, et pas n'importe lequel : un vert sapin qu'on dit être exactement celui du drapeau de l'Algérie. Ce ne sont pas les murs, les trottoirs ou les galeries qu'on a ripolinés, mais les personnages secondaires du paysage, qui le soulignent discrètement et donnent à sa transformation un caractère sournois, comme un forfait accompli la nuit, à l'abri des regards.

Ils déjeunent dans une brasserie au bord de la rivière. Les magnolias sont en fleur, des grappes de jeunes filles tout aussi blanches et roses vapotent sur la promenade en contrebas. Allia les observe sans mot dire, avec ce demi-sourire plein de clémence que peuvent inspirer à une presque quadragénaire sur le point d'avoir un enfant les parades boudeuses de ses cadettes.

Des partisans de Mehdi reconnaissent Allia et viennent lui serrer la main. Ils l'assurent de leur soutien indéfectible. Ils font néanmoins part de leur inquiétude quant à l'influence grandissante qu'a acquise, souterrainement, Kader. Les agoras ont permis à de nombreux hommes et femmes d'origine algérienne de sortir du bois et de s'investir dans la vie civique de leur pays, au niveau le plus concret, le plus local. Leurs interventions lors des agoras sont préparées en amont par des comités. On redécouvre le plaisir d'être ensemble pour une bonne cause, celle d'organiser soi-même sa vie en collectivité, celle de se côtoyer au lieu d'évoluer simplement côte à côte, des rayons de supermarché aux abords de la crèche.

— Il faut que Mehdi reprenne le pouvoir, intime à Allia une prof de français au visage triangulaire cerné de fines bouclettes noires. C'est lui, les agoras, pas cette espèce de chacal bourré de fric. L'idée vient de Mehdi, c'est Mehdi qu'on a tous voulu suivre, parce qu'on savait à qui on avait affaire... Vous lui direz qu'on le soutient, hein ? Qu'il n'abandonne pas à cause de son échec aux législatives, ce serait trop dommage.

On vient les informer d'une décision de dernière minute du maire de Vichy : l'afflux de participants et de journalistes est tel qu'au lieu d'avoir lieu dans une salle municipale excentrée, l'agora de cet après-midi se tiendra finalement dans le superbe bâtiment que se partagent l'Opéra et le Palais des congrès.

Des camions de CRS stationnent dans les rues du centre, d'autres policiers patrouillent en nombre sur la place. Dès que la haute silhouette de Kader apparaît, un essaim de micros et de caméras fond sur lui.

Allia reste à l'écart, s'assoit sur un banc pour reprendre son souffle. À côté d'eux, un couple de personnes âgées, penché sur une poussette, met un point d'honneur à ne pas déroger à son bol d'air rituel malgré l'agitation. Les deux portent foulard de soie, moumoute et bijoux en or, et Ali ne s'aperçoit qu'avec retard que ce n'est pas un bébé mais quatre minuscules chihuahuas qu'ils chouchoutent.

Derrière le rideau mobile des policiers municipaux, il y a trois fois plus de volontaires 404 que d'habitude pour filtrer l'entrée et s'assurer qu'aucun appareil enregistreur ne trouve son chemin dans le sanctuaire de l'agora. Sous l'auvent monumental de la façade de l'Opéra, caractéristique du style Art nouveau omniprésent dans le quartier thermal, la tension est contenue mais palpable. Des bousculades font régulièrement s'élever une rumeur, parfois des cris. On croit qu'une dame a été renversée par un mouvement de foule. On soupire, soulagé : ce n'était qu'une pile de cartons contenant les étuis plastifiés pour les téléphones.

Après y avoir emprisonné le sien, Ali gravit les marches de l'escalier au bras d'Allia. Ils franchissent les portes ornées de ferronneries, et pénètrent dans un hall où se révèlent, par les portes grandes ouvertes, les dorures et les riches lumières de la salle de théâtre. Des centaines de personnes y ont déjà pris place. Il ne reste plus que quelques sièges ivoire et jaune disséminés entre les balcons, l'orchestre et l'avant-scène, au pied du rideau baissé, où se préparent les filmeurs.

C'est la première fois qu'Ali assiste en personne à une agora 404, ce sera également la dernière, mais il a bien choisi son samedi : les débats précédents, qu'il a suivis sur l'application, se déroulaient dans des espaces mal éclairés, où les intervenants étaient filmés en plongée, enlaidis par l'amateurisme des prises de vue et la crudité de l'image au smartphone. Il fallait beaucoup aimer la démocratie participative pour tenir plus d'une dizaine de minutes. Au contraire, des moyens nouveaux ont été mis en œuvre cet après-midi-là, pour restituer la majesté du décor et veiller à une circulation fluide de la parole. Les nombreux volontaires distributeurs de micro guettent les mains levées dans un rayon de deux ou trois rangées, pas plus. On les voit fureter dans l'ombre pendant les interventions. Le rideau reste baissé et la scène invisible. Rien n'annonce le début du spectacle parce que ce n'en est pas un. Il n'y a ni podium ni scène, seulement des gradins où surgissent les preneurs de parole.

Un habitué des agoras parle en premier : c'est un militant berbériste, emmitouflé dans un drapeau amazigh, qui lit le même texte à chaque fois. D'autres militants lui succèdent, des gens qui lisent des proclamations, d'autres qui improvisent, des rigolos, des pas rigolos, des carrément flippants et parfois même des sages.

Au bout d'une quinzaine de minutes de vaticinations, d'applaudissements et de huées, Ali se retourne et repère Kader au premier balcon, derrière eux qui se sont installés dans la fosse. Il porte des baskets blanches, un jean sombre et un T-shirt à manches courtes. Il a les yeux rivés dans leur direction, sur les cheveux d'Allia, lui semble-t-il. Il ne répond à aucune sollicitation des hommes – exclusivement des hommes – qui l'entourent. Parmi eux, Ali cherche l'associé chauve aux mains ridées, en vain.

De la toute première rangée avant la fosse d'orchestre surgit alors une tête connue : celle, recouverte d'un foulard mauve, d'une figure incontournable des agoras les plus récentes, une militante propalestinienne dont l'intervention vise ostensiblement Kader, car la raison pour laquelle mille personnes se trouvent réunies dans cette enceinte, c'est Kader, seulement Kader. Pendant combien de temps va-t-on continuer de débattre de questions périphériques, de débats d'arrière-garde « déjà réglés », comme elle l'affirme d'un ton péremptoire ? Elle préfère évoquer ses « inquiétudes », rejoignant celles de nombre de ses « sœurs », au sujet de Kader et de la Palestine, et plus spécifiquement sur les associés israélo-américains de Kader. On ne l'entend pas beaucoup dénoncer le sionisme ou la politique de colonisation des territoires occupés : faut-il en conclure que les intérêts de ses « associés » (elle mime les guillemets avec ses doigts crochetés) l'emportent sur le sort de nos frères gazaouis ?

Des applaudissements retentissent, vigoureux et fournis mais qu'on dirait localisés, restreints à ceux qui sont à portée de regard de l'intervenante. Son charisme naturel la dispense de monopoliser le micro. Elle se rassoit avec superbe, en gardant le menton et le front hauts, comme si un sculpteur en train de graver son buste avait requis une immobilité parfaite de l'icône.

Pendant que quelqu'un s'époumone – « On s'en fout d'Israël et de la Palestine ! » –, Ali tente de décrypter les émotions qui passent sous le profil d'Allia. Elle a les yeux mi-clos et une grimace qui couve quelque chose, il lui demande si tout va bien. La voix de Kader retentit au moment où Allia se penche vers lui pour lui répondre. La moitié de la salle paraît se retourner d'un coup. Le seigneur de Vichy se met debout sur son siège, au centre du premier balcon. Des volontaires se faufilent vers lui de tous côtés pour lui remettre un micro, quoiqu'on entende très bien sa voix avant qu'elle ne soit amplifiée :

— Mes amis, je serai bref. Ma position a toujours été celle du grand Nelson Mandela : ce que vous faites pour nous, sans nous, est toujours contre nous.

Il marque une pause, pour que sa citation fasse son chemin dans chaque conscience. On lui donne un micro à ce moment-là, et il baisse spontanément d'un ton pour ne pas percer les tympans de ceux qui l'écoutent :

— Si je mets de côté, momentanément bien sûr, la question portant sur mes associés israéliens, le débat auquel nous venons d'assister me fait penser à ce que me disait une amie, l'autre jour, au sujet de la parité, que la parité, c'est une affaire de chiffres impairs. Qu'est-ce qu'on fait quand il y a trois places ? Qu'est-ce qu'on fait quand il n'y en a qu'une ? Tout dépend de qui décide de répartir les rôles. Tout dépend de qui a les moyens de faire entendre sa voix.

Les cris de la militante propalestinienne transpercent le silence religieux qui entoure l'intervention de Kader.

— Oui, oui, ne vous inquiétez pas, je vais répondre. Je ne vais pas vous dire que je ne suis pas un nazi ou un antisémite comme le suggèrent certaines productions récentes qui relèvent, comme chacun l'a compris, d'une campagne de dénigrement préméditée : vous pourriez me croire ou ne pas me croire. Et quand on a été accusé comme je l'ai été, en place publique, par tant de gens qui ont intérêt à vous voir tomber, on est d'emblée coupable, c'est la force diabolique de toute accusation, n'est-ce pas, de semer le doute et la suspicion et de transformer l'accusé en coupable avant même qu'il ait ouvert la bouche pour se défendre. Ma réponse, ce ne sera pas non plus de citer les noms de ceux qui m'ont tendu la main quand je me suis exilé aux États-Unis pour y faire fortune. Des noms en « -berg », des noms en « -stein », des noms en « -ski », les noms typiques d'une communauté qui a connu un succès proprement extraordinaire alors qu'elle inspirait partout une haine immortelle, dans les universités où on trichait pour limiter sa présence, dans les country-clubs où on l'interdisait carrément…

« J'entends souvent, dans ma propre communauté, ici en France, des paroles dures, hostiles à l'encontre des juifs. Omniprésents dans les médias, dans les cercles de pouvoir, où curieusement on ne songe jamais à compter les chrétiens, par parenthèse. Mais ce n'est pas vraiment une parenthèse. Car oui, les juifs obsèdent, c'est un fait. Le peuple élu, dit-on, alors qu'il faudrait plutôt parler du peuple témoin, témoin des turpitudes et de la violence des sociétés humaines qui toujours se sont cherché des victimes expiatoires, des boucs émissaires, comme on dit, et qui toujours ont trouvé que les juifs remplissaient ce rôle à la perfection, jusqu'à la solution finale. Mais les juifs ne se sont pas laissé écraser. On a tenté de les détruire un par un, jusqu'au dernier, on voulait qu'il n'en reste pas un seul dans l'univers. Mais ils ont survécu. Ils ont *résisté* à la haine invraisemblable qui continuait de les poursuivre, et en cela ils montrent la voie à tous ceux que des majorités écumantes persécutent.

« Maintenant, vous me parlez tous du sionisme. Je ne sais pas trop quoi vous répondre, mais rappelons tout de même quelques faits historiques. Le fondateur du sionisme est venu à Paris en pleine affaire Dreyfus, il a vu à quel point les Français haïssaient les juifs, à quel point ça ne changerait jamais, il a dit : il faut que nous disposions d'un foyer, un pays à nous où personne ne pourra nous écraser comme des cafards. Son idée a fait du chemin, ils ont trouvé un coin de désert qui correspondait à la terre de leurs textes sacrés et ils ont dit : ce coin de désert on va le faire fleurir. Et ils l'ont fait. Était-ce vraiment le désert ? Non. N'y avait-il pas déjà des gens sur place ? Si. Toutes ces choses sont connues, et oui, les Palestiniens sont des victimes, et non, ça n'existe pas la justice dans l'histoire, ça n'a jamais existé : il y a ceux qui peuvent défendre leurs intérêts et ceux qui doivent compter sur les autres pour le faire.

« Alors j'en viens au fait, c'est-à-dire ici, chez nous dans l'Hexagone. On croirait, à suivre l'actualité ces temps-ci, que l'antisémitisme est arrivé en France en même temps que les Arabes. Comme si c'étaient des Algérois de Vaulx-en-Velin qui massacraient les juifs au Moyen Âge après les avoir accusés d'empoisonner les puits. Plus près de nous, dans le temps et dans l'espace d'ailleurs, à une vingtaine de mètres de ce magnifique casino où nous sommes réunis et où les députés ont voté les pleins pouvoirs à Pétain en 1940, se trouvait, mes chers amis, le siège du gouvernement de Vichy. Pétain et Laval avaient leurs bureaux dans l'hôtel du Parc, devant lequel certains d'entre vous sont passés tout à l'heure. En arrivant dans la région il y a quelques années, dans ce pays qui est celui d'une amie chère, j'ai été très surpris de visiter Vichy et de voir que l'hôtel du Parc n'avait pas été transformé en musée de la collaboration. Je me suis renseigné. Le fonds que je représente prévoyait d'investir massivement dans le centre de la France, ce n'est un secret pour personne, et je me suis demandé qui possédait l'hôtel du Parc, et en particulier l'appartement du maréchal Pétain qui avait promulgué les lois antijuives et promis au bon peuple de France une révolution nationale pour chasser les hordes de juifs immigrés fuyant les pogroms et la misère mais aussi les juifs d'ici, les éléments cosmopolites, comme on disait, les banquiers israélites, les médecins israélites, les professeurs israélites, qu'on voyait comme des éléments perpétuellement allogènes même si avec le temps ils n'avaient plus la figure noiraude, les traits grossiers, les appétits bestiaux de leurs misérables cousins orientaux. Alors oui, c'est peu dire que je suis tombé des nues quand j'ai appris que l'appartement qu'occupait le maréchal Pétain pendant toute cette période appartenait, tenez-vous bien, à l'association qui défend sa mémoire…

Un bruissement parcourt le théâtre. Kader ménage son effet et s'assure qu'il présente son meilleur profil au smartphone qui le filme pour 404.

— Alors non, je ne vais pas mettre la main sur le cœur et jurer que je ne suis pas le grand méchant loup antisémite qu'on prétend, mais j'annonce ici en exclusivité que nous avons racheté l'hôtel du Parc, et que les travaux ont déjà commencé, pour en faire un centre de réflexion et de débats, une espèce de maison du peuple, une grande boîte à idées, un lieu dédié à l'intelligence collective, où personne n'aura à trembler d'avoir osé dire « nous », et où chacun pourra s'atteler à la seule tâche qui vaille : imaginer l'avenir. Car si nous sommes tous pris de cette fièvre de nous réunir, d'être enfin ensemble, que ce soit dans un espace physique ou sur 404, c'est pour nous organiser politiquement, n'ayons pas peur des mots. Trop souvent on a fait pour nous sans nous, et donc contre nous. Nos ancêtres vivaient dans le désert, mais nous aussi, en un certain sens, nous vivons dans le désert. Je suis sûr que vous savez tous intimement de quoi je parle. Alors cessons d'attendre la pluie en chantant les refrains de nos maîtres. Ce ne sont plus nos maîtres, et ce ne sont pas nos chansons. Retroussons-nous les manches, munissons-nous de pelles et de pioches et faisons-le fleurir nous-mêmes, notre désert français. Merci.

Allia a besoin de prendre l'air, et pourtant ses mâchoires et ses dents claquent presque, elle paraît transie de froid. Ali la conduit dehors pendant que les débats se poursuivent. Ils contournent le bâtiment pour échapper aux caméras braquées sur la sortie et se réfugient devant le siège du Rotary Club.

Dix minutes plus tard, Kader sort par l'entrée des artistes et repère Allia comme s'il possédait un sixième sens, celui de percevoir la présence d'Allia, fût-elle dans son angle mort. Entouré de sa suite, il avance vers elle, en prenant par les épaules un de ses compères qui n'est autre que le Fennec.

— Justement, on était en train de parler de toi, dit Kader en embrassant Allia sur le front.

Allia déteste cette bise unique, centrale, indécente.

— Qu'est-ce que tu as pensé de mon petit speech ? « Faire fleurir le désert », pas mal, non ? Je suis en train de voler le sionisme aux juifs !

Un éclat de rire général accueille sa sortie, ce genre de rire sonore et sec dont on gratifie si volontiers les hommes de pouvoir en représentation. Kader est gourmand de ce côté-là : l'attention de tous ne lui suffit pas, il lui faut aussi l'obéissance et le rire de chacun.

— On avait dit qu'on dînait ensemble ce soir ? s'enquiert-il en ne détachant pas son regard d'Allia.

Ali respire à ce moment-là un relent de son parfum, Dior Sauvage, qui est aussi celui de tous les hommes de son entourage.

Sous la discrète surveillance de gardes du corps en tenue de ville, la troupe se déplace vers le grand hôtel de Vichy, à deux pâtés de maison. Les travaux n'y sont pas tout à fait terminés, notamment dans le bâtiment du spa en cours d'agrandissement, dorénavant relié à celui de l'hôtel par une deuxième passerelle. Le dernier étage, surélevé comme une tour de contrôle, accueille les suites présidentielles et une piscine chauffée dont le bassin extérieur communique avec celui abrité sous la verrière. Depuis les tables du restaurant privé où Allia et Kader vont dîner, on peut voir cette piscine en plein air fumer dans la fraîcheur du soir. Les baies vitrées sont cernées de brumes qui rendent les lueurs de la ville incertaines, comme les feux d'un mirage.

Allia est assise en bout de table avec Kader, qui l'abandonne régulièrement pour saluer un nouvel arrivant. C'est toujours le même spectacle, les mêmes embrassades excessives. Difficile d'imaginer, avant de le voir, qu'un homme pesant des centaines de millions de dollars et tutoyant les chefs d'État puisse avoir pour compagnie de prédilection le carnaval de petits dealers et de caïds à sacoches et coupes dégradées qui défilent ce soir-là dans le penthouse « réservé aux DZ » selon le Fennec. Kader les connaît tous individuellement, ainsi que leurs familles, il n'a oublié aucun prénom. Beaucoup viennent de la banlieue lyonnaise où Kader est né et où il a grandi, « Vénissieux *born and raised* », dit-il à qui veut l'entendre. Ils passent une nuit ou deux à l'hôtel à ses frais, paient leur shit et leur tribut d'anecdotes de la *tess*. En leur présence Kader se métamorphose, il redevient le rappeur de parking qu'il a été adolescent, rêvant d'être signé par le genre de gros label qu'il peut maintenant racheter en un claquement de doigts.

Dans la galaxie qui gravite autour de Kader, les astres ne sont à égalité qu'en apparence : Allia, la seule femme, en tant qu'invitée d'honneur et partenaire de business, est traitée avec tous les égards. Viennent ensuite ceux qui sont en affaire avec lui, et dont le temps passé au détriment de sa conversation avec Allia est indexé sur l'importance desdites affaires. Le Fennec joue le rôle d'intendant et de chronomètre.

Jusqu'à ce que Kader s'exclame, devant un chariot de fromages qui ne lui fait pas envie :

— Allez, on va piquer une tête !

Dix minutes plus tard, tout le monde est en maillot de bain dans la piscine, sauf Allia et Kader qui se sont isolés sur la terrasse pour négocier.

Au bord de la piscine, les serveurs en livrée blanche, tous des Arabes, apportent des cocktails, déplacent les cendriers pour ceux qui fument. Lorsque Kader vient s'assurer que tout se passe bien pour ses hôtes, Ali remarque que son sourire s'est crispé. Quelques instants plus tard, il parvient à convaincre Allia de tremper au moins ses pieds et se met à son tour en maillot de bain : son torse nu est barré d'une étrange croix de poils noirs.

Allia retire ses pieds, trouvant l'eau trop froide.

— Elle est où, la maîtresse-nageuse ? demande Kader au larbin le plus proche. La responsable piscine, je m'en fous de comment tu l'appelles, ramène-la ici, ce n'est pas normal que l'eau ne soit pas plus chaude.

— Non, non, mais c'est bon, tente Allia.

La « maîtresse-nageuse » a fini son service depuis plus d'une heure, elle est rentrée chez elle. En attendant qu'elle revienne, Kader fait diffuser la mixtape d'un de ses invités dans les enceintes planquées un peu partout dans l'armature supportant la verrière.

C'est du rap de bar à chicha, et sans être un expert, Ali trouve chaque morceau plus vulgaire et plus nul que le précédent. Il nage jusqu'au bassin en plein air en franchissant un rideau d'épaisses lamelles en plastique. La nuit est tombée, les effluves de cannabis se mêlent aux vapeurs d'eau. Le Fennec et ses camarades effritent sans relâche, roulent les plus gros joints qu'Ali a jamais vus, font des plongeons acrobatiques en parlant des filles qui ne vont plus tarder à les rejoindre et de la façon dont ils les ont défoncées la dernière fois :

— Bain de sang, *wallah* un bain de sang, répète le Fennec en se mordant la lèvre.

Il raconte comment, une fois, il a menti sur son identité en contactant une pute qui refusait expressément les Arabes.

— Résultat : un bain de sang, la vie de ma mère. Un bain de sang.

C'est sa mentalité d'entrepreneur qui lui a valu une promotion si rapide auprès de Kader, probablement son idée d'utiliser les particularités de 404 pour y développer un proxénétisme rural, de proximité, aux prix défiant toute concurrence. Il y a également gagné le respect de ses pairs, ça se voit à la façon dont ils se touchent, se prennent par les épaules, dansent les bras en l'air en s'immobilisant parfois pour se faire des soufflettes.

De retour sous la verrière surchauffée, Ali retrouve le type à la mixtape qui semble jouer sa vie à chaque nouveau morceau. Mais Kader se désintéresse de la musique : assis au bord de l'eau, il jette des coups d'œil furtifs aux pieds nus d'Allia, qui parle au téléphone à quelques mètres de la piscine.

Une Française traverse soudain le sas vitré à l'entrée de l'étage. C'est la responsable de la piscine. Elle porte une veste de motard en cuir noir qui peine à contenir ses épaules de nageuse. Le Fennec murmure à voix haute qu'il se l'est faite, mais qu'il préférerait qu'elle ne le reconnaisse pas. Il s'immerge à moitié sous l'eau avec des précautions de crocodile qui s'avèrent superflues : il passe dans son champ de vision à deux reprises sans allumer la moindre lueur dans sa pupille, comme si, à ses yeux, il n'était qu'un basané de plus dans ce vivarium de basanés dont elle a la charge.

— Ben alors, ma maîtresse-nageuse, lui dit Kader, tu veux qu'on se gèle les couilles ? Ni Dieu ni maître-nageur, ça a toujours été ma philosophie, siffle-t-il en apercevant soudain Ali dans l'eau.

Il tire une grosse taffe sur son joint et le passe à son voisin direct sur le rebord, pour avancer son poing en direction d'Ali.

— Ça va, mon frère ?

Ali replonge son poing sous l'eau et sent instantanément que la qualité des regards sur lui a changé. Il est transfiguré, pendant des décennies il a cherché ce qu'il était, maintenant il sait : quelqu'un pour qui Kader arrête de fumer pour le saluer.

La maîtresse-nageuse relève les compteurs dans la petite salle des machines.

— Tiens, mets ton doigt dans l'eau, ordonne Kader quand elle est de retour au bord de la piscine.

— Je m'en occupe, réplique-t-elle en tournant les talons.

Mais la grosse voix de Kader l'empêche de s'en tirer à si bon compte.

— J'ai dit, trempe ton doigt.

— Je m'en occupe, j'ai dit que je m'en occupais.

— Trempe ton doigt d'abord, insiste à nouveau Kader en élevant la voix.

Les bavardages cessent d'un coup. On n'entend plus que les clapotis du bassin qui déborde par saccades irrégulières dans les rigoles d'évacuation.

La Française regarde droit devant elle. Ses yeux deviennent liquides. Enfin, elle détache l'index de son poing crispé et le trempe dans l'eau.

— Alors ?

Le regard de Kader ne bouge pas, une paupière clignote un peu, on dirait qu'elle bat de l'aile. Il y a de la folie dans son regard.

— Je m'en occupe.

— Mais j'avais raison ou pas ?

— Oui, murmure piteusement la maîtresse-nageuse en levant sur son bourreau des yeux brûlants. Oui, vous aviez raison, l'eau n'est pas assez chaude, ce n'est pas normal.

— C'est mieux comme ça, sourit Kader en pivotant vers ses hôtes. *Wallah* ils ont trop été habitués à se sentir chez eux partout, il faut les mater de temps en temps, tu ne crois pas ?

La question s'adresse à personne en particulier. Pourtant tous répondent en chœur :

— Si, si.

En s'éloignant vers la salle des machines, la pauvre femme titube un peu et bouscule tout sur son passage : un transat jonché de serviettes et de peignoirs blancs, une table basse en osier et l'épaule d'Allia, qui vient de terminer son coup de fil et cherche son chauffeur du regard pour la sortir de là, en passant la main sur son ventre.

Leur voiture les attend à l'entrée de l'hôtel. Ali glisse un petit billet dans la paume du valet. Dès qu'ils ont franchi le pont et quitté officiellement Vichy, Allia fond en larmes. C'est la première fois qu'Ali la voit pleurer. Il pose sa main sur son épaule, lui chuchote que tout va bien se passer, que ce n'est rien, mais ce n'est pas rien, elle n'est pas en train de relâcher la pression ou d'évacuer la fatigue mentale accumulée pendant des mois, elle pleure trop fort et trop longtemps, bientôt elle hoquette, suffoque. Ali s'arrête sur le bas-côté, essaie de la prendre dans ses bras. Sa maladresse la calme, il n'est pas habitué à rassurer une femme, il ne l'a pas fait depuis trop longtemps, peut-être jamais.

Allia souffle pour dompter sa respiration.

— C'est bon, on peut repartir, dit-elle en essuyant son visage avec le rebord de sa manche.

— C'est toi qui avais raison, dit-elle en retrouvant les bras de Mehdi une heure plus tard. Il veut reprendre la main sur 404, il dit qu'il faut passer à la vitesse supérieure et que…

— Quoi ? Qu'est-ce qu'il t'a dit d'autre ?

— Il veut créer des programmes en fait, faire une sorte de chaîne de télé à l'ancienne sauf que tout serait en direct et uniquement disponible sur mobile. Et il veut que la directrice des programmes, ce soit… ta sœur, Nesrine.

— Tu te fous de ma gueule ?

— Depuis le début c'est la seule chose qui l'intéresse, le fait que 404 marche tellement avec les gamins. Il veut murmurer à l'oreille des adolescents, entrer dans leur tête, et je ne sais pas si c'est vraiment elle qui est allée le chercher ou si c'est lui, mais ils ont conclu un pacte avec Nesrine. Comment est-ce que j'ai pu être aussi… j'allais dire naïve, mais à ce niveau-là c'est autre chose, c'est de l'aveuglement.

— Mais non, enchaîne tout de suite Mehdi, tu lui as fait confiance, c'est à lui d'avoir honte, pas à toi.

Raide comme un piquet dans le cagibi mitoyen, Ali paierait cher pour voir la tête d'Allia à ce moment.

— Et qu'est-ce que tu lui as répondu ? demande Mehdi.

— Il veut que 404 ne soit disponible que pour les gens qui ont un forfait Wilaphone.

— Et donc ?

— Et donc je lui ai dit d'aller se faire foutre. Il croit que s'il me coupe les vivres je ne tiendrai pas six mois. C'est ce qu'on va voir.

Une responsable de Wilaya lui fait savoir deux jours plus tard qu'en attendant d'avoir trouvé une solution pérenne 404 peut continuer d'utiliser leurs tuyaux à condition de payer comme tout le monde. C'est fini, les traitements de faveur. Allia ne peut pas se passer de la 5G, deux choix s'offrent à elle : accepter les conditions de Kader et continuer de diffuser dans l'Allier ou recommencer les danses du paon pour séduire d'autres investisseurs et utiliser les réseaux concurrents de Wilaya. Les programmeurs qui n'ont pas encore quitté le navire poussent Allia à opter pour cette stratégie : oublier l'Allier, relancer 404 au niveau national, voire européen, quitte à ce qu'il faille laisser l'application en jachère pendant deux ou trois ans, travailler en amont de manière souterraine, repartir de zéro, oui, mais sur des bases plus saines. De toute façon, 404 en l'état est radioactif pour les annonceurs. Il faudra changer le nom de l'appli, au minimum.

— « Au minimum », répète Allia. Je leur ai demandé ce qu'ils voulaient changer d'autre, ça a été un festival, donc je leur ai montré la sortie. Bon débarras. Maintenant la vraie question, c'est où faire des économies pour continuer à utiliser les tuyaux de Kader.

— Donc ton choix est fait ? Tu continues à jouer au chat et à la souris avec Kader ?

— Me fais pas ça maintenant, s'il te plaît.

— Me fais pas quoi ? demande Mehdi.

— Je ne peux pas gérer tes crises de jalousie en plus de tout le reste.

— Et si on arrêtait tout ? propose-t-il soudain.

— Mehdi…

— Au conseil municipal on ne me parle que des agoras, de 404, des travaux, des nouveaux habitants.

— Les nouveaux habitants ?

— J'ai eu un moment de déprime, l'autre jour, en les entendant dire que c'était une mosquée qui se cachait derrière les bâches jaunes, ils l'avaient lu dans leurs groupes Facebook privés, j'avais beau leur dire sur tous les tons que ce n'était pas une mosquée, ils n'en démordaient pas. Et ils ramenaient le clocher de l'église, ça fait quinze ans qu'il est dans cet état, quinze ans qu'il n'y a jamais personne dans l'église, mais d'un coup c'est devenu la priorité nationale du village…

— Je ne sais pas quoi te dire, Mehdi.

— Le pire, c'est qu'ils ont un plan. Ils veulent qu'on relance la demande de reconnaissance de La Brèche comme centre exact de la France métropolitaine. Les retombées touristiques d'un éventuel musée du centre exact de la France pourraient compléter les aides de l'État, tout aussi éventuelles, pour financer la réfection du clocher. Tu vois bien ce que je veux dire : il n'y a pas d'avenir pour nous, ici. Les agoras ont été vampirisées et noyautées par ton ami et 404 est en voie de disparition…

— En voie de disparition ? Tu vas bien vite en besogne.

Ali croise Allia une heure plus tard, en sortant faire sa rituelle promenade au crépuscule. Elle est assise dans la cuisine devant un grand verre d'eau, les yeux dans le vague.

— Je sors faire un tour et je fais à manger en revenant, lui annonce Ali à voix basse pour qu'elle ne sursaute pas.

Elle tourne la tête vers lui et le regarde sans mot dire. C'est l'année de ses quarante ans, il ne l'a jamais vue aussi fatiguée. Elle ne se maquille plus depuis qu'elle est de retour à la campagne. On dirait que les cernes qu'elle a sous les yeux ne partiront plus. Il a une vision d'horreur : Allia dans dix ans, grise, éteinte.

Il quitte la propriété au son des cloches qui sonnent les vêpres. Les travaux se terminent, pile à temps pour le début du ramadan, comme si le mois de jeûne avait été prévu dans les rétroplannings. Avant l'heure du *ftor*, on démonte les préfabriqués, on ôte les bâches.

Entre le village et la colline du château se dévoilent ainsi de stupéfiantes rangées de chalets aux baies vitrées anthracite, aux toitures photovoltaïques et aux murs recouverts de jardins verticaux qui scintillent avec la rosée du matin. Ces nouvelles maisons ne poussent pas seulement pour faire honte aux mornes constructions en crépi qu'elles remplacent : elles ont été conçues pour être habitées et de nouvelles familles s'y installent, on les croise parfois, on voit leurs enfants désignant du doigt les vaches qui dodelinent, placides, le long de la route du château. Les fonds de commerce sont rachetés l'un après l'autre. Depuis six mois on dénombre un nouveau coiffeur, une nouvelle boulangerie et une nouvelle boucherie. Un service de bus privé mais gratuit relie La Brèche à Moulins et Vichy. Ali s'arrête devant l'abribus vert et blanc pour consulter les horaires. Il entend alors une voiture dans son dos, qui ralentit à son approche.

C'est une grosse berline aux vitres teintées, il y en a de plus en plus dans le département, elles filent à travers le bocage où elles paraissent importunes, comme des cloportes cuirassés surgissant dans les collines de synthèse d'un dessin animé.

L'associé de Kader lui ouvre la portière et l'invite à monter. Ali vérifie qu'il n'y a personne dans les environs. La maison la plus proche a ses volets fermés sur ses deux façades visibles.

— Ça fait longtemps, dit l'associé en démarrant. Ne vous inquiétez pas, on ne peut pas vous voir de l'extérieur, votre couverture est sauve.

— Ma couverture ?

— Ne perdons pas de temps. Comment Allia réagit-elle aux nouvelles conditions ?

Ali hausse les épaules.

— Ce n'est pas le genre de choses dont elle parle à table.

L'associé s'éclaircit la gorge. De profil, ses pommettes lisses et plates lui donnent l'air d'un Asiatique du Sud-Est.

— Kader m'a parlé de vous, en prépa, une histoire de dissertation d'histoire, je n'ai pas tout compris. J'ai fait une partie de mes études en France, moi aussi.

Ali s'attend à ce qu'il lui raconte sa vie mais il n'en fait rien.

— On se tutoie ? propose-t-il avec un sourire d'alligator. Entre Algériens…

Il revient à Kader :

— En tout cas il t'aime bien. Non, ce n'est pas tout à fait ça. Disons que tu l'intéresses. Écoute, c'est bien de filer un coup de main à Allia et de passer tes journées à surveiller son application, mais tu ne vas pas faire ça jusqu'à la fin de tes jours. Tu es un intellectuel, Ali. Et puis ce n'est pas rien d'être dans les petits papiers de quelqu'un comme Kader.

— Mais pourquoi moi ? demande Ali. Avec les moyens que vous avez, vous pouvez sûrement directement les mettre sur écoute tous les deux. Je ne comprends pas pourquoi vous me torturez comme ça.

L'associé prend l'air du vieux singe à qui on n'apprend pas à faire la grimace.

— Torturer ? Vraiment ? Allez. Notre but, c'est d'empêcher Allia de faire une bêtise. Je sais que tu as le même but.

Ali cède et décrit la plupart de leurs conversations qu'il a épiées, qui portent sur le bébé qu'ils attendent, et comment ils vont surmonter le traumatisme, celui de la perte de leur premier bébé il y a dix ans. Il y a cette peur irrationnelle que la même chose se produise, ils mettent au point des stratégies, ils s'épaulent.

— C'est un couple qui s'aime, vous savez.

L'associé passe sa main parcheminée sur son visage, longuement, on dirait qu'il fait ses ablutions avec de l'eau invisible.

— Et toi, demande-t-il enfin sur un ton grave, tu l'aimes ?

— C'est mon amie, bien sûr que je l'aime.

— Ton amie.

— C'est un authentique génie, ajoute Ali.

— Nous croyons la même chose. Mais nous croyons aussi que les génies ont besoin d'être accompagnés, surtout quand ils ont créé quelque chose d'aussi dangereux que 404. Tu le sais, que c'est dangereux, 404, tu le sais mieux que quiconque, Ali.

Il continue dans cette veine. Mobiliser l'attention générale tout en interdisant l'archive, le principe de l'archive, c'est-à-dire la possibilité de se mettre d'accord sur les faits passés… Des esprits malintentionnés pourraient s'emparer de 404 et s'en servir pour mener des combats politiques, voire révolutionnaires.

— Tu t'es déjà demandé à quoi ça ressemble de vivre une révolution de l'intérieur ?

Ali fait non de la tête et saisit le premier silence, la première occasion de prendre congé.

Le jour de la Saint-Jean, Allia réunit tous ses modérateurs, l'équipe de jour et l'équipe de nuit, sous le tilleul dont les fleurs sont tombées et ont été ramassées par Rachid, pour ses tisanes. Allia a convoqué cette assemblée générale champêtre pour annoncer ce qu'elle présente comme des restrictions budgétaires inattendues. Elle va devoir se séparer de la plupart d'entre eux. Ali n'a aucune intention d'abandonner son poste, il le fait savoir dès la fin de l'intervention de la patronne. Il espère soulever un élan d'abnégation dans les rangs, au contraire, la plupart des modérateurs virés haussent les épaules et remettent leurs AirPods pour rentrer chez eux, comme s'ils avaient travaillé dans une vulgaire borne de péage au lieu de participer à l'aventure technologique la plus pertinente de notre temps.

Ceux qui restent vont en effet devoir accepter des conditions relevant moins du salariat que du sacerdoce. Trois modérateurs s'occuperont désormais de la journée et trois de la nuit. Surtout, ils seront seuls pendant leurs rondes de quatre heures. Se souvenant des paroles de l'associé sur la nature dangereuse de 404, Ali se dévoue pour prendre en charge le créneau le plus redouté, de deux heures à six heures du matin.

Les bâches jaunes sont retirées des abords du château le jour du solstice d'été. Une petite délégation de Bréchois se rassemble devant la balustrade de la mairie, pour protester. Ils sont neuf au petit matin, onze à midi, quatre ou cinq en fin de journée. Parmi eux, un homme d'une trentaine d'années tient le portrait encadré d'un couple, en noir et blanc : ce sont ses parents décédés, suicidés presque deux ans plus tôt dans la courtine du château auquel ils avaient consacré leur vie. Mehdi sort de son bureau à plusieurs reprises, pour offrir aux manifestants des mots de réconfort ou du café. Ils refusent de lui adresser la parole. Une journaliste de *La Semaine de l'Allier* vient recueillir leur témoignage en début d'après-midi. Que pensent-ils du nouvel aspect du château ?

Ils ne trouvent pas de mots. Difficile de nier qu'un gros travail a été effectué sur les extérieurs : il ne manque plus une pierre aux tours et au chemin de ronde, les douves ont été nettoyées, le pont-levis réparé et le donjon se dresse à nouveau avec la majesté que fantasmaient les bénévoles en parcourant les illustrations des grimoires. Ce qui les laisse sans voix, c'est la visite guidée des espaces intérieurs, effectuée en direct sur 404 et qu'ils ont vue sur leurs téléphones. Une succession d'appartements au mobilier luxueux, distribués par un dédale de couloirs carrelés et d'allées ornées de tapis rouges. Dans chaque salle, au moins un mur est recouvert d'un long miroir sans tain rectangulaire. Les néons puissants et les projecteurs logés dans l'armature des plafonds hauts finissent par vendre la mèche : ce n'est pas un loft géant mais un studio de télé.

La visite en direct se termine en effet au dernier étage du donjon, dans une chambre qui ressemble à un boudoir de marquise. Elle reçoit la lumière d'une grande croisée bombée pour épouser la rotondité de la tour. Les murs sont lambrissés sur leur moitié inférieure et tapissés de bleu roi sur la supérieure. Au centre du parquet, la caméra s'arrête sur une rose des vents au motif dessiné par le subtil contraste de différentes essences de bois. Enfin, dans l'alcôve au fond de la pièce, les bougies d'une couronne s'allument en même temps, dans une élégante mise en scène destinée à projeter les chiffres 4, 0 et 4 au plafond. La personne qui filmait retourne alors la caméra sur son propre visage. C'est Nesrine. Elle s'adresse à ses « petits quatre-cent-cats », un gimmick qui remonte à l'époque de son émission polémique :

— C'est bientôt, en exclusivité sur 404, ça s'appelle *Génération 404*. La télé-réalité du futur qui va déchirer sa race, littéralement, mais je ne vous en dis pas plus.

Mehdi balance son téléphone en travers de la pièce. Un quart d'heure plus tard, il essaie de forcer le rideau de vigiles qui gardent l'entrée du château. On ne le laisse pas passer. Il appelle Nesrine, tombe sur son répondeur.

Au presbytère, il monte dans sa chambre, sans rien expliquer à Rachid qui lui demande quelle mouche l'a piqué. Il saccage la chambre de sa petite sœur, en poussant des cris qui finissent par tirer Allia de sa sieste.

Au dîner, toujours aucune nouvelle de Nesrine.

— Je vais la tuer, répète Mehdi toutes les trois minutes. Je vais la tuer.

Nesrine ne réapparaît que la semaine suivante, profitant de l'absence de son frère, retenu au chevet d'un mourant, pour débarrasser sa chambre. Entre-temps, on en a appris davantage sur l'émission qu'elle a créée. *Génération 404* prévoit de faire s'affronter quatre équipes de quatre candidats enfermés pendant tout l'été dans le château. Épreuves, passage au confessionnal, crises de nerfs et fautes de français : Nesrine a voulu revenir à l'innocence des premières télé-réalités, à la simplicité du dispositif. Les seize participants seront filmés vingt-quatre heures sur vingt-quatre, uniquement sur 404. Leurs probables dérapages croupiront dans les oubliettes de la mémoire collective, mais la nouveauté qui justifie réellement le vacarme médiatique autour d'un programme dont personne n'a encore pu voir la moindre image, c'est la composition des quatre équipes : les Blancs, les Arabes, les Noirs et les Asiatiques.

— Si tu ne censures pas cette horreur, c'en est fini de 404, prophétise Mehdi en haletant. Tout l'establishment parisien va te tomber dessus en même temps, droite, gauche, et je ne parle même pas des retombées pour moi, pour nous et notre famille.

Mais Allia refuse de censurer arbitrairement. Les modérateurs appliquent un règlement articulé autour de la notion de dangerosité physique. La violence graphique est interdite, mais elle a toujours refusé de bannir des propos, quels qu'ils soient.

— Ali ?

C'est la première fois que Mehdi le prend à témoin.

Allia se lève de table.

— Ça ne sert à rien d'insister.

— C'est à cause de Kader ? insinue Mehdi en la regardant marcher vers l'escalier. Vous avez conclu un pacte secret ? Parce que c'est sûr que ça va attirer des millions de spectateurs…

— C'est surtout le CSA que ça va attirer.

— Et tu vas leur dire quoi, cette fois-ci ?

— Qu'ils aillent se faire foutre eux aussi. Que s'ils m'interdisent d'émettre, j'irai me domicilier dans un pays extra-communautaire.

— Ah donc maintenant tu es carrément en guerre contre l'État français ?

— Tu me fatigues, soupire Allia en grimpant les marches l'une après l'autre.

Le 1er juillet à minuit une, *Génération 404* débarque sur le flux 404 de Nesrine, qui a centuplé son nombre d'abonnés en deux semaines, devenant, de très loin, la propriétaire du compte le plus populaire de la plateforme. Son émission est d'une facture clairement professionnelle. Plusieurs caméras filment en même temps, des réalisateurs se relaient en coulisses pour envoyer un flux unique sur 404.

Beaucoup plus de personnes travaillent pour cette émission que sur la plateforme qui l'accueille. Allia a dû sous-traiter la maintenance technique de son application à une compagnie privée située en dehors de l'Union européenne. Elle s'est remise à faire des voyages à Paris, contre les avis conjugués de son compagnon et de son père qui craignent pour sa santé. Elle n'a pas le choix, elle voit se rétrécir l'horizon de 404, entre ceux qui veulent la mort de l'application et ceux, bien pires à ses yeux, qui veulent la lui voler pour la transformer en arme de guerre.

— C'est un miroir, un simple miroir, confie-t-elle à son fidèle Ali, un matin où ils sont seuls dans la maison. Nos images sont devenues des amulettes à l'envers, des fétiches qui nous emprisonnent. C'est pour ça que j'ai créé cette technologie, pour nous libérer. Mon rôle, c'est de polir la surface du miroir et de le tendre, rien d'autre, c'est si difficile à comprendre ?

C'est par une nuit de juillet, une nuit torride, la première de cet été qui pulvérisera tous les records en la matière, qu'Ali découvre l'existence de l'amicale de 4 h 04. Il vient de passer la soirée devant *Génération 404* avec Rachid, l'écran de son téléphone projeté sur celui du téléviseur. En simple marcel, une serviette humide jetée en travers du front, Rachid s'asperge le visage et les épaules au moyen d'un vaporisateur. Avec sa peau moite qui luit dans la pénombre, il fait penser à un hippopotame. De temps en temps, le concept de l'émission lui inspire un grognement, il déteste chaque image qu'il voit, il ne peut pas regarder autre chose. Il a cessé de mettre les infos à la télé, il ne s'informe plus que par Twitter. Il s'est fait un compte anonyme depuis lequel il suit des faiseurs d'opinion qui sont du même avis que lui sur l'essentiel. Ce filtre protecteur lui fait du bien en attendant de lui faire du mal. Quand il en a assez de s'indigner de concert avec les idéologues de son camp, il s'énerve tout seul devant ce qui reste une émission de télé-réalité, taillée pour l'outrance, faite pour se faire détester.

Lorsque l'heure de son service a sonné, Ali traverse la pelouse du parc, étoilée de lucioles qui s'évanouissent dans le feu blanc de sa lampe d'iPhone. Le modérateur à qui il succède dans la chapelle sursaute lorsqu'il en pousse la porte. Il ne lui raconte rien des quatre heures qu'il vient de surveiller mais Ali se souviendra longtemps de son regard, de la peur dans son regard.

Nul ne sait quand ils sont apparus, si c'est avant ou après les coupes budgétaires, mais c'est à Ali, encore, qu'on doit d'avoir remarqué qu'ils surgissaient toujours à la même heure, à 4 heures 04 minutes précisément. L'amicale de 4 h 04 n'a pas besoin de réseau social ou de messagerie sophistiquée pour se donner rendez-vous. Les insomniaques qu'elle réunit s'expriment à tour de rôle, toujours face caméra, le plus souvent depuis leurs cuisines éclairées par la lumière blafarde d'un plafonnier. Pendant que l'un parle, les autres écoutent. Le lendemain, un autre prend le relais. Combien d'utilisateurs s'intéressent aux témoignages de ces papillons de nuit englués dans leur propre chagrin ? S'agit-il d'un nouveau mouvement de fond, comme les agoras qui grossissaient du mystère entourant leur audience ? Impossible à savoir, Allia a souhaité maintenir l'absence de compteur de vues.

La première confession sur laquelle Ali tombe vient d'un sosie de Johnny, inconsolable depuis la mort de son idole, qui remonte pourtant à la décennie précédente. Il raconte avoir toutes les peines du monde à continuer de teindre en blond son collier de barbe et ses cheveux. À quoi bon, dit-il en promenant sur le sol son regard protégé par des lunettes noires. Rien ne peut protéger sa voix, en revanche : elle se fêle sans cesse tandis qu'il avoue être au bout, de ses capacités de résistance et de sa vie.

À cette heure tardive, quand plus personne ne regarde, un véritable groupe de parole s'est secrètement mis en place, soumis à des règles élémentaires. On n'intervient pas les uns après les autres mais d'une nuit à celle du lendemain. On n'utilise aucun détail susceptible d'identifier des personnes ou des lieux réels. Un confesseur peut commenter la confession de la veille et apporter des mots de réconfort, mais on ne lui tiendra pas rigueur de ne pas le faire. Celui qui prend la parole à 4 h 04 la garde jusqu'au lever du jour. De même que rien ne retient l'aube, 404 ne permet pas de faire exister les confessions sur un autre support que la fragile et infidèle conscience humaine : la liberté de parole est ainsi garantie et les vérités les plus dures à dire peuvent se faire entendre.

Au bout de la troisième semaine, Ali s'aperçoit que le roulement des confessions ne s'étend qu'à une dizaine de participants. À force, ils finissent par se connaître, mais ils continuent de ne pas s'interpeller. Pourquoi ? Ali ne comprend pas, ils pourraient devenir une communauté, une famille, une élite de losers, il ne comprend pas tout de suite que leur point commun le plus déterminant n'est ni leur malchance ni leur pauvreté, mais l'extrême et radicale solitude à quoi elles les ont condamnés. Ils n'attendent plus rien d'autrui, plus que des vexations, des trahisons, des coups.

La plupart vivent dans ce que les géographes appellent de l'habitat diffus. L'absence de maillage urbain y favorise l'éclatement des communautés en hameaux, en minuscules lieux-dits, loin même de ces villages où l'on dépérit encore un peu ensemble. Quand on quitte l'autoroute et les nationales et qu'on roule sur une route départementale, on voit parfois dans le rétroviseur l'embranchement d'une route communale, à peine prononcée, rejointe par des chemins encore plus étroits, qui passent, donc, par les maisons isolées de ces fantômes qui ont fait de 404 un asile. Certains ont été ouvriers agricoles, employés de ferme, d'autres le sont encore. Il y a une éleveuse de moutons sur le point de mettre la clé sous la porte après une décennie de déconvenues et de perfusions d'aides publiques. Le sosie de Johnny, quant à lui, a été routier avant que l'alcoolisme ne lui fasse tout perdre, son travail, sa compagne et la garde de sa fille.

Ali passe des heures à écouter leurs lamentations, avec un mélange de fascination et de dégoût, pour la même chose : la pureté de leur désespoir, et au détriment d'autres flux nocturnes qui mériteraient une vigilance accrue. C'est en tout cas ce qu'il croit. Quelques matins plus tard, lors du passage de bâton, Ali aperçoit un véhicule de la gendarmerie stationné sous le tilleul. Au bout du parc, Allia soulève les pans inférieurs de sa robe de chambre déjà trempée de rosée. Elle a été tirée du lit par ces gendarmes gradés de la brigade de recherches, inconnus au bataillon bréchois, qui font partie des renforts envoyés par le préfet depuis sa prise de fonction.

Ils parlent à Allia avec déférence, celle qu'ils imaginent devoir à une épouse de maire, qui plus est enceinte, ce qui agace prodigieusement la récipiendaire de ces courbettes. Quand Ali leur demande ce qui s'est passé, Allia leur coupe sèchement la parole pour lui répondre : depuis l'avant-veille, plusieurs utilisateurs de 404 ont effectué des signalements sur la plateforme Pharos, un service du ministère de l'Intérieur permettant aux internautes de dénoncer des contenus illicites en ligne.

Ali découvre alors, coup sur coup, que deux membres de l'amicale de 4 h 04 se sont suicidés, et que leurs suicides sont considérés comme suspects. Ils ont mis le feu à leurs maisons et des boîtes d'un puissant barbiturique ont été retrouvées dans leurs salles de bains respectives. Considéré comme le Saint-Graal du suicide assisté pour sa rapidité et son caractère parfaitement indolore, le Séconal est interdit à la vente dans les pays où l'euthanasie active n'est pas pratiquée, mais on peut se le procurer sur le dark Web pour peu qu'on sache s'y orienter. Les gendarmes ont du mal à croire que ce soit le cas des victimes en question : leurs ordinateurs préhistoriques sont en cours d'analyse, il est fort probable qu'on n'y trouve aucune trace de Tor, le navigateur permettant de surfer sur le dark Web.

Les signalements font état de propos suicidaires, clairement suicidaires, mais aussi, de façon plus troublante, de la possible présence d'un tiers dans les directs, une présence hors champ que rien de factuel n'atteste, de l'aveu même de ceux qui croient l'avoir détectée.

Allia s'impatiente : cet homme invisible et muet, a-t-il quand même laissé une trace, une empreinte, des molécules de pet dans un fauteuil, quelque chose ?

— Sauf votre respect, madame, se raidit le gendarme, d'après les témoignages que nous avons déjà recueillis, il y a au moins une chose de sûre, c'est que deux personnes sont mortes en direct sur votre application.

Autant dire son pire cauchemar depuis qu'elle a lancé 404, mais il lui faut l'entendre de la bouche de ce gradé pour comprendre qu'il vient de se réaliser. Comment ces suicides ont-ils pu échapper à la vigilance des modérateurs de nuit ? Allia n'en sait rien, ou plutôt ne le sait que trop : ce sont des humains, ce ne sont pas des machines, mais comment convaincre les gendarmes ? Elle demande l'autorisation de prendre congé. Les gendarmes auraient d'autres questions. Allia trouve qu'ils abusent de sa patience. Elle met ses poings sur les hanches et fait ressortir son gros ventre en grimaçant pour les faire fuir.

Ali pense à ce qu'il voudrait lui dire pour la réconforter. Qu'elle n'a pas à s'en vouloir. Que cette amicale de 4 h 04 accomplit la vraie promesse de 404, en finir avec l'impérialisme des images et la meurtrière contagion des âmes pour allumer, à la place, des lueurs ponctuelles, comme celles que les villageois des temps jadis voyaient passer sous leurs fenêtres lors des retraites aux flambeaux.

Quand 4 heures 04 sonne, il tombe sur le sosie de Johnny, en larmes après avoir appris le suicide de ceux qu'il voyait déjà comme des frères. C'est le choc de trop pour lui. Deux jours plus tard, les gendarmes avec qui il avait pris contact pour faire sa déposition le retrouvent mort, dans son lit, les bras le long du corps. L'incendie de sa maison a été arrêté in extremis par un marginal qui passait dans le coin. On l'a jeté en garde à vue, apparemment il n'est pas coupable, il a vraiment essayé d'éteindre le feu.

L'examen de la boîte à médicaments du sosie de Johnny relance les spéculations : on y a retrouvé le même sédatif qui a servi aux deux autres suicides de la semaine. Parmi les utilisateurs de 404 qui ont veillé jusqu'à 4 h 04 cette nuit-là afin d'assister à l'intervention du sosie de Johnny, une poignée de journalistes locaux évoquent eux aussi la possible présence d'un tiers dans leurs premiers comptes rendus.

Ils reconnaissent ne pouvoir se fonder sur aucune observation objective, et encore moins vérifier ou faire expertiser les archives comme on leur a appris à le faire à l'école, mais ils ne vont pas non plus escamoter la question de savoir pourquoi le sosie de Johnny passait son temps à lorgner sur le même point fixe à l'extérieur du champ, comme s'il cherchait l'approbation ou les encouragements de la mort en personne.

La quatrième victime n'a pas tout à fait le même profil. S'il s'exprimait lui aussi sur ce canal des désespérés de 4 h 04, il participait surtout à la restauration du château de La Brèche avant qu'il ne soit racheté par Kader. C'était un sonneur de cor, que le suicide des bénévoles qui dirigeaient l'association avait fortement secoué, une immolation par le feu, l'horreur, amplifiée par les réactions de tout le pays, jusqu'à la présidente elle-même.

Dans les pages Facebook qui servent de gueuloir aux grandes gueules du département, on ne croit pas à la « loi des séries » ou à l'effet Werther, du nom de ce héros du roman de Goethe qui avait provoqué une mode du suicide parmi ses jeunes lecteurs. De nombreux internautes prétendent carrément avoir vu « des choses » dans le direct 404 : une ombre sur le mur de leur camarade, un reflet dans les lunettes de soleil du sosie de Johnny, bientôt une main de couleur olivâtre et un poil de barbe frisé.

Les rumeurs se consolident et prennent l'aspect d'informations qu'on nous cache. Un tueur en série sévit dans la région, un Arabe, probablement, peut-être même à la solde de Kader.

Les journalistes qui essaient d'interroger Allia louent des chambres à l'hôtel de La Brèche et font le pied de grue à l'entrée du presbytère. Ils sont rejoints par des retraités disposés en rang d'oignons devant le portail, munis de pancartes appelant à « débrancher 404 » et à mettre un terme à ce « massacre ».

Le choix des mots est déterminant dans l'escalade qui s'ensuit. Au plus fort de la crise, un mystérieux personnage caché derrière un masque de cochon apparaît sur 404, tous les après-midi à 4 h 04, pour une émission en direct inenregistrable, filmée depuis une cuisine impossible à localiser mais au mur de laquelle pend, bien en évidence, une photo de la présidente. Selon cet autoproclamé « roi des cochons », les vivants doivent se dresser pour défendre leurs morts. Le plus petit dénominateur commun des victimes est leur appartenance au peuple de souche, à la France profonde et blanche. Sur 404 on peut le dire sans périphrases, sans noms de code. Qu'il s'agisse de vrais suicides ou de meurtres déguisés, le roi des cochons et ceux qui l'écoutent voient avant tout dans cette série funeste un symbole de l'« épuration ethnique » qui est en cours dans le département. Le maire de La Brèche l'avait prédit dans cette vidéo prise à son insu à Paris, dans le restaurant préféré des députés, en parlant de bouseux surnuméraires, en les appelant même au suicide.

Face à de tels délires et à l'écho que leur donnent les échotiers outrés en les répétant mot pour mot, on attend de la part d'Allia un geste fort, une prise de parole pleine de sens, qu'elle rassure quant aux garde-fous, aux barrières antipanique qu'elle a secrètement prévus au cas où son jouet se transformait en arme létale. Il n'en est rien. Elle se mure dans le silence. Elle n'a rien prévu, pas plus, d'ailleurs, qu'elle ne semble avoir anticipé que cette deuxième grossesse l'obligerait à passer la moitié de ses journées allongée dans sa chambre. Quand Ali descend les escaliers, s'il tend l'oreille, il peut discerner des râles parmi le bourdonnement des ventilateurs.

En dix jours, on a relevé quatre morts suspectes dans le département. Une carte publiée par un internaute essaie de deviner quelle sera la prochaine bourgade endeuillée. Ce qui saute aux yeux dans la disposition des précédents lieux du crime, c'est leur équidistance avec La Brèche, presque parfaite, à une dizaine de kilomètres près.

Les lives 404 de l'amicale sont attendus comme les mots d'un oracle. Se sentant épiés, les fantômes de 4 h 04 cessent de se montrer.

La cinquième victime prend tout le monde par surprise : elle vit ici même, sur les hauteurs de La Brèche, tout près du champ de foire, à quelques minutes en voiture du château. C'est un vieux garçon presque nonagénaire, qui habite une fermette de plain-pied, avec son chien, ses poules et son potager. Il n'a pas d'ordinateur et n'a sûrement jamais entendu parler de 404 ou de l'amicale, mais la section de recherches de la gendarmerie laisse entendre qu'il aurait lui aussi avalé le fameux barbiturique.

Le roi des cochons retire son masque : c'est le pharmacien que Mehdi avait convaincu de rester quelques années plus tôt. Mehdi n'en revient pas, il aurait juré pouvoir le compter dans son camp, celui des partisans de la paix et de la désescalade.

— Il y a les Bréchois et les Bréchiens, distingue, au contraire, le pharmacien, face caméra. On va voir qui c'est les surnuméraires. On va leur montrer de quoi on est capables, nous les bouseux.

Il annonce son intention de briguer la mairie de La Brèche et accomplit l'exploit de faire jaillir une fierté régionale des gens du coin, les Bourbonnais qui doivent leur nom à une lignée de rois de France oubliés et ne sont remarquables par aucune industrie, aucune ville, aucune spécialité culinaire dont la réputation aurait traversé les frontières. Ce désarroi plonge ses racines dans une spoliation bien plus ancienne : on a volé leur rivière aux habitants de l'Allier. Des études hydrologiques, passées sous silence bien entendu, prouvent irréfutablement que c'est la Loire qui se jette dans l'Allier au Bec d'Allier, et non l'inverse.

Lesdits châteaux de la Loire devraient en fait s'appeler les châteaux de l'Allier. Le manque à gagner en termes de prestige a démoralisé le département, et l'a rendu vulnérable à l'invasion et à l'occupation de ceux-dont-on-ne-peut-pas-dire-le-nom-sous-peine-d'être-traités-de-racistes.

Pour la cinquième victime on organise des funérailles officielles. L'église est pleine, pour la première fois depuis le mariage d'une vedette oubliée des années 1980 native de la commune. Des catholiques, pratiquants ou non, accourent de tous les villages et hameaux des environs. Tout le monde paraît se souvenir de ce papi sans histoires, de son accent épais comme en ont les vraies gens d'ici, de ses sourires bourrus, timides, de son grand cœur. Le curé prononce une oraison funèbre. Il parle de cette génération d'agriculteurs qui n'avaient pas connu les tracteurs, seulement les chevaux dans leur enfance. Ces hommes qui donnaient leur nom avant leur prénom quand on leur demandait comment ils s'appelaient. La voix du curé se craquelle quand il évoque les soupçons qui pèsent sur sa mort, il n'était pas du genre à se procurer un médicament interdit.

Ali suit les obsèques retransmises en direct sur 404. Ni lui ni les autres Arabes du village n'auraient été les bienvenus sur les bancs de l'église. Mehdi voulait faire acte de présence, en tant que maire. On lui a fait comprendre que ce n'était pas une bonne idée.

Étant donné qu'Allia ne veut pas débrancher 404 et que le couperet du CSA tarde à tomber, la nouvelle stratégie des Bréchois de souche consiste à retourner son application contre elle, à l'inonder de protestations, à saturer les flux en direct afin d'y faire entendre la légitime, la sainte colère de ceux qui ne se résignent pas à disparaître.

Le cimetière se trouve à un carrefour à deux kilomètres de la sortie du village. La procession est encadrée par quelques gendarmes et des civils porteurs d'un brassard bleu, qui font partie d'un service d'ordre plus ou moins improvisé, plus qu'ils ne l'auraient voulu, moins qu'on ne veut bien le croire. Une petite dizaine d'hommes entourent le corbillard sur le bitume écrasé de soleil. On fait sonner les cors, en grande tenue traditionnelle. C'est une région de chasseurs de battue. L'écho de leurs puissants instruments résonne dans la vallée comme un avertissement, une démonstration de force.

Il y a peut-être cent personnes dans le cortège. Le curé et le pharmacien ouvrent la marche. Ils portent des chapeaux de paille et des mocassins souples. Ils répondent parfois au micro, au téléphone ou à la caméra d'un journaliste. L'hypothèse de suicides « accompagnés » a inspiré la presse locale qui commence à parler du tueur de l'Allier, de l'euthanasieur du Bourbonnais ou simplement de l'euthanasieur.

Ali se mêle à la foule de curieux qui suivent le cortège depuis le trottoir et filment parfois, les regards de travers et les mâchoires tendues. Pour rejoindre le cimetière, la procession, ainsi dédoublée, arrive en vue des chalets de la discorde, bâtis par les sbires de Kader et dont les larges épaules de bois dominent la petite route. Soudain, le cortège s'arrête. Au loin, une rangée d'hommes en uniforme blanc protège l'entrée du lotissement. Ils ne bloquent pas la route, mais il doit y avoir de la menace dans leur attitude car on entend bientôt des éclats de voix, comme un début d'échauffourée.

Coincé de l'autre côté de la foule, Ali ne saisit rien des tractations des pacificateurs. Elles sont couronnées de succès et le cortège au cercueil repart, tandis que le cortège parallèle reste en arrière, au pied des chalets. Bréchois et Bréchiens n'en sont pas venus aux mains, pas encore, pas cette fois-ci.

Ali demande à un badaud de son cortège qui sont ces hommes en uniforme au pied des chalets. L'autre lui explique qu'avec tout ce qui se passe on ne peut pas faire confiance aux condés ; Ali remarque alors que le blanc de leurs chemises est ligné d'un vert réglementaire. Le mot de « milice » n'est pas prononcé mais il ne s'agit pas d'autre chose.

Les jours suivants, Ali voit surgir de plus en plus de retraités dans les flux 404, toujours à 4 h 04 de l'après-midi. Leurs visages méfiants s'affichent en gros plan et ils passent en revue les vérités tues par les médias. Au détour d'une de ces divagations, Ali entend le prénom du Fennec : ce serait lui et sa clique qui auraient fondé la milice. Les plus folles rumeurs circulent à leur sujet. On les dit armés jusqu'aux dents. On dit qu'ils dressent des chevaux pour se constituer en régiment de cavalerie autonome. On dit qu'ils ont décidé de ne plus accepter les contrôles au faciès et de ne plus se soumettre aux ordres de la maréchaussée.

Une cache d'armes est découverte en périphérie de Montluçon. Le ministre de l'Intérieur juge la situation extrêmement préoccupante. On brandit le spectre d'une insurrection ethnique. Des contre-rumeurs font écho de bavures policières à grande échelle. Certains comptes se débaptisent au profit d'une fonction, celle de *cop-watcher* qui consiste à laisser traîner des caméras près des flics, surtout les nouveaux effectifs transférés directement des banlieues parisiennes où ils jouaient les cow-boys. « Ça va mal finir », entend-on sur 404 dès qu'on s'y connecte plus de trois minutes d'affilée.

Un matin, les manifestants qui font le pied de grue devant le portail du presbytère arborent des masques de protection respiratoire. Ali les a vus pulluler au fil du mois d'août. Une maladie étrange sévirait dans le département depuis l'arrivée des nouveaux habitants des chalets et la multiplication des rayons halal de leurs supermarchés. On dit que certains saucissons sans porc, les fameux cachir, entraîneraient des réactions cutanées semblables à des lésions. Ali a dû censurer deux directs effrayants où des hommes poursuivaient des Arabes pour les obliger à révéler leurs membres atteints. La peste arabe, c'est ainsi qu'on en parle sur 404. Le port du masque par les Français du département relève sûrement davantage du signe de reconnaissance que d'une véritable phobie sanitaire, mais plus personne, dans le département de l'Allier, ne semble s'informer autrement que sur 404, et le fantasme de la peste arabe perdure.

Mehdi organise un guet-apens dans le petit salon du presbytère. Appuyé par Rachid, il supplie Allia de mettre l'application sur pause, le temps d'obtenir les garanties de sécurité... Allia quitte la pièce avant qu'il ait fini son speech.

Tous les matins, elle se réveille au son des manifestants qui s'égosillent sous les fenêtres de la maison. Elle refuse les solutions alternatives au « débranchement » de 404 qu'on lui propose, même les plus bienveillantes comme l'extension de la possibilité de diffuser un direct au reste de la France, afin de noyer les flux de l'Allier dans la masse à défaut de pouvoir les contrôler.

Les intimidations judiciaires n'effraient plus Allia, qui consacre ses ultimes ressources à la rémunération de ténors du barreau pour assurer sa défense. Elle se voit en fantassin, guerroyant à pied dans la boue pour sauver ce qui peut être sauvé de son rêve.

Vers la fin, elle répète des mantras motivationnels.

Mehdi et Rachid enchaînent les conciliabules secrets pour décider de la marche à suivre. Ali est invité à y participer, un après-midi, pendant qu'Allia fait la sieste. Les trois hommes de la maison se retrouvent au bout du parc et discutent des menaces qui pèsent spécifiquement sur Allia. Menaces de mort, de viol, dessins de femmes enceintes au ventre crevé. Des policiers sont venus proposer à Allia une protection rapprochée, elle les a envoyés balader.

— Je ne sais plus quoi faire, finit par avouer Mehdi. Comment est-ce qu'elle a pu déchaîner en si peu de temps autant de haine ?

Rachid pense à sa femme, la mère d'Allia, à qui elle doit ses cheveux frisés et sa nature trop franche. Il croit la revoir fulminer quand Allia lève les bras en l'air et fait mine de s'arracher la tête. Elles ont la même façon de se mettre en colère : sourde, mais ponctuée de crises de gesticulations qui font craindre le pire.

Le vieil homme pris d'un accès de faiblesse prend appui sur l'épaule de Mehdi, qui croit qu'il s'agit d'un geste d'affection et le prend dans ses bras.

Pour dissiper le malaise, Ali parle de sa veille sur 404, des appels au meurtre qu'il n'a pas assez de pinces pour censurer. Des hommes apparemment normaux pètent un câble quand ils prononcent le nom d'Allia dans un de leurs monologues. Ils parlent de tout ce qu'ils lui feraient s'ils l'avaient en face d'eux. Ils moquent sa taille, ses épaules d'ancienne athlète, ils l'accusent d'être un travesti, un transsexuel, pourtant elle est redevenue une femme cisgenre au moment d'imaginer le moyen le plus salace de la dégrader.

Une nuit, Ali reçoit la visite impromptue de la patronne dans la chapelle. Elle est en chemise de nuit, ses cheveux défaits partent dans tous les sens, ses yeux paraissent exorbités par l'épuisement.

— J'ai besoin de ton aide, dit-elle à Ali en regardant par-dessus son épaule, son écran scindé en huit écrans de surveillance. C'est un peu bizarre, mais j'ai des soupçons sur Mehdi, je voudrais que tu le suives à Moulins demain matin.

— Tu es sûre que tout va bien ?

Allia ferme les yeux, lasse de devoir se justifier. Elle lui fait promettre de suivre Mehdi et de se prendre en photo devant le jaquemart de Moulins pour lui prouver qu'il y est allé. Le lendemain, Ali s'exécute et file Mehdi jusqu'au restaurant du centre de Moulins où il a rendez-vous avec un homme aux cheveux roux. Ali reconnaît le directeur de cabinet du président du CSA, l'ennemi juré d'Allia qui l'avait invité à dîner, place des Victoires.

— Je le savais, sanglote Allia. J'étais sûre qu'il allait me trahir.

L'accouchement est prévu fin septembre, début octobre. Allia souffre d'insomnies de plus en plus fréquentes. On peut la voir au petit matin, assise dans le petit salon, penchée sur ses lignes de codes. Un jour, enfin, le CSA convoque une session exceptionnelle et prononce, à l'unanimité, la sanction la plus lourde de son histoire, peu ou prou équivalente à une obligation de cesser d'émettre, au plus tard au 1er janvier de l'année qui vient, dans quelques mois.

— J'ai fait ça pour nous, prétend Mehdi, pour toi, moi et notre bébé.

Qu'a-t-il fait ? Qu'a-t-il pu dire au directeur de cabinet du CSA pour précipiter la chute de 404 ? Ali n'en a aucune idée. Après avoir reçu la nouvelle, Allia le rejoint dans la chapelle. Elle lui annonce la nouvelle, sans émotion apparente, en regardant l'écran géant sous les vitraux, diapré de couleurs dissonantes. Ali se lève, se dit mortifié. Elle caresse du bout des doigts le contour des sièges, les pierres froides qui prennent la poussière. Il suit sa silhouette sculpturale, à pas comptés, il se sent minuscule, misérable en glissant dans son ombre. Elle marche avec une lenteur de statue. On dirait qu'elle a doublé de volume avec la grossesse, tout en elle paraît immense, son dos, ses épaules, ses bras quand elle se masse la nuque, ses seins quand l'œil d'Ali les capture de profil. Elle porte des sandales compensées et une ample robe à fleurs, ses jambes puissantes se dévoilent parfois dans l'échancrure.

— Ils disent que c'est devenu un marais fétide, où les rumeurs se propagent à toute vitesse… Mais ils n'ont pas compris, ils n'ont rien compris. Les rumeurs vont migrer sur d'autres plateformes, elles y seront interdites et elles migreront encore. C'est sans importance : le message qu'elles propagent n'a plus besoin de messager.

— Allia ? Quel message ?

Elle est ailleurs, elle n'entend pas sa question.

— Leur nouvelle obsession, c'est l'iconoclastie. Ils croient que j'ai un agenda musulman secret, qu'empêcher l'enregistrement des images, c'est une façon de dénoncer l'idolâtrie ou que sais-je, accomplir la volonté d'Allah et de son prophète qu'on ne doit pas représenter. Des gens intelligents écrivent et disent ces choses. Ils y croient.

— Je suis désolé que tu aies à subir ces attaques.

— Tu voulais savoir quel message n'a plus besoin de messager ? C'est ça, le message : que nous ne sommes pas chez nous, que nous ne serons jamais chez nous.

Elle pose une main sur son épaule et lui dit merci.

— Finalement, c'était peut-être toi mon meilleur soutien, mon seul ami.

Elle lui adresse un sourire résigné, avant de sortir dans le parc où les feuilles commencent à brunir.

Les manifestants ont eu gain de cause, ils s'en vont. La maison n'a jamais paru aussi silencieuse. Le jardinier qui venait tous les mois a quitté la région. Les herbes folles envahissent la pelouse, les feuillages se gênent les uns sur les autres, le potager est laissé à l'abandon. Depuis la fenêtre de son extension mansardée, Ali suit les progrès d'une branche de lierre qui mange le mur de la chapelle.

Il a promis de quitter sa chambre dès qu'il aura trouvé une solution de remplacement, un travail, un appartement. Il s'attendait à ce que la petite famille lui dise : reste autant que tu veux, aucune urgence, mais ils n'ont rien dit, ils ont baissé la tête, c'était un mauvais moment à passer pour Mehdi, en particulier, qui se retenait visiblement de lui offrir une prolongation du gîte et du couvert.

— Merci pour tout, a dit Ali, en regardant leurs fronts inclinés vers leurs assiettes, l'un après l'autre.

— Merci à toi, mon grand, a dit Rachid, qui appelle tout le monde « mon grand », même les petits célibataires de quarante ans qui mènent une vie de parasite et d'expédients.

Une étrange puanteur s'installe à la fin du mois de septembre. Pendant plusieurs jours Ali ne peut pas sortir du presbytère sans qu'elle le prenne à la gorge. Selon Rachid, ce sont les ginkgos biloba plantés le long de la départementale : leurs baies dorées, en s'écrasant au sol, exhalent une odeur de vomissure à peine soutenable, comme si c'étaient les arbres eux-mêmes qui dégueulaient. Dans un mois, au premier gel, leurs feuilles jaune vif tomberont d'un coup, lui apprend Rachid, comme surprises dans la force de l'âge.

En attendant, les chaleurs extrêmes et prolongées accélèrent la pourriture et transforment la physionomie du bocage. La végétation luxuriante rétrécit les routes goudronnées. Des orages tropicaux éclatent, approfondissent les crevasses existantes. Des tornades ont été filmées sur 404, Ali les a vues, de ses yeux vues, on aurait dit une image de synthèse mais c'était sur 404 donc ça ne pouvait pas en être une.

Plusieurs façades à risque s'écroulent à la rentrée, même si la notion de rentrée est toute relative dans un village sans école ni collège. La maternité la plus proche se trouve à Moulins. Un matin d'octobre, Mehdi et Allia s'y rendent, sans faire de bruit. Ali propose d'y conduire Rachid en fin de journée, pour qu'il soit là au moment de l'accouchement, mais le presque grand-père préfère y aller seul.

La chaleur pousse Ali dans les rues du village. Les habitants des chalets ouvrent volontiers leur porte et leurs fenêtres, faisant de l'espace public une extension de leur chez-soi. En revenant de virées nocturnes en voiture, après avoir traversé plusieurs communes éteintes, Ali a souvent eu cette vision de La Brèche se transformant en village méridional où les linges pendent aux fenêtres et où des grappes d'hommes désœuvrés à la peau bistre sirotent des cafés jusqu'à point d'heure.

Il s'est surpris, aussi, à se demander où étaient les femmes, jusqu'à ce soir où il les voit toutes d'un coup. Il a fui la touffeur du presbytère pour se promener sur les hauteurs qu'on désigne à présent par « Les Chalets ». C'est en disant souvent le nom des lieux qu'ils deviennent des lieux-dits, ce n'est pas plus compliqué. Les Chalets éloignent le centre de gravité de la commune de l'église et le déplacent vers le château. Des rangées de marronniers favorablement disposés permettent à l'air de circuler et rendent la canicule presque agréable. Derrière le mur d'enceinte où pousse une jungle de lianes et de mousses multicolores, un parvis en teck accueille quelques tables coiffées de parasols en damier vert et blanc. Un nuage de femmes en hijab mêlent leurs rires aux roseurs du couchant.

Il y a quelques hommes autour d'elles, certains boivent de l'alcool, dans des verres qu'ils vont chercher eux-mêmes au comptoir, logé sous l'auvent d'un des chalets. Des palmiers s'élèvent entre les planches de teck, en temps normal Ali n'aurait pas donné cher de leur survie dans ces collines d'altitude moyenne où les hivers peuvent être rudes, mais les climats semblent subir des bouleversements analogues à ceux de la démographie.

L'esplanade est suspendue comme un jardin oriental au-dessus des pâtures. Il n'y a que des Arabes à perte de vue. La sœur d'Ali et son mari viennent de déménager dans l'Allier, à quarante kilomètres de La Brèche. Sa mère songe également à émigrer, elle dit ce mot en retenant un gloussement, avec un mélange d'amusement et de terreur. On cherche des assistantes maternelles, les emplois se multiplient ici comme partout dans le domaine du service à la personne. Mais surtout, des formations gratuites et sérieuses sont proposées aux nouveaux venus, quel que soit leur niveau d'étude. La mère d'Ali appartient à la deuxième génération, ils étaient systématiquement envoyés en filières techniques, on avait besoin de main-d'œuvre algérienne, pas de nouveaux citoyens algériens libres de choisir leur vie.

— J'ai toujours rêvé de devenir avocate, dit-elle à Ali en lui annonçant, par téléphone, s'être inscrite à la nouvelle université pour adultes de Vichy où elle suivra des cours de droit.

À Saint-Étienne, de plus en plus d'Arabes qui ont du mal à trouver du travail choisissent de partir dans l'Allier. On construit dans tous les sens, les commerces suivent, les nouveaux quartiers surgissent comme les champignons dans les sous-bois. Si l'on contracte un prêt avec une certaine banque, une succursale de l'empire de Kader, on peut devenir propriétaire même avec un salaire d'employé. C'est comme une nouvelle frontière. Le Far Centre. Les pionniers n'ont qu'à se mettre en marche, tout est à construire.

De son côté, Ali cherche désespérément un emploi qui ne soit pas en rapport avec la cuisine. La simple pensée des aliments lui donne la nausée. Il associe la nourriture à Allia, toute sa vie il a pensé à Allia en attendant une ébullition, en préparant une émulsion. Il ne peut plus, maintenant, il se nourrit de nouilles, de mie de pain, il a un tout petit appétit, en fait, c'est peut-être aussi la raison pour laquelle il n'est jamais devenu un grand cuisinier.

Sa relation avec Allia semble avoir pris fin avec la mort annoncée de 404. Début octobre, elle lui a envoyé la photo qu'elle a dû envoyer à tout le monde, Mehdi, elle et leur petit bébé entre eux, c'est un garçon, ils l'ont appelé Ali, en hommage à l'inoubliable ancêtre disparu dans la Seine en martyr.

Ali – l'autre, l'oubliable, celui d'après qui le bébé n'est pas nommé – finit par tomber sur une annonce providentielle : un Tunisien vient d'ouvrir un taxiphone à Saint-Étienne-l'Allier, un village rattaché à la même communauté de communes que La Brèche. Il y emploie deux réfugiés politiques soudanais, l'un d'entre eux vient d'être renvoyé dans son pays et doit être remplacé. Possibilité de logement sur place, studio tout équipé refait à neuf, salle de bains, machine à laver collective. Ali postule par téléphone, il sent qu'il y a quelque chose qui ne colle pas, son accent, sa façon de parler. Il se rend compte qu'il a oublié de donner son prénom, et quand il le prononce, le comportement du patron change du tout au tout. Il peut commencer quand il veut.

— C'est pour la clientèle, se justifie-t-il quand ils se rencontrent en personne, vu qu'elle est essentiellement maghrébine je me voyais mal embaucher un Français, mais je n'ai rien contre les Français, hein, je ne voudrais pas que vous croyiez…

— Je ne crois rien, je comprends, répond Ali.

C'est étrange qu'au téléphone il soit passé pour un Français, pas si étrange en fait, il n'a jamais eu la moindre trace d'accent ethnique, comme Allia, d'ailleurs, comme Mehdi, comme Rachid.

La petite famille lui manque. Il n'est qu'à vingt minutes en voiture. Il attend le moment propice pour passer, il doit récupérer sa mallette d'épices et ses couteaux, qu'il a oubliés dans la précipitation du départ. Il a beau avoir renoncé à chercher un emploi dans la restauration, il sait qu'il ne va pas tenir longtemps au taxiphone, c'est le job le plus idiot du monde, on attend de lui qu'il soit une sorte de caisse enregistreuse humaine, il inscrit le temps passé par les utilisateurs sur un des ordinateurs, ou dans une de leurs cabines de téléphone privatives, que le patron veut absolument qu'il appelle des salons, ce qu'il refuse de faire, ce ne sont pas des salons, ce sont des cabines, les mots ont un sens, le langage c'est tout ce qui lui reste.

Entre deux clients, il relit sa correspondance avec Allia. Il lui vient, un jour, l'idée de copier tous les e-mails qu'ils se sont échangés et de les assembler dans un fichier Word. Ici et là, il se surprend à corriger une formulation, à ajouter un paragraphe mieux troussé que les précédents. Il est en train de créer un mirage textuel. Comme les logiciels de mirages s'entraînent à reconnaître les visages et les expressions les plus infinitésimales d'une cible pour la faire revivre dans des vignettes de synthèse, Ali s'entraîne à écraser les moments forts de sa correspondance avec Allia afin de produire une batterie de nouveaux souvenirs d'elle. Et c'est alors comme avec ces refrains de chansons populaires si puissamment attachées à notre adolescence que deux mesures suffisent à nous y replonger : quand on se met à les réécouter régulièrement vingt ans plus tard, dans un nouvel environnement et en étant devenu quelqu'un d'autre, ces refrains épousent la texture de cette nouvelle période de notre vie jusqu'à en constituer la bande-son au détriment des périodes antérieures. Révisionniste ou simplement oublieuse, la mémoire se dupe elle-même pour faire le ménage dans ses archives. Par ses acrobaties mentales de plus en plus sophistiquées, Ali n'a pas d'autre ambition que de faire le ménage dans les siennes, c'est ce qu'il se dit, c'est ce qu'il finit par croire.

Au début, Ali ne comprend pas le modèle économique d'un établissement tel que son taxiphone à l'heure de la 5G et de WhatsApp auxquels toute l'Afrique et le Proche-Orient sont connectés en permanence. Au fil des jours, il voit les mêmes personnages revenir aux mêmes heures, raconter les mêmes anecdotes de préfecture, d'associations et de mosquée, et il comprend : un pays se creuse dans le pays. Ce n'est pas grave, des pays se creusent dans les pays, sans cesse ils les bossellent, les travaillent, en modifient les contours et altèrent leur identité, qui n'est jamais que l'idée qu'on se fait d'elle. Les terres sont déclarées sacrées par ceux qui les ont violées en premier. Il n'y a pas de propriétaires, il n'y a que des troupeaux. Il n'y a pas d'histoire, il n'y a que des transhumances. Le monde appartient à ceux qui migrent et les crimes que commettent les sédentaires pour les contrôler et les punir n'ont pas d'autre effet que de les changer eux-mêmes en nomades, en voyageurs perpétuels et éperdus.

Il garde toujours, au coin de sa caisse, son téléphone incliné et branché sur 404. Les miniatures chatoient de page en page. *Génération 404* a été le grand succès de l'été, tout le monde réclame une deuxième saison, en vain : l'application vit ses dernières semaines, plus personne ne la surveille. Les fauteurs de troubles et les bavardeurs de tous bords ont été rejoints par de silencieux amoureux de la nature. Leurs drones équipés de caméras survolent le bocage, les troupeaux de charolaises, de salers, ou même de bisons qui arpentent les champs bronzés par l'automne. La surface des étangs scintille, des volées d'oiseaux s'échappent des puits et des forêts.

Ne plus pouvoir interrompre un flux quand il devine qu'il va mal tourner procure à Ali une sensation de soulagement intense après ces longs mois où les écrans ont failli avoir raison de sa santé psychique. Rétrospectivement, il regrette d'avoir passé tout ce temps dans la chapelle d'Allia, à tenter de percevoir la qualité de l'atmosphère des directs 404, alors que pour lui l'atmosphère est toujours la même partout, à l'écran et hors champ, toujours le même battement d'ailes paniqué du papillon captif d'un abat-jour où il va finir par se brûler.

Il n'a plus de ciseaux pour censurer, mais le jour vient où il aimerait disposer de l'instrument inverse, le cœur ou la capture d'écran : il reconnaît la voix du Fennec en zappant à toute vitesse, il voit briller des sourires d'émotion dans la lumière tamisée du presbytère. Ali est en train de se réveiller, au milieu d'une pièce qu'il reconnaît comme l'ancienne chambre d'Allia et de Mehdi et où ils se sont donc réinstallés.

Le bébé a six semaines. Il pesait 3,6 kilos à la naissance, un poids dans la moyenne haute qu'il n'a eu aucun mal à regagner au cours de la première semaine.

En l'allaitant, Allia coule sur lui des regards pleins d'amour et de sérénité. Elle répète au Fennec qu'elle ne veut pas que le bébé soit filmé, capturé, emprisonné dans des images. Le Fennec retrouve son ton sarcastique pour lui rappeler que 404 ne permet pas d'emprisonner dans des images, et que de toute façon plus personne ne regarde.

— Alors pourquoi tu le filmes ? demande-t-elle à son petit cousin.

— Parce qu'il est trop beau, *mashallah.*

C'est vrai qu'il est trop beau dans sa barboteuse. Il remue ses poignets et regarde danser les flammes de la cheminée. Le Fennec en a des sanglots dans la voix. Il fait des gros plans sur son visage, il le fait rire en inventant des grimaces et des borborygmes, tous les jours il découvre une nouvelle façon de le faire réagir, il l'adore, c'est difficile de reconnaître le voyou qu'il n'a probablement pas cessé d'être, par ailleurs, les pires crapules ont souvent les genoux qui tremblent devant une portée de chiots ou le chagrin d'une petite fille qui a invité toute sa classe à son anniversaire auquel personne n'est venu.

La chambre d'Allia est devenue une annexe du petit salon. Rachid, Mehdi et les parents de Mehdi y défilent à longueur de journée pour rendre visite à son altesse minuscule. Ils craignent toujours qu'il ait froid, faim. Ils le couvrent de baisers et de caresses d'adoration.

Nesrine, de passage, est aussi émue par le bébé que par l'émotion du Fennec. Tout le monde a les yeux humides. Les vieilles querelles paraissent oubliées. Oubliées les offenses, les idées politiques divergentes, la sale ambiance. Rien ne résiste aux pieds du bébé qui se lovent dans le creux de leurs paumes. Ils sont si petits, ces pieds, quand ils ne bougent pas ils n'ont pas l'air tout à fait humains et en même temps rien n'a l'air plus humain que leur façon de remuer quand ils s'étirent et se démènent.

Allia et Mehdi se relaient, la nuit, pour nourrir le bébé. Il pleure très peu, seulement quand il a faim. Quand son grand-père le promène en poussette dans le village, il sourit aux passants. Il aime les inconnus. On vante sa bonne nature. Même des Français munis de masques racistes s'attendrissent, souvent des retraités qui ont été grands-parents avant que leurs enfants les abandonnent, et dont on voit les yeux s'embuer au sommet de leurs visages aux deux tiers dissimulés.

— Il va être très heureux dans la vie, pronostique Allia en le dévorant du regard.

Tout le monde approuve gravement. Mehdi quitte la pièce, pour ne pas se montrer débordé, vaincu par l'émotion.

— C'est vrai que c'est un bon petit gars, dit Rachid en tapotant maladroitement l'épaule de son gendre préféré, le seul mais le préféré malgré tout.

Ali coupe. C'est trop douloureux, tout ce bonheur dont il n'est pas.

Une berline familière se gare, un matin, devant son taxiphone à Saint-Étienne-l'Allier. L'associé de Kader entre dans le petit bâtiment et promène un regard dubitatif sur le petit coin d'Ali.

— Tu m'offres le kawa ?

Le taxiphone est vide, à l'exception d'un vieillard assoupi dans une cabine fermée.

— Comment m'avez-vous retrouvé ? demande Ali.

— Par Allia.

— Vous êtes restés en contact avec Allia ?

— On n'a jamais perdu le contact, répond l'associé avec un sourire suspect.

— Je ne comprends pas.

— Comment est-ce que tu crois que 404 a pu tenir jusqu'à maintenant ? Les avocats, les serveurs à l'étranger, sans compter ce qui n'a pas de prix, les pressions sur le CSA pour qu'ils attendent jusqu'au dernier moment… ça coûte plus que de l'argent, la promesse de renvois d'ascenseur.

Ali tombe des nues.

— C'est Kader qui payait ? J'imagine qu'il voulait voir jusqu'où 404 pouvait foutre le bordel ? Il doit être ravi, la moitié du département se balade avec des masques pour se protéger de l'autre moitié qu'ils croient être des pestiférés.

— Tu ne peux pas nous reprocher la violence qui sévit dans le pays. L'urgence, ce n'est pas de nommer les responsables, mais de protéger les siens. Et de les protéger efficacement. Tu n'as pas remarqué qu'Allia avait de nouveaux voisins au presbytère, depuis à peu près un an ? Rassure-toi, ce sont des gens à nous, des professionnels. Kader a tenu à ce qu'elle soit protégée au plus fort de la tourmente, quand on l'accusait d'avoir créé 404 pour semer le chaos. Quand chaque suicide lui était imputé personnellement.

C'est un homme étrange, il a le front large, un air d'intelligence dans le regard, et quand il parle il ne répète pas les mots d'un autre, on sent qu'il a concocté tout seul ses formules, quand même elles seraient inspirées par les visions d'un autre, de l'homme qu'il sert et dont il propage les avertissements :

— Tout le monde parle de guerre raciale, comme si un jour des bataillons armés allaient s'affronter sur un champ de bataille, les rouges et les bleus. Mais il n'y a pas plus de déclarations de guerre qu'il n'y a de dossards dans une guerre raciale, il y a des meurtres et des massacres, et tout ce qui compte, c'est la manière dont on les qualifie.

L'associé le regarde droit dans les yeux et prend un air satisfait.

— Ne crois surtout pas qu'on veuille te remercier pour services rendus, annonce-t-il. Kader a réellement besoin de gens comme toi. Tu as entendu parler de Vichy Tech ? C'est le grand projet des prochaines années. Un pôle universitaire d'excellence au centre de la France. Laboratoires d'intelligence artificielle, départements d'économie, *d'histoire*.

Il s'arrête sur ce mot.

— Le département d'histoire a déjà été créé, poursuit-il. On l'a installé dans l'ex-hôtel du Parc, en plein cœur de la ville. Il ne s'agit pas encore de délivrer des enseignements et des diplômes, bien sûr, mais c'est un lieu très vivant, avec beaucoup de jeunes intellectuels, qui sont invités à prononcer des conférences, à délivrer des séminaires…

Ali accepte de visiter le département la semaine suivante. Une voiture vient le chercher au pied de son immeuble et le conduit jusqu'au centre-ville de Vichy. Un immense échafaudage recouvre la façade de l'ancien hôtel du Parc. L'entrée est gardée par des vigiles privés. Un agent d'accueil conduit Ali en ascenseur jusqu'à son étage, le quatrième. Le nom du département s'affiche sur une plaque en laiton. Ali se laisse guider le long de bureaux étroits installés dans d'anciennes suites parquetées de planches sombres, presque noires. Un bureau sur deux dispose d'une cheminée décorative surmontée d'un miroir. Tous ont leur porte ouverte et des ordinateurs bloqués sur des logiciels de traitement de texte. Ils parlent parfois dans leurs AirPods, tripotent souvent des boules antistress. Sur certains téléphones, Ali croit reconnaître des écrans branchés sur 404.

— Et ça parle, et ça parle, commente l'appariteur souriant qui le précède. Qu'est-ce qu'on dit, que les Alliériens sont un peuple de bavards, c'est ça ?

A-t-il vraiment dit « Alliériens » ? Ali a du mal à le croire, et pourtant il l'a bien entendu, on dirait le mot « algérien » prononcé par son ancienne petite copine, à Saint-Étienne, celle qui lui reprochait d'être obsédé par Allia et qui disait « merki » au lieu de « merci ».

Tout au fond de l'étage, une vaste pièce accueille un quatuor de fauteuils modernes, une estrade et un tableau d'ardoise. Trois femmes méditent devant des schémas tracés à la craie. Elles s'arrêtent de parler en apercevant Ali et viennent le saluer. Il leur tend une main molle et évite de croiser leurs regards, intelligents, inquisiteurs. Il n'aime pas qu'on soit curieux de lui, il a des choses à cacher, à commencer par la plupart de ses pensées.

Sa proximité avec Allia et le fait qu'il ait connu Kader en prépa lui valent un statut d'exception auprès de ce triumvirat de responsables. Elles ont entre trente et quarante ans, l'une a été scénariste, les deux autres sont des transfuges de Wilaya où elles s'occupaient de marketing et de stratégie.

— Donc aucune historienne ? s'inquiète Ali.

Elles se regardent en souriant.

— Ici on fait plutôt de la mythologie, précise l'ancienne scénariste avant d'éclater de rire.

— Ne l'écoute pas, intervient sa collègue. Ce qu'elle veut dire, c'est qu'on ne fait pas de l'histoire du passé, ni du temps présent. Ce qui nous intéresse, c'est *d'écrire l'histoire*, dit-elle avec une intensité un peu effrayante, tu saisis la nuance entre faire de l'histoire et l'écrire ?

Pendant quelques mois, elles l'initient à cet art délicat qui consiste, en fait, à imaginer des scénarios de mirages pour contrer les mirages islamophobes, qu'il s'agisse de sextapes ou de paparazzades ultra-réalistes. Une étude en forme de sondage vient de montrer que le sujet arrivait largement en tête des scénarios conçus par les falsificateurs français, de même que les saynètes impliquant des femmes arabes voilées et dévoilées caracolent, sans rivales, sur les cimes de l'imaginaire érotique national.

Le département d'histoire accueille des profils « littéraires », des « créatifs ». Leurs scénarios sont envoyés par messagerie cryptée à des hackers dont nul ne connaît la localisation. Ali se souvient d'Allia qui lui a toujours dit qu'il fallait apprendre à coder, coûte que coûte. Pareil pour Kader, s'il a pu remonter la pente après avoir été broyé par la France, c'est parce qu'il était fort en maths et n'avait pas à déléguer ou sous-traiter l'élaboration de ses algorithmes de trading. Ali ne veut pas rester avec les imaginateurs du deuxième étage. Puisque les forges de 404 vont bientôt cesser de flamber, puisque la guerre est perdue pour Allia et les partisans de l'authenticité et de la vérité des faits, Ali veut descendre dans les souterrains, où qu'ils soient, et apprendre à *fabriquer* des mirages, acquérir une maîtrise technique dans l'art de duper son prochain dont il vit probablement l'âge d'or.

Un de ses collègues *historiens* met Ali en contact avec un hacker qui vient de s'installer dans la région. Ali consacre une partie de son salaire à prendre des cours auprès de lui. Les lois issues, entre autres, de la commission parlementaire à laquelle Allia avait participé punissent très sévèrement la fabrication de mirages. Elles impliquent une flagrance qui rend leur application difficile et rarissime, mais les quelques cas de condamnation pour l'exemple ont produit leur effet : la prudence du maître illusionniste auprès duquel Ali fait ses armes confine à la paranoïa. Il évoque les brigades spéciales de la PJ, leurs moyens considérables pour traquer les gens comme eux. Quand un Arabe est pris la main dans le sac, on parle de « terrorisme historiographique ». Ali apprend à insonoriser son appartement de Vichy et n'évoque jamais son apprentissage ou ses expérimentations.

C'est en étudiant l'art des mirages qu'il prend la mesure de son addiction à 404. Depuis la première fois où il a regardé une vidéo en direct sur l'application d'Allia, il ne s'est pas écoulé un seul jour sans qu'il y passe entre quatre et huit heures, souvent d'affilée, même lorsqu'il a perdu l'excuse d'en modérer les contenus. Les directs 404 n'étaient pas des contenus, c'était du sable, du vent ou les feuilles mortes qu'il faisait tournoyer. L'authenticité garantie des images 404 a séduit Ali comme le piège en soie d'une araignée. Quand il s'est enfin aperçu qu'il regardait toutes ces vidéos pour satisfaire un besoin honteux et insatiable, c'était déjà trop tard : il sait maintenant qu'une araignée l'a piégé, mais tout se passe comme s'il avait conclu un pacte avec elle, qu'en échange de son salut physique il lui avait cédé son âme, et devait passer sa vie à la regarder et à en avoir peur.

Décembre touche à sa fin tandis que 404 vit ses dernières heures, on peut compter en heures, à présent. Ali continue de se brancher sur l'application dès qu'il a un instant de libre. Il passe d'un direct à l'autre, écoute des gens qui parlent, qui parlent sans cesse, au lieu de faire les fous ils disent des choses folles, et comme ils sont des milliers à le dire elles deviennent vraies en plus d'avoir été authentiquement prononcées.

404 bruit de rumeurs depuis la visite de Kader à l'Élysée, on raconte qu'il a piégé la présidente, qu'il lui a vendu l'idée d'un référendum sur la question de l'Allier. La vitalité économique du département saute aux yeux, et le nombre est une force sur laquelle il ne faut pas tout fonder mais qu'il serait tout aussi mal avisé de négliger. L'idée du séparatisme est en train de s'installer sur 404 et au-delà, dans les consciences. Les participants aux agoras ont pratiqué un recensement ethnique déclaratif.

On dit que Kader a offert le chiffre de 65 % à la présidente, 65 % d'Arabes dans le département de l'Allier, on a allègrement dépassé les 40,4 % qui effrayaient le pays au début de l'aventure 404. On fait quoi, maintenant ? lui aurait dit Kader.

Il nie, quand les agences de presse l'interrogent, avoir parlé d'autre chose que de ses contrats, de Wilaya et de sa mission de service public, ce qu'on croirait volontiers si c'était à Bercy qu'il avait été reçu. Mais à l'Élysée ? La présidente l'attendant au sommet des marches comme si c'était un chef d'État ?

Ali suit tous les développements de ce feuilleton sur 404, mais pas sa mère, ni sa sœur, ni même son beau-frère avec qui il passe le réveillon de Noël. Un référendum dont la question consiste à accepter ou non que le département de l'Allier proclame son indépendance et cesse d'appartenir à la République française ?

Son beau-frère est le premier à pouffer. C'est un électricien stupide, très pieux, qui trouve scandaleux de dîner au pied d'un sapin.

— Dernière fois qu'on met un sapin, grogne-t-il à voix basse, en lançant un sale regard à la sœur d'Ali, un regard qui lui promet une discussion musclée quand ils seront de retour à la maison.

Le soir de la Saint-Sylvestre, Ali préfère le passer seul dans son appartement éteint, pour qu'on ne sache pas qu'il n'a aucun ami. Sa mère l'appelle à minuit, pour faire le décompte avec lui, comme quand il était enfant, comme quand ils étaient une famille. Il ne décroche pas, le seul décompte qui l'intéresse, c'est celui des dernières secondes de 404. Il se demande si Allia et les siens sont réunis au presbytère pour assister à l'extinction.

Cinq, quatre, trois, deux, un... Minuit sonne, des coups de klaxons font bourdonner Vichy, pourtant rien ne se passe sur l'application, ou plutôt tout se passe comme avant, elle continue de fonctionner comme si de rien n'était. Des gens débouchent le champagne, se font la bise, d'autres se font surprendre pissant ou vomissant au bord des routes. Certains, des solitaires comme lui, se filment en train de se demander pourquoi ils sont encore en mesure de le faire.

À la rentrée de janvier, au département d'histoire, on informe Ali du rachat de 404 par Wilaya, finalisé deux mois plus tôt dans le plus grand secret. Allia s'est définitivement mise en retrait. Kader a négocié avec les censeurs et obtenu un sursis d'un an pour que la nouvelle mouture de l'application fasse ses preuves. La technologie d'Allia n'a toujours pas été hackée, malgré les efforts et les sommes astronomiques consacrés à cette tâche exclusive. Il va falloir que Kader dépense à nouveau des fortunes dans le recrutement de modérateurs, 404 ne sera pas rentable de sitôt, peut-être jamais, et peu importe.

L'ouverture de la diffusion au reste du monde est prévue pour l'année prochaine. Ce sont désormais des centaines de modérateurs qui surveillent la plateforme, aidés d'une intelligence artificielle basique, qui attribue aux comptes un indice de dangerosité à partir des signalements précédents. La charte des utilisateurs, écrite par Allia sur un coin de table à son retour de Californie, a été révisée par un collège de déontologues et d'avocats. Les modérateurs ont désormais des consignes claires. Ils sont longuement formés, ils bénéficient d'une cellule de soutien psychologique et subissent des évaluations régulières.

Génération 404 a fait l'objet d'âpres débats. Kader est parvenu à sauver l'émission en sacrifiant le principe de la diffusion en continu. Même les préhistoriques productions d'Endemol dégageaient des plages de temps sans caméras pour les candides et souriants cobayes qui y participaient. Le programme inventé par Nesrine a néanmoins touché un nerf, l'annonce qu'il reprendra à l'été prochain avec des célébrités ethniques comme chefs d'équipe provoque une éruption à Paris. Pendant deux semaines on ne parle que de l'émission. Puis on passe à un autre scandale, tandis que sous la surface, là où le bruit du monde s'estompe, les polémiques sont chassées comme des bancs de plancton par le cachalot du référendum et du mouvement séparatiste, comme on continue de l'appeler quoiqu'il n'ait ni visage, ni parti, ni locaux, ni même de partisans directs. On entend certes de très nombreux anonymes se prononcer en faveur de la sécession dans les nouvelles agoras 404, mais l'idée progresse surtout dans le débat public mainstream, dont les Arabes sont depuis toujours exclus ou tolérés à condition qu'ils ne s'y expriment pas en tant que tels.

Ali s'étonne que les opposants les plus farouches à l'indépendance soient les institutions musulmanes, dont les représentants, qui ne représentent souvent qu'eux-mêmes, s'estiment mal traités dans les forums auxquels ils sont conviés. Ils se heurtent à une intelligentsia majoritairement séculaire et surtout trop jeune, trop « occidentalisée », pour reprendre le terme du président du Conseil du culte musulman dans une vidéo volée, peut-être un mirage, peut-être pas, on sait que c'est à peu près la position de son entourage. C'est une constante des agoras, que de refuser de faire de l'islam un problème ou même un paramètre de l'organisation politique à venir. Quelle que soit la forme que celle-ci prendra, les musulmans n'y seront certes pas persécutés comme dans le pays voisin, mais ceux qui rêvaient d'un retour au calendrier islamique ou de conseils de charia se substituant aux juridictions profanes ont été déboutés dès les premières discussions publiques.

Elles continuent d'avoir lieu dans l'Allier à l'arrivée du printemps. On parle d'une convention philadelphienne, d'après la ville où est née la démocratie américaine : un aréopage de têtes bien faites s'enfermant dans une bâtisse en briques rouges jusqu'à ce qu'ils aient donné une Constitution à leur jeune et bouillonnante nation indépendante.

L'indépendance, c'est le mot clé de l'époque. Il se répète de village en village comme un nom de code, un schibboleth. Ali le traque, l'entend partout, dans les propos les plus anodins. Pendant une période, il se laisse persuader. Il faut libérer les esprits, briser les chaînes mentales. Les obéissants sont toujours prompts à justifier les injustices que leur font subir ceux à qui ils obéissent, comme s'il était tout simplement trop douloureux d'affronter la vérité toute nue de la force supérieure du plus fort. De ce point de vue-là, rien n'a véritablement changé depuis la taxe de sauvement dont devaient s'acquitter les gueux pour avoir le droit de transporter leur misère dans la cour protégée d'une place forte.

Aucune figure connue ne participe à ces discussions, le nom de Kader est dans toutes les têtes mais il n'est sur aucune lèvre. À sa demande, sans doute. Après avoir choisi d'aller au feu, il semble vouloir consolider ses arrières. Il passe de plus en plus de temps dans la péninsule Arabique ou ailleurs, là où ses investissements l'appellent et l'accaparent. Que pense-t-il de ce séparatisme dont on dit qu'il a largement contribué à le faire émerger ?

Au journaliste français qui l'interroge en marge d'un sommet international, Kader répond par une tirade ironique sur la fin des temps.

— Mais en un mot, si un référendum avait effectivement lieu, vous voteriez pour rester ou pour partir ?

— Rester, partir, le problème est ailleurs, dit patiemment Kader, et le référendum ne résoudra pas la crise parce qu'il ne s'agit pas d'une crise.

Le journaliste fronce les sourcils.

— Je réfute ce terme de crise, poursuit le milliardaire, c'est un mot piégé, le mot des partisans du statu quo pour caractériser la fin de leurs illusions, la fin du monde où nous prenions leurs illusions pour notre réalité commune.

Sur ces paroles, il met fin à l'interview et ne se prononce plus jamais sur la question.

Les forces politiques traditionnelles sont divisées. On en parle partout, tout le temps. La France comptera bientôt soixante-cinq millions de séparatistologues, comme au temps des attentats elle comptait soixante-cinq millions d'experts en terrorisme et comme elle comptera toujours soixante-cinq millions de sélectionneurs de l'équipe nationale de football, même quand les joueurs d'origine algérienne l'auront officiellement boudée. Si le référendum a lieu et qu'il débouche sur le « départ » de l'Allier, la carte de France se réveillera avec un trou noir en son centre exact, d'une forme qui rappelle un peu celle d'un hexagone renversé à l'horizontale, la France en PLS.

Les opposants de la présidente n'en finissent pas de se demander comment on a pu en arriver à débattre sérieusement d'une telle folie. Les partisans de la présidente y voient, au contraire, l'opportunité paradoxale de reconstituer cette homogène nation blanche et « judéo-chrétienne » (c'est-à-dire sans les arabo-musulmans) qu'ils appellent de leurs vœux.

Ali regarde tout, il prend des notes, manuscrites, au cas où son ordinateur serait placé sous surveillance. Au département, la question du référendum est taboue, ou plutôt dépassée, entendue : on ne l'évoque jamais et, quand un nouveau venu lâche le mot par inadvertance, on le prend à part pour lui expliquer. Au mois de mai, Ali découvre qu'une petite équipe d'historiens d'élite travaille à plein temps sur le référendum. Que font-ils pendant qu'il reste confiné aux assommants travaux de contre-offensive ? C'est un groupe de petits mecs arrogants qui n'adressent jamais la parole aux femmes du département que quand ils sont en meute. Mais tout le monde les respecte, comme s'ils assumaient une mission existentielle.

Pour apaiser les feux de l'envie, le soir, Ali monte sur le toit-terrasse de la résidence où il a déménagé. Il respire le grand air et promène ses jumelles sur le centre-ville, les rideaux d'arbres au bord de l'Allier et la cage de verre au dernier étage du grand hôtel de Kader. C'est précisément ce qu'il est en train de regarder lorsqu'il reçoit un coup de téléphone d'Allia. Mehdi et elle ont fait la paix, elle l'a même remercié de l'avoir trahie, il fallait du courage pour s'opposer à elle vers la fin, elle perdait le sens des réalités. Enfin, si elle l'appelle c'est pour l'inviter au méchoui traditionnel du printemps, qui sera le dernier du presbytère. En effet, ils ont vendu la maison, ils déménagent au début de l'été. Rachid, en particulier, a souhaité qu'Ali soit de la fête, en souvenir du bon vieux temps, des bons petits plats, et pour fêter le huitième « moisiversaire » de son jeune homonyme.

— Je m'aperçois que tu ne l'as jamais rencontré, le petit chéri, c'est vrai que ça a été une année hectique. Mais pleine de bonheur. On peut compter sur toi ?

Ali ne répond pas tout de suite, il regarde le ciel nocturne, d'un bleu exceptionnellement clair, où les nuages défilent à toute vitesse à cause du vent, ils sont si proches et si rapides qu'on dirait des êtres vivants et autonomes, des géants sur le point de semer la terreur sur la terre.

— D'accord, murmure-t-il sombrement quand Allia lui demande s'il est encore au bout du fil. De toute façon, il faut que je récupère ma mallette et mes couteaux.

Après trois jours de grand vent, il n'y a plus un nuage dans le ciel du bocage. Ali roule en ralentissant parfois pour admirer les collines et cette lumière limpide qui rase les champs, s'infiltre partout, entre les palissades, les rangées d'arbres sans feuilles et les haies vives.

À trois kilomètres de La Brèche, un impressionnant cortège de véhicules militaires l'oblige à ralentir. Un motard de la gendarmerie ferme la marche et fait signe à Ali d'emprunter une autre route. Il attend de pouvoir faire demi-tour et suit l'itinéraire proposé par Google Maps, un détour de vingt minutes qui le fait arriver par la route du château. Cette fois-ci, c'est un vrai barrage qui l'arrête, avec des plots de béton en forme de chicane. Des militaires armés de Famas patrouillent plus loin, par petites grappes. Ceux qui contrôlent les véhicules et vérifient les coffres portent des combinaisons pare-balles et sont coiffés d'un béret amarante.

On ordonne à Ali de se ranger sur le côté, d'éteindre son moteur. En quelques minutes, une demi-douzaine de véhicules passent le contrôle au bout d'une inspection sommaire, ils ont même droit à quelques mots sur la raison de ce dispositif exceptionnel, à un petit garde-à-vous. Ils ont un point commun qu'Ali évite de mentionner devant le soldat qui finit par le laisser passer. Ce sont leurs masques, pour se protéger de la peste arabe. Les autorités sanitaires ont eu beau lancer une campagne de communication à grande échelle pour expliquer qu'il n'y avait pas de peste arabe, de peste halal, ou d'épidémie particulière dans la région, les journalistes ont eu beau envoyer leurs meilleurs décodeurs pour exposer au grand jour la sinistre mécanique de la rumeur, le port du masque persiste, comme un étendard sur le museau des Français assiégés qui ont eu le malheur de naître et de vieillir dans le département de l'Allier.

En traversant le centre-bourg, Ali aperçoit Mehdi sortant du Proximarché, les bras chargés de victuailles.

— Qu'est-ce que c'est, le barrage à l'entrée ? lui demande-t-il après avoir garé sa voiture devant l'église.

— Il y en a un aujourd'hui encore ? s'étonne Mehdi. Tous les week-ends depuis quelque temps ils patrouillent, contrôlent, apparemment ça rassure les riverains, je n'ai pas trop compris, pour être franc.

Ali est troublé par sa désinvolture.

Ils croisent une douzaine de jeunes types en tenue de jogging, masques sur la bouche et le nez, qui courent à petite foulée en leur jetant des regards de travers.

— Pas commodes, tes administrés, je crois que je ne les ai jamais vus, eux…

— Oh non, le reprend Mehdi, j'ai jeté l'éponge, enfin, démissionné, en bonne et due forme. C'est devenu très compliqué ces derniers temps, ne serait-ce que ces masques anti-contagion, moi ça me rend dingue. Et puis j'ai commencé à avoir des patients que je connaissais depuis dix ans qui refusaient que je les soigne… Allia t'a dit qu'on vendait tout ?

Ali sent déjà l'odeur du méchoui en contournant l'église, mêlée à celle du feu de bois de la cheminée du presbytère qui fume dans le ciel froid.

— Et Rachid ?

— Il a rencontré une femme, une libraire avec qui il correspondait, une belle histoire, à l'ancienne. Il va la rejoindre à Villeurbanne, je n'ai pas compris s'ils allaient emménager ensemble ou vivre dans le même quartier. En vérité ça fait quelques années que ça dure, par intermittence. En tout cas elle lui fait du bien, surtout ces temps-ci, comme tu le sais, Rachid a très mal vécu ces derniers mois, dans l'œil du cyclone…

Ali ne l'écoute plus depuis qu'il a vu Allia debout, pieds nus dans ses leggings, adossée au tronc du tilleul. Elle porte une robe en laine surmontée d'un gilet de mémé à manches longues. Elle a encore ses cheveux du temps de la grossesse, ils en ont gardé le volume et l'éclat. Sa coiffure, en revanche, est nouvelle, asymétrique : un nœud à l'arrière déployant une large touffe, comme un bouquet de cheveux frisés sur le côté gauche.

Elle tarde à le remarquer, elle est suspendue aux lèvres de son petit garçon, Ali, à cheval sur le genou de Rachid, qui lui apprend à répéter un mot, « baba ». Chacune de ses réussites lui vaut une ovation générale. Dans son public, Ali repère Nesrine et le Fennec, ainsi que deux des anciens programmeurs de 404 et un couple d'amis d'Allia qu'il connaît de Facebook mais qu'il n'avait jamais vus au presbytère. Aucun des voisins de Rachid ne s'est déplacé pour cette fête d'adieu en petit comité, mais l'amertume n'est pas de rigueur, Rachid pose le bébé sur l'herbe et entraîne un trio de volontaires vers la fosse où tournoie le mouton, c'est jour de fête.

On passe à table en milieu d'après-midi, à l'extérieur malgré la température. Mehdi redescend de sa chambre où le bébé leur fait cadeau d'une sieste à rallonge, avec des pulls et des polaires pour les citadins et les frileux. Ils n'ont plus peur des siestes, Ali s'en rend compte à la façon dont ils en parlent, parfois des siestes de deux heures et demie, ils s'en émerveillent, s'en félicitent, c'est un bébé tellement facile, tellement heureux de vivre et souriant.

Au détour de la conversation, Nesrine fait une annonce : elle ne remet pas le couvert pour la deuxième saison de *Génération 404*. Elle n'ira pas jusqu'à reconnaître que c'était une idée épouvantable, comme voudrait l'entendre Rachid, mais si c'était à refaire elle serait plus prudente sur le choix de ses collaborateurs. Ceux qui connaissent l'affaire devinent que les choses ont mal tourné avec Kader. Charmeur et impliqué au départ, et ensuite injoignable, autoritaire, envoyant des mecs à lui pour tout organiser, tout régenter.

Ali se demande si on va l'interroger sur son nouveau travail, il détesterait devoir avouer qu'il s'est lui aussi damné pour Kader. Mais on doit supposer qu'il est redevenu cuisinier, en tout cas personne ne songe à en savoir plus quand il annonce avoir déposé sa valise à Vichy. Ce qui intéresse, c'est encore et toujours Kader. Il ne faut pas prononcer son nom, pourtant on ne pense qu'à lui, alors on parle de ses œuvres, et les ténèbres autour de sa personne ne cessent de s'épaissir.

Rachid pense qu'il n'y aura jamais de référendum sur la sécession de l'Allier, de même qu'il n'y aura jamais d'interdiction de l'islam, sauf qu'en les évoquant sans arrêt on déplace le centre de gravité du concevable.

— Donc tu ne peux pas dire qu'il n'y aura jamais de référendum, intervient Mehdi en déchiquetant sa viande avec ses dents. On risque d'y arriver, au référendum. En fait, on ne croit jamais que le pire va se produire, on le sait, on le dit mais on n'y croit pas. Si on y croyait un peu plus, on pourrait peut-être l'empêcher.

— Mettons qu'on y arrive, reprend Rachid, dérouté par la remarque de son gendre, on fait quoi ? Je veux dire : nous, qui avons vécu ici toute notre vie ou presque ? Nous qui avons cru qu'on pouvait faire changer les choses, nous qui avons cru à la gauche, en fait, aux promesses d'une société plus juste pour tous, quels que soient l'origine, la religion, le sexe…

Allia frotte affectueusement l'épaule de son père.

— Et puis quelle viabilité ? repart-il après deux bouchées. Poussons le petit jeu, imaginons que l'Europe reconnaisse l'Allier comme un État indépendant, ce qu'elle ne fera jamais, pas plus que les Nations unies, mais imaginons : combien de temps avant que l'économie s'effondre ? Quelles institutions ? Quelle conception de la citoyenneté ? Qui aura le droit d'en être ? Sur quelle base ? Selon quels principes ?

Il s'adresse successivement à tous les visages qui l'entourent, comme si c'étaient ceux des ministres du premier gouvernement de l'Alliérie indépendante.

— J'entends dire que Vichy mise sur les laboratoires d'intelligence artificielle, les nouvelles technologies, on parle d'une crypto-monnaie que le grand vizir sortirait de son chapeau pour commercer avec le reste du monde… Ce crypto-psychopathe.

Le bébé se met à pleurer, Allia et Mehdi se lèvent en même temps, Mehdi se dévoue, Allia se rassoit. Mais quand Mehdi arrive à mi-chemin de l'entrée du presbytère, les pleurs cessent, il fait demi-tour, l'air grave. Il se compose un sourire forcé en reprenant sa place.

— L'avantage à la campagne, dit Allia pour changer de sujet, c'est qu'on n'a pas de voisins que les cris du bébé pourraient déranger.

— Les voisins sont partis ? demande Ali en désignant un mur de pierres, à côté de la grange, fendu d'une meurtrière vitrée.

Rachid se retourne pour voir de quoi il s'agit, même s'il connaît la vue par cœur et voit exactement ce dont on parle.

— Le couple un peu bizarre ? Ils sont partis il y a quelques semaines. Deux semaines ?

Cette fois-ci le bébé les appelle pour de bon, et c'est Allia qui se lève le plus vite. Elle fait signe à Ali de l'accompagner pour qu'ils puissent voir si son cadeau lui va, c'est un ensemble blanc sans motifs, qui ressemble à une camisole de force ou à la toge d'un gourou.

— C'est bien que vous vous soyez réconciliées avec Nesrine, remarque Ali en montant l'escalier jonché de peluches et de jouets.

Allia ne répond rien. Elle reste immobile, derrière la porte de la chambre du bébé, elle ferme les yeux.

— Pardon, je ne sais pas ce que j'ai aujourd'hui, dit-elle en secouant la tête. C'est la vision de ces militaires, leurs grosses mitraillettes...

Elle entrouvre la porte, voit le bébé rendormi, son poing qui bouge.

— Laissons-le dormir encore un peu le petit chéri, dit-elle en s'éloignant.

Ali voudrait voir son ancienne chambre à l'autre bout de l'étage. Ils avancent sur la pointe des pieds, en évitant les planches qui craquent.

— Oui, Nesrine, c'est une gamine la pauvre, je n'allais pas lui tenir rigueur de s'être fait berner alors qu'il m'est arrivé exactement la même chose. Et moi je n'ai pas l'excuse de l'âge. Enfin, c'est du passé. On va se mettre au vert, et je reviendrai encore plus forte, et mieux préparée. Une femme avertie en vaut deux.

— Mais 404 ?

— Je ne vais pas le laisser piétiner le travail de toute une vie. Je ne sais pas la forme que ça prendra, ça ne s'appellera pas 404, mais je me battrai, c'est le monde où va grandir mon fils, je ne peux pas simplement détourner le regard.

Ce n'est pas sa personnalité, en effet. Elle a une force en elle, elle procédera à des inventaires, s'infligera des autocritiques dévastatrices pour les illusions dont elle s'est bercée ces deux dernières années. Elle reviendra, aucun doute là-dessus.

Elle s'étire, ses mains touchent le plafond mansardé de la glacière.

— J'ai appris que tu avais déménagé à Vichy, lui dit-elle. Sois prudent, Ali.

— Prudent ?

— Je les vois, tous ces jeunes loups qui viennent dans l'Allier pour approcher Kader. C'est un de ces hommes pervers qui conduisent les enfants dans les recoins obscurs. Et nous sommes tous des enfants pour lui, même moi qu'il essaie de dépeindre comme la *ghoula*, tu sais, l'ogresse au vagin denté.

Ali connaît le conte de l'ogresse, *si grande qu'elle dépassait les oliviers et atteignait les cieux du sommet de son crâne.* Il n'y a que des dévoreurs d'enfants dans les mythes fondateurs algériens.

— Je plains les gens comme lui, poursuit Allia, privés d'accès à leurs propres sentiments, condamnés à vivre à l'extérieur d'eux-mêmes… Ne deviens pas ce qu'il veut que tu deviennes, un petit fonctionnaire de la vengeance. Ne deviens pas un de ces types sans cœur, pense à tous ces vieux qui nous gouvernent et qui n'ont plus de cœur, qui ne tiennent que par leur hargne.

Elle sait tout, en fait, le département d'histoire, Vichy Tech. Ali formule une réponse dans sa tête, mais la lumière s'éteint soudain dans la glacière, et dans toute la maison.

— Et c'est reparti, tempête Allia en filant vers la chambre du bébé.

Les coupures d'électricité sont pratiquement quotidiennes depuis le début du printemps.

Allia réveille le bébé et le prend contre son sein, pour le rassurer. Mais ce n'est pas un bébé inquiet, Ali le sait pour l'avoir souvent vu sur le compte 404 du Fennec, dévorer son environnement du regard, du bout de ses doigts malhabiles, rendre les sourires, récompenser chaque son rigolo d'un gargouillis rieur et mélodieux. Ali était devant son écran le jour où son homonyme s'est retourné tout seul sur le ventre, un coup vers la gauche, un coup vers la droite. Un autre jour, il rampait, d'abord en arrière, s'éloignant de la cible qu'il visait en haletant, et puis à l'avant. Il s'est alors mis à parcourir le petit salon dans tous les sens, jusqu'à ce qu'il parvienne à s'asseoir, en s'aidant d'une main pour l'équilibre, et puis sans s'aider de rien. Dans deux ou trois mois il marchera, peut-être juste à temps pour dire adieu à la pelouse du presbytère.

— La maison va te manquer ? demande Ali en regardant Allia changer la couche du petit garçon.

— Me manquer ? J'ai passé ma vie à essayer d'en partir. Attends, laisse-moi faire les présentations. Ali, Ali.

Il lui offre un sourire édenté, une des deux dents de la gencive supérieure n'a pas encore atteint la taille de sa voisine, et ses yeux verts se plissent exactement comme ceux de son père.

Le soir monte et l'électricité ne revient pas.

— Bizarre que ça dure aussi longtemps, commente quelqu'un.

On a débarrassé la table et transporté la fête à l'intérieur, dans le petit salon, au bord de la cheminée que tisonnent Mehdi et Rachid, à tour de rôle. On s'éclaire comme on peut, à la bougie et à la lampe d'iPhone.

Le bébé, surexcité, passe des bras de Nesrine à ceux du Fennec. C'est à qui, de sa tata ou de son tonton, arrivera à le faire rire le plus longtemps.

Rachid a sorti de la cave des bouteilles de vendanges tardives.

— Il faut tout finir, répète-t-il dès qu'il aperçoit un verre vide. Tout-doit-disparaître !

Ali n'a pas eu la présence d'esprit de refuser d'être servi, après avoir trempé ses lèvres, il s'éloigne vers le fond de la pièce et abandonne son verre sur un guéridon, à l'abri des regards.

Le bébé marche à quatre pattes à travers le salon, jusqu'aux pieds d'Ali. Il lève la tête dans sa direction et l'appelle en brandissant une de ses mimines. Ali n'a jamais pris un bébé dans ses bras. Il s'agrippe au tissu de son pantalon et se met debout contre sa jambe, en deux temps, langue tirée.

— Je crois qu'il a envie que tu le prennes dans tes bras, lui dit Mehdi.

Soudain, une sirène retentit et fait sursauter toute la pièce. Le bébé en tombe sur ses fesses et se met à pleurer, surpris et affolé par le vacarme.

— Quoi, encore ? s'agace Rachid en se mettant à la fenêtre.

Ces derniers temps, les sirènes qui retentissent normalement tous les premiers mercredis du mois à midi depuis la Seconde Guerre mondiale se sont mises à sonner à des heures aléatoires, mais jamais plus d'une minute trente, on s'inquiète, mais, l'alarme ne repartant pas tout de suite, on finit par retourner à ses activités. Le phénomène n'a lieu que dans l'Allier, personne ne l'évoque dans les journaux ou à la télé. Il paraît qu'une cyberattaque très élaborée a visé le réseau national d'alerte de la population.

Quand la sirène s'arrête, l'atmosphère a changé dans le petit salon. Allia prend le bébé et monte à l'étage, pour l'allaiter. Mehdi la regarde partir, il a l'air préoccupé.

— Je devrais peut-être aller voir…

— Ah les vieux réflexes, plaisante Rachid.

Nesrine et le Fennec sont sur leurs téléphones portables.

Les autres invités commencent à regarder l'heure, il serait peut-être temps de rentrer, mais pas sans avoir dit au revoir à Allia, d'abord.

Ali essaie d'attirer l'attention de Mehdi, pour lui dire qu'il va chercher les affaires qu'il avait oubliées à la cuisine. Mais Mehdi et Rachid discutent à voix basse, de choses sérieuses.

Il traverse le rez-de-chaussée jusqu'à la cuisine. L'encartonnage a commencé, la vaisselle précieuse a déjà quitté les rayons des buffets. Dans la remise, il lui faut dix longues minutes pour localiser sa mallette d'épices. Les couteaux, en revanche, restent introuvables.

Il s'assoit dans la cuisine adjacente, plongée dans l'obscurité. Les pointes cruciformes des sapins tanguent à chaque coup de vent, quoique, semble-t-il, à contretemps, en décalage, comme si elles avaient une petite seconde d'avance ou de retard sur le reste du monde.

Dans le petit salon, un cri déchire l'aimable ronron des bavardages. Ali relève la tête, marche comme un zombie jusque dans l'antichambre, au pied de l'escalier. Il essaie de deviner ce qui se passe sans se montrer. C'est une vidéo, que tout le monde semble avoir reçue par WhatsApp en même temps. Ali s'aperçoit que lui aussi l'a reçue, de la part d'un numéro inconnu. On y voit un couple en train de baiser, allongés à même le parquet d'un appartement bourgeois. Ils sont filmés de loin, l'image tremble un peu. La femme, nue, chevauche l'homme, elle se caresse la nuque et les cheveux. Les râles de jouissance de la femme font rougir tout le monde dans le petit salon parce que ce sont des râles de jouissance féminine et parce que ce sont ceux d'Allia. Les cheveux sont ceux d'Allia, la silhouette celle d'Allia avant la grossesse. C'est son profil qu'on devine quand la caméra zoome, c'est elle quand elle mord ses lèvres, elle quand elle ferme les yeux et rejette la tête en arrière.

Quant à l'homme, on ne le voit jamais de face mais on devine que c'est Kader quand il se retire une seconde pour reprendre son souffle.

— Ça suffit ! hurle Rachid en voyant qu'il y en a qui continuent de regarder cette horreur.

Tout le monde a eu le temps de voir que c'étaient Allia et Kader.

— C'est quoi, ce numéro ? demande Nesrine, prenant les choses en main. Vous le connaissez ? Quelqu'un l'a dans son répertoire ?

Allia vient de descendre, elle demande à Ali ce qui se passe. Il évite son regard. Quand elle apparaît dans le salon, Nesrine met les pieds dans le plat :

— C'est le fils de mon frère ou le fils de Kader ?

— Hein ?

— Ali, c'est qui, le vrai père d'Ali ? Son père biologique ?

Allia avait laissé son téléphone en bas, elle voit la notification WhatsApp, regarde les premières secondes de la vidéo, sans le son.

— Mais c'est un mirage ! Comment est-ce que quiconque pourrait croire...

Elle cherche le regard de Mehdi, au coin du feu, tournant le dos à la pièce.

— C'est Kader qui t'a payée pour continuer de semer la zizanie entre nous ? Comme il avait financé ton petit voyage aux Émirats ?

Nesrine convoque tous les noms d'Allah pour jurer que ce n'est pas elle. Mirage ou pas mirage ? Le bébé a les yeux verts comme Mehdi, c'est évident que c'est lui le père et que cette vidéo est un acte de malfaisance. Mais qui en est l'auteur ? Chacun a son avis, mais chacun doit hausser le ton pour le faire connaître, jusqu'à ce qu'on n'entende plus que le vacarme.

Puis Mehdi se retourne et crie :

— Stop !

Le silence se fait.

— C'est un mirage.

— Qu'est-ce qui te prouve que c'est un mirage ? demande Nesrine.

— Ce qui me le prouve ? Allia ?

— Oui ?

— C'est toi dans la vidéo ?

— Non, répond Allia du tac au tac.

Les larmes lui montent aux yeux.

— Affaire réglée. Je ne veux plus jamais entendre parler de cette vidéo.

— Ce n'est pas moi, Mehdi, crois-moi, supplie Nesrine.

— Je ne veux plus en entendre parler. On est une famille, il faut qu'on se serre les coudes.

Il embrasse son crâne et tend la main en direction d'Allia. Elle y dépose un baiser. Son regard voilé croise alors celui d'Ali, immobile dans l'encadrement de la pièce, les mains dans les poches. La porte d'entrée s'ouvre alors dans un fracas. Une silhouette lancée à toute vitesse dans le vestibule trébuche et se ramasse au pied de l'escalier.

C'est une jeune femme, arabe, la nounou du bébé qui vient d'emménager dans une des nouvelles maisons du village.

— Ils ont foutu le feu aux Chalets ! crie-t-elle en se relevant. Il y a le feu partout !

Elle s'est cogné la tête, elle saigne. Mehdi la conduit à la salle de bains de l'étage pour la nettoyer et écouter ce qu'elle a à dire. Le Fennec et Nesrine n'attendent pas son retour : sur 404 plusieurs miniatures montrent la même scène, un bâtiment en feu dans le soir qui monte, vu de plusieurs endroits de la vallée, y compris de juste en bas. C'est le château de La Brèche. De grandes flammes rouges lèchent les meurtrières après avoir abattu les structures ajoutées pour le tournage. Des pompiers s'activent dans la courtine, mais le feu a pris sur le pont-levis, ils doivent rebrousser chemin et attendre du renfort pour empêcher la propagation de l'incendie.

Le Fennec et Nesrine bravent les ordres de leurs aînés et s'élancent dans la nuit.

Mehdi est de retour, tous les regards se tournent vers lui, pour qu'il indique la marche à suivre.

— Allia et Rachid, vous restez avec le bébé, les autres on va voir ce qui se passe. Si ça brûle aux Chalets, ça ne risque pas de se propager jusqu'ici, alors on se calme.

Ali les regarde partir depuis le vestibule. Un instinct le pousse alors vers la remise, comme s'il fallait absolument qu'il y récupère ses couteaux. Pendant quelques instants il fait semblant de les chercher. Et puis il lui vient l'idée de se barricader : il déplace une étagère, libérant la voie vers le soupirail, au cas où il faudrait l'ouvrir et prendre la fuite.

Depuis son trou, il se branche sur 404 et sur le compte du Fennec. Bonne intuition : le visage de Nesrine y apparaît en gros plan, elle est filmée à la lumière d'une lampe torche, à bout de souffle, en appelant tout le monde à regarder son reportage en direct.

— Ils vont vous mentir, ils vont fabriquer des mirages, si vous voulez savoir ce qui se passe vraiment, restez avec moi sur 404. Ils ont déjà foutu le feu aux Chalets, c'est grave ce qui est en train de se passer, c'est très grave ! Ne faites surtout pas confiance aux images officielles, il n'y a pas de journalistes ou de caméras sur place, je répète : il n'y a pas de journalistes ni de caméras sur place, si vous voyez des vidéos dans les jours qui viennent, ce seront obligatoirement des mirages.

Cet avertissement, elle le répète toutes les dix minutes. Elle court d'un petit groupe à l'autre, pour interviewer les habitants des Chalets. Ils sont en peignoirs, en pyjamas, des couples, des retraités, des familles avec des enfants en bas âge. Ils regardent, dégoûtés, les pompiers débordés qui regardent les flammes contre lesquelles ils ne peuvent rien.

La rumeur se répand que toutes les entrées de la commune ont été bloquées sur ordre du préfet, et que les renforts de pompiers ne peuvent pas passer.

— Ils laissent brûler les Chalets ! Ils le font exprès !

— Laissez passer les pompiers !

Il n'y a plus d'électricité dans le village, bientôt il n'y a plus non plus d'autre réseau cellulaire que Wilaya. Seul 404 fonctionne, mais 404 ne permet pas de communiquer, seulement de témoigner, d'appeler au secours sans savoir si l'appel est reçu et par combien de personnes.

Ali se ronge les ongles en regardant tous les directs 404 qui ont un rapport avec les événements de La Brèche. Il voit des habitants transporter des seaux d'eau, et au pied du clocher, en plein cœur du village, un véritable bataillon de gendarmes mobiles et de militaires qui font face à une vingtaine d'hommes de cette milice des Chalets que tout le monde dit surarmée. Il n'en est rien : ils ont les bras levés pour le prouver. Parmi eux, Ali reconnaît la silhouette de Mehdi, qui parlemente, demande simplement de l'aide, ou au moins le droit de sortir de la commune pour aller en chercher. Leurs maisons brûlent, pourquoi les empêche-t-on de sauver ce qui peut encore l'être ?

En face, on ne leur fait aucune réponse. Les armes sont braquées sur ceux qui s'approchent de trop près. Mehdi rappelle sa qualité d'ancien maire, de médecin, de candidat aux législatives, en vain : les ordres viennent, du préfet, de l'État en personne.

Au loin, le château et les chalets continuent de flamber dans la nuit froide et claire.

Nesrine et le Fennec, qui la filme, se font braquer à leur tour. Un gendarme en tenue antiémeute essaie d'attraper le téléphone du Fennec, qui réussit à s'enfuir. Nesrine hurle, on entend aussi des pleurs d'enfants.

Depuis le Proximarché où s'est agglutinée une petite foule, quelqu'un filme une colonne de fumée qui s'élève au-dessus des toits. C'est tout près du presbytère, il faudrait songer à s'échapper, mais Ali reste paralysé, scotché aux images comme si elles mettaient entre lui et les événements en cours la distance d'une fiction. Le dernier direct sur lequel il clique fait courir un frisson tout autour de son crâne : des ombres cheminent dans le parc du presbytère, ici même, à quelques pas, ce sont des hommes, ils portent des masques anticontagion et des flambeaux, ils se déplacent en bande, avec calme et détermination, de larges sacs de sport pendant au bout de leurs bras tendus. Qui les filme ? Ali ne sait pas. Dans la confusion de la nuit, leurs flambeaux les font ressembler à des hommes allumettes, des têtes en feu, des spectres, des mirages.

Il entend un hurlement, qui le fige sur place. Ils sont entrés dans la maison, ils tirent. On frappe à la porte de la remise, il entend la voix d'Allia, bouge le meuble et ouvre, son immense silhouette dans le cadre de la porte n'est plus celui de l'ogresse *dont les pieds en foulant le sol y laissaient de profonds sillons,* elle tremble, bégaie, la terreur la transit, elle porte son bébé contre sa poitrine, garde la main sur sa bouche pour qu'il ne hurle pas. Elle croise le regard d'Ali. Au moment où elle entre dans la remise une balle la touche en pleine tête.

Ali attrape le bébé in extremis et se réfugie tout au fond, sous le soupirail qu'il est trop empoté, trop épouvanté pour défoncer.

Il s'assoit au pied du mur, ne fait aucun bruit et caresse les cheveux du bébé, qui sourit au lieu de pleurer, il ne comprend pas ce qui est en train de se passer, toute cette agitation ne diffère pas fondamentalement de la fête, les bruits des coups de feu des tueurs sont assourdis par des silencieux.

Une voix d'homme retentit dans la cuisine :

— Il en reste un, là, derrière la porte.

Le bébé grogne en froissant ses poignets contre ses yeux, comme quand il a besoin de faire une sieste.

Au moment où le tueur entre dans la remise, le bébé l'aperçoit, tourne la tête et pousse un soupir mélodieux, comme la première voyelle prononcée par une voix humaine au tout premier matin du monde. Le tueur tire, sans se soucier de ce qu'il vise, il suffit que ce soit une chose vivante, même un vieux chien trop fatigué pour aboyer il l'abattrait, il faut qu'il n'y ait plus un seul bougnoule dans le pays, c'est tout et ça vaut pour leurs chiens de bougnoules autant que pour leurs morveux bougnoules. Sa balle se loge dans le dos du bébé et le tue sur le coup. Quand il s'aperçoit que c'est un bébé de huit mois qu'il vient de tuer, il recule, trébuche contre le corps d'Allia et tombe à la renverse en vomissant dans son masque.

Ali a l'épaule déchiquetée mais il ne le sait pas encore. Il plisse les yeux pour ne pas voir les corps qu'il enjambe. Les tueurs ont déguerpi, des traînées de sang maculent le carrelage et les parquets des salons. Il entend encore un râle, une lamentation en provenance du petit salon. Il reconnaît la tessiture de Rachid et sa silhouette, parmi celles qui jonchent le parquet ensanglanté.

Deux mois plus tard, Ali sort de l'hôpital militaire parisien où sont soignés les victimes de terrorisme et les soldats blessés. Il a subi d'interminables interrogatoires pour raconter le peu qu'il a vu, mais il s'est abstenu, sur les conseils de la psychiatre, de continuer à suivre l'actualité et ses mirages. Il a de vagues souvenirs des premiers jours, après avoir été secouru, quand on l'a autorisé à récupérer son téléphone portable : il a vu les colonnes de manifestants affluant de tous les coins de l'Allier, il a entendu les rumeurs d'un massacre capturé en direct sur 404. Les barrages qui encerclaient La Brèche ont fini par céder sous la pression de ceux qui réclamaient la vérité, rien qu'elle et tout entière. Quarante personnes ont été retrouvées mortes à La Brèche. Il y aurait eu des incendies, des affrontements avec une milice surarmée, qui justifieraient le bilan humain très lourd. Dans un premier temps, aucune image, aucun enregistrement n'a émergé. Les quelques vidéos qui circulaient ensuite étaient sujettes à caution, et celles qui ne l'étaient pas, sur 404, ont disparu, par définition, au moment de leur diffusion. Les images choisies pour illustrer les événements de La Brèche montraient simplement les militaires cagoulés interdisant l'accès aux journalistes dans un rayon de dix kilomètres, et les manifestations qui se multipliaient dans la région et à Paris, auxquelles avaient appelé ceux qui avaient vu le massacre par bribes, par éclats, sur les flux 404.

Au bout d'une semaine, la liste des victimes a été rendue publique. Nesrine, le Fennec, Rachid, Allia et son fils en bas âge en faisaient partie. Mehdi avait survécu. Ali a cessé de s'alimenter en même temps qu'il cessait de s'informer, vidait son téléphone de toutes les applications le connectant au reste du monde, exigeait de sa mère et de sa sœur qu'elles ne lui disent pas un mot des conséquences politiques de la tragédie. L'idée qu'on puisse remettre en question la réalité du massacre lui donnait le vertige, la nausée. Il a perdu connaissance, une fois, en y pensant.

À sa sortie de l'hôpital, il part avec une bibliographie choisie : des témoignages de survivants, de miraculés, les conseils qu'ils donnent sont censés l'aider à surmonter l'épreuve, à apprivoiser la honte d'en avoir réchappé. Il fait confiance à la psychiatre qui l'a soigné, mais sitôt arrivé gare de Bercy, il jette les livres dans la poubelle des toilettes.

Ce n'est pas le moment de s'occuper de sa honte, une pensée l'angoisse davantage, une pensée comme un dragon, qui ne le quitte jamais que le temps de reprendre son souffle, de rallumer le fond de sa gorge : et s'il oubliait le timbre de la voix d'Allia comme il a oublié celui de son père ?

En feuilletant ses souvenirs de leurs années studieuses, il la revoit dans une cour à préau et platanes, ensevelie sous le parfait silence d'un jour de neige. Allia esquisse un sourire en attendant la sonnerie, un sourire peut-être un peu narquois, bouche fermée, mais qui brille encore dans sa mémoire. Il ferme les yeux pour faire remonter à la surface des situations où Allia lui dit des choses heureuses de sa voix éraillée, mais il semble ne pouvoir se rappeler que les derniers mois qu'ils ont passés ensemble, frappés du sceau du cauchemar où ils se précipitaient à leur insu. Il essaie d'oublier après avoir essayé de se souvenir. Parfois une réminiscence le rattrape et l'étrangle. Il suffoque, il panique. Pour chasser les images mentales rien n'est plus efficace, il a pu le constater, que de parler, d'émettre un son, une onomatopée, n'importe quoi, nananana, lololo, bibibibibi. Les passagers qui l'entourent font des têtes bizarres, certains changent de wagon. Tandis que son train traverse la Nièvre et passe dans l'Allier limitrophe, Ali rêverait d'avoir une seconde voix à sa disposition, une voix silencieuse et tranquille, qui serait la sienne mais qui ne serait pas tout à fait la sienne, qui collecterait ses souvenirs avec une attention soutenue mais détachée, et pourrait dire la vérité à leur sujet, toute la vérité et, pourquoi pas, rien qu'elle. C'est cette seconde voix qui parle dans les Mémoires dont il a entrepris la rédaction à l'hôpital, au présent, à la troisième personne du singulier. Il n'y cache rien : ni son obsession pour Allia au fil des années, ni ses mesquineries, ses petitesses, il faut que ses souvenirs d'Allia soient aussi ceux des temps et des hommes qui ont eu raison d'elle.

Une voiture attend Ali sur le parking de la gare de Vichy. On l'invite à s'installer sur la moelleuse banquette arrière, capitonnée de cuir noir, avec des présentoirs offrant bouteilles d'eau, barres chocolatées et bonbons à la menthe. Au grand hôtel, il est réceptionné par des gardes du corps en costumes sans cravate, chemises déboutonnées et oreillettes en vue. On l'escorte comme un président jusqu'à l'étage suprême, le *sanctum sanctorum*, le restaurant-piscine qui domine le département comme une tour de guet. C'est une journée nuageuse et blafarde et la vaste volière vitrée n'accueille cette fois-ci qu'un oiseau, un vautour voûté au bord du bassin, vêtu d'un peignoir noir dont la ceinture, elle aussi noire, prend l'eau.

Ali le rejoint, s'installe au bout d'un transat. Les gardes les laissent.

— Comment vas-tu ? chuchote Kader sans lever les yeux sur lui.

Ali envisage trop de réponses en même temps pour pouvoir en commencer une seule à voix haute. Son regard et son attention se perdent dans le courant d'air glacial qui filtre à travers les lamelles plastifiées séparant les deux bassins.

— Elle a créé 404 pour oublier, commence Kader d'une voix bizarre, une voix qui sent la drogue. Elle voulait oublier le chagrin immense d'avoir…

Il s'interrompt, il a des choses à dire, mais le moteur ne suit pas. Ali essaie de l'inclure dans son champ de vision sans avoir à se tourner vers lui, il veut voir s'il est ému, s'il fait semblant.

— Moi je ne me souviens de rien, tu sais, je ne revisite jamais des épisodes de mon passé, par exemple. D'ailleurs tu vois comme j'en parle, ça m'est étranger, j'avance en oubliant tout, je suis léger, tu n'as pas idée à quel point je suis léger. Tu as allumé la télé ou la radio, récemment ? Tu as lu des journaux ?

Ali fait non de la tête.

Kader se lève et marche vers la table la plus proche, où il a laissé une limonade. C'est à ce moment-là qu'Ali s'aperçoit qu'ils ne sont pas seuls, comme il l'avait cru : il y a un homme sur la terrasse, assis, de dos, emmitouflé dans un épais manteau gris et dont les contours paraissent vibrer. C'est Mehdi. Il s'est laissé pousser la barbe. Il a, lui aussi, perdu du poids. Ali croit d'abord qu'il parle au téléphone, avec un kit mains libres ou dans des AirPods cachés à sa vue : il n'en est rien, il n'y a pas d'AirPods, pas de téléphone, il ne vibre pas, il tremble, il tremble de tout son corps.

— On s'est vus ce matin, explique Kader. Je vais te demander la même chose qu'à lui : de revivre l'enfer, et de tout raconter aux personnes qui t'attendent à la sortie. Tu peux leur faire confiance, elles sont avec nous. À partir de ton témoignage on va lancer une grande offensive médiatique, dit-il en secouant son verre pour entendre le bruit des glaçons qui s'entrechoquent. Mais rassure-toi, tu n'auras pas du tout à apparaître, à parler, ou même à écrire. Enfin sauf si tu en as envie, moi ce qui compte, c'est qu'on t'aide à te reconstruire, aussi. En clair, ce qu'on va faire, c'est qu'on va illustrer ton témoignage…

— Je n'ai rien vu, proteste à peine Ali.

— … et combler les trous en croisant ton récit avec les résultats de nos enquêtes internes, réalisées par des experts internationaux, des professionnels, sérieux, objectifs, motivés seulement par la recherche de la vérité. Une denrée rare par les temps qui courent. On sait par exemple qu'il y avait des bodycam sur certains des effectifs qui participaient à l'opération.

— Ce n'étaient pas des militaires au presbytère. C'étaient des gens normaux, je veux dire des civils.

— On va faire une vidéo, poursuit Kader, sans tenir compte de son interlocuteur et de ses scrupules, on va faire une vidéo qui ressemblera tellement à ce qui s'est passé que le monde entier sera obligé de regarder, c'est-à-dire de prendre position. Ils ont tué une mère et son enfant. Ils ont abattu un bébé, Ali. Ils tuent nos bébés, maintenant. Voilà le grand secret que 404 a révélé : ils nous détestent au point de pouvoir tuer nos bébés.

Ali se voit en train de remuer la tête et de marmonner :

— On ne peut pas créer un mirage, c'est tout ce qu'elle combattait.

Mais sa voix est trop basse, sa protestation trop fébrile, Kader l'écrase avec ses mots, sa voix toute-puissante :

— Tu disposes d'un pouvoir immense, Ali, celui d'écrire l'histoire. Ton récit s'inscrira sur toutes les rétines. Tes mots se transformeront en actes, ils provoqueront des cascades d'événements réels. Tu seras le créateur à l'origine de quelque chose de plus précieux que toutes les œuvres : la vérité. Écoute-moi *kho*, l'exhorte Kader en fondant sur lui pour le prendre par la nuque, comme un grand frère. Écoute-moi bien : on ne peut pas laisser ce massacre sans archive, sans document, sinon les gens vont oublier, les gens c'est comme les vaches, ils mangent de l'herbe et ils passent au coin d'herbe à côté. On doit faire quelque chose. On le doit aux victimes, on le doit à Allia, toi plus que tous les autres, et moi encore un peu plus que toi.

C'est fini, il a dit tout ce qu'il avait à dire. Il tapote l'épaule d'Ali pour le congédier, puis il ôte son peignoir et descend dans la piscine par les marches immergées. Il a les yeux rouges, la bouche molle, le menton qui frémit. Ali reste assis quand les larbins viennent le chercher. Il refuse de partir, il montre les dents comme le rat qu'il est devenu. Mehdi n'a pas bougé depuis le début, il veut aller le rejoindre et l'enrôler dans sa fureur, mais s'il reste là ça veut dire qu'il est d'accord, qu'il a été convaincu, qu'est-ce que ça peut vouloir dire d'autre ?

— Tu ne peux pas la trahir, tu ne peux pas lui faire ça ! hurle Ali.

Kader le laisse hurler. Il nage, en reniflant, jusqu'au sas de lamelles et au-delà, dans les vapeurs du bassin extérieur surchauffé où son visage et ses épaules émergent et se soulèvent, de façon lente mais répétée, comme s'il était en train de pleurer.

13150

Composition
PCA

Achevé d'imprimer en Espagne (Barcelone)
par BLACKPRINT
le 10 février 2021.

Dépôt légal : février 2021.
EAN 9782290235614
OTP L21EPLN002863N001

ÉDITIONS J'AI LU
87, quai Panhard-et-Levassor, 75013 Paris

Diffusion France et étranger : Flammarion